Le Vent te Portera

PAULINE PERRIER

City
Roman

Graphisme de couverture : © Keti Spirkoska
Illustration de couverture : © Shutterstock

ISBN : 978-2-8246-1975-0
Code Hachette : 18 0828 5

Collection dirigée par Christian English & Frédéric Thibaud
Catalogues et manuscrits : city-editions.com

Dépôt légal : Janvier 2022

À mes grands-parents,
Charles et Lucette
& Louis et Huguette

Braise endormie

1

— Dépêche-toi, Lily ! On n'arrive pas en retard à un enterrement.

— Les morts s'en fichent qu'on soit à l'heure.

Papa pousse un soupir agacé et consulte sa montre pendant que je ferme la boucle de mes chaussures à talons. Minnie et Maman sont déjà dans la voiture, le ronronnement du moteur résonne à travers la porte du garage. Je sais bien que toute la famille nous attend au funérarium pour la fermeture du cercueil mais je ne peux m'empêcher de traîner la patte. Aujourd'hui, je m'apprête à voir un mort pour la première fois. Et pas n'importe lequel : c'est mon grand-père qu'on enterre.

— Je sais que c'est une journée difficile, mais il serait préférable pour tout le monde que tu cesses de te comporter comme une enfant. À ton âge, quand même, tu…

Mes oreilles se verrouillent, les mots de mon père se perdent dans le vide. De toute façon, je connais le refrain. Ça fait des années qu'il l'entonne à tue-tête. Je saute sur mes pieds et me dirige vers la sortie, accompagnée du pas pressé et des remontrances de Papa. La nausée me serre la gorge et l'angoisse de vomir au beau milieu de la cérémonie s'ajoute à celle d'y assister tout simplement. Pas sûre que ma famille apprécie un remake de l'Exorciste au beau milieu de l'église.

J'ai l'impression de me liquéfier intégralement pendant le trajet, qui ne dure pourtant pas plus de dix minutes. Mes mains sont moites, mes cheveux collés dans la nuque, et cela n'a rien à voir avec les trente degrés ambiants. Je ne suis plus qu'une flaque d'appréhension quand le funérarium se dresse devant nous. D'un mouvement des paumes, j'essaie tant bien que mal de me ventiler, mais je crois que ces bouffées de chaleur-là sont un peu trop métaphysiques pour être domptées par un semblant de courant d'air. À mes côtés, ma petite sœur contracte ses poings à intervalle régulier. Elle ne dit rien mais, à sa manière de s'agiter, je sais que le chaos règne en maître à l'intérieur de sa tête.

Quand nous entrons dans le bâtiment blanc, ma gorge s'assèche. Les membres de ma famille maternelle sont massés dans un petit salon à la décoration aseptisée. À l'exception de deux canapés couleur crème et de quelques gerbes de chrysanthèmes, la pièce est vide. Sans âme. Sans doute pour ne pas contraster avec le chagrin des personnes endeuillées qui s'y rassemblent.

Tout le monde s'embrasse et se mouche sur l'épaule de l'autre, le noir valse dans tous les sens. Minnie s'accroche à mon bras, nous nous plantons dans un coin de la pièce et observons cette chorégraphie funèbre sans broncher. Elle ne comprend pas, je suis dépassée. Le long du mur, trois portes sont alignées, toutes verrouillées par un digicode surmonté d'un écran numérique. Et tandis que nos parents, nos tantes et nos cousins se pressent autour de Mamie, je ne pense qu'à ce qui se trouve de l'autre côté de ces portes. Mes yeux balaient nerveusement les écrans qui les surplombent, s'attardant sur les noms qu'ils affichent. Madeleine Figuier. Francis Rodriguez. Henri Douvier.

Savoir la mort si près de nous m'angoisse, comme si la fine cloison qui la tient à distance pouvait s'effriter à tout moment et mélanger ces deux mondes que tout oppose. Les noms tournent en boucle dans mon esprit. Le troisième, inscrit au-dessus de la porte la plus éloignée de ma sœur et moi, c'est celui de mon grand-père. Il me faut le répéter encore et encore pour imprimer l'idée qu'il n'entrera pas dans ce petit salon impersonnel avec nous, qu'il appartient désormais à l'autre côté, à cette sphère invisible qui repose derrière les murs des funérariums et dont les vivants ne peuvent qu'effleurer la surface.

Un homme en costume entre dans le salon, la mine grave, les mains croisées sur le ventre pour accentuer son air solennel. Je sais qu'il fait semblant. En regardant par la fenêtre quelques secondes auparavant, je l'ai vu rire avec ses collègues qui attendent près du corbillard. Après tout, la mort est un métier comme un autre. Tant qu'elle ne frappe pas trop près, personne n'a de raison d'interrompre l'agitation de sa propre existence.

Et puis un jour, le téléphone sonne et on oublie comment on rit.

L'homme s'éclaircit la voix et nous annonce que ses collègues vont entrer pour placer « le corps » dans le cercueil. Mes jambes tremblent pendant qu'il poursuit ses explications.

— Si vous souhaitez disposer d'un dernier instant auprès de monsieur Douvier, je vous prie de vous rapprocher.

Mamie Mariette s'appuie contre ma tante, agite la main vers l'homme comme pour repousser l'échéance.

— J'ai encore besoin d'une minute. Juste une minute.

Toute la famille échange des regards gênés, personne n'ose avancer un pied. Mon cœur bat plus fort. C'est le moment, ma dernière chance de voler quelques secondes dans cet entre-deux mondes avant que mon grand-père ne disparaisse à jamais. Je me racle la gorge et me décide à tenir la promesse que je me suis faite ce matin, devant la glace, alors que j'arrangeais mon chignon pour la cérémonie. Je repousse doucement le bras que ma sœur a enroulé autour du mien et je m'avance.

— Moi, je voudrais le voir.

Je me risque à couler un regard en direction de ma mère et je la découvre au bord de l'apoplexie. Elle m'avait fait promettre de ne pas me porter volontaire. « Tu es trop sensible, Lily. Ça va te foutre en l'air. » Et je sais qu'elle a sans doute raison. Un rien me bouleverse, mon esprit démontre un certain talent pour tout extrapoler. Mais merde, ce n'est pas « un corps » qui se cache derrière cette porte ! C'est Papi Henri. Mon grand-père. L'homme qui m'a appris à pêcher la truite, à grimper aux arbres et percer des trous dans un mur. Il mérite que je lui rende une dernière visite avant de se transformer en humus. Je lui dois bien ça, parce que je n'étais pas là pour ses derniers instants. Je n'avais pas mis les pieds à l'hôpital depuis trois semaines, trop occupée à vivre ma vie à Toulouse, loin de ce village que j'ai toujours détesté. Trop occupée à prévoir des projets pour l'été avec ma meilleure amie parisienne, Cléo, au lieu de prendre un train chaque week-end pour profiter du peu de temps qu'il me restait avec lui. « Tu verras Papi, un jour je serai une grande écrivain ». Combien de fois lui ai-je répété cela au téléphone, persuadée qu'un été au sein de la capitale me permettrait d'écrire un roman ? En vérité, j'étais surtout trop lâche pour admettre que c'était la fin. Mes prétendus grands rêves ont seulement bon dos. Et maintenant, me voilà avec des adieux qui m'encombrent le cœur et la culpabilité qui me grignote les entrailles.

L'homme en costume se place devant la porte et m'invite à le rejoindre d'un signe de main. Alors que je m'exécute, ma mère soupire, l'air contrit, et s'avance à son tour. Face à mon regard interrogateur, elle chuchote :

— Tu as cru que j'allais te laisser faire ça toute seule ?

Je refoule une salve de larmes qui me brûle les yeux et j'attrape sa main pour la serrer fort. De mon autre main, je triture nerveusement le mot d'adieu que j'ai griffonné avant de quitter la maison et glissé dans la poche de ma robe. L'idée qu'il parte sans un bout de moi m'effrayait encore plus que celle de rencontrer son cadavre.

Je regarde en arrière et suis soulagée que Mamie n'ait pas souhaité entrer dans la pièce en même temps que nous.

Je ne veux pas qu'elle assiste à l'étrange moment où j'essaierai de placer la lettre dans la veste de costume de Papi. Je suis quasiment certaine que je vais paniquer à l'idée de toucher un mort, même si celui-ci avait l'habitude de me lire des histoires le soir. Qui sait quel impair je pourrais commettre ? Imaginons que je renverse un cierge dans mon agitation et que la chambre prenne feu ? J'ai déjà bien trop peur de vomir pendant la cérémonie, je ne prendrai pas le risque de changer les plans du jour en transformant l'enterrement en incinération sous ses yeux.

Alors que l'homme pianote sur le digicode pour déverrouiller l'entrée, Maman serre ma main un peu plus fort et demande :

— Tu es sûre de vouloir entrer ?

— Certaine.

C'est faux. Mais de toute façon, je doute que l'on puisse être prêt pour un tête-à-tête avec la mort.

L'homme semble m'entendre car il tourne la poignée et s'efface pour nous laisser entrer. Maman ouvre la marche, j'avance à pas de fourmi en me cachant dans son dos. Un paravent se dresse entre le lit mortuaire et l'entrée, je ne distingue qu'un halo de lumière se découpant sur les murs. La porte de la chambre se referme doucement sur nos talons, Maman me lâche pour dépasser le paravent et se signer. Je reste en arrière.

Soudain, je redeviens une fillette effrayée par les fantômes que l'obscurité peut dissimuler. Je me sens minuscule, à la merci de tout ce que le monde porte de plus sombre en lui. Malheureusement, je n'ai pas de couette sous laquelle me cacher et je ne connais que trop bien le fantôme qui m'attend. J'expire profondément et, les doigts enroulés autour de ma lettre d'adieu, j'effectue les deux derniers pas qui séparent le corps de Papi Henri de mon champ de vision.

Deux pas. Les plus difficiles de toute ma vie. Les plus mystiques, aussi. La pièce se renverse dans ma tête. Je me fige. Mon souffle s'arrête. Tout afflux sanguin se retire de mon cerveau et mon corps devient cotonneux.

Ce n'est pas mon grand-père qui repose sur le lit, c'est une statue de cire. Le thanatopracteur s'est joué de nous, il ne peut en être autrement. Je jette un coup d'œil vers la porte, comme si l'employé du service funéraire allait débarquer pour nous révéler la supercherie. Ce teint jaunâtre, ces cheveux clairsemés, ce corps maigre avalé par le lit funéraire… Ce n'est pas l'homme que j'ai laissé à l'hôpital quelques semaines auparavant. La nausée me monte à la gorge et mes intestins entament un rodéo malvenu.

Maman remarque aussitôt mon trouble et m'indique la sortie d'un signe du menton.

— Sors. Ce n'est pas grave, tu n'es pas obligée de…

Je refuse d'un hochement de tête, tout aussi incapable d'articuler que de bouger et sa voix s'éteint. Je ne peux pas fuir. Il faut que je lui dise au revoir. Je voudrais m'approcher mais mes pieds refusent d'avancer d'un millimètre. Bon sang ! Pourquoi est-ce si difficile ? Je me suis montrée assez lâche pendant sa maladie, je ne vais quand même pas…

— Lily, ce n'est pas anodin, tu as le droit de sortir, me rassure Maman.

Je capitule, bien trop fébrile pour avancer d'un pas de plus. Je parviens seulement à lever la main pour brandir la lettre.

— Tu peux glisser ça dans son costume ?

Elle opine du chef. Mes doigts sont si raides qu'elle doit tirer d'un coup sec pour récupérer le papier plié en quatre. Elle le range minutieusement dans la poche du veston de mon grand-père puis elle l'embrasse sur le front. C'est la première fois que je le vois si bien habillé, lui qui portait ses polos trop larges et ses pantalons pleins de terre. Maman caresse ses cheveux, ravale une larme puis me pousse vers la sortie.

Et c'est tout.

Et jamais plus nous ne nous trouverons sur la même surface de la Terre.

Et l'agitation des vivants m'aspire à nouveau dès la porte de la chambre refermée.

Mamie me serre dans ses bras. Je m'efforce de répondre à son étreinte sans m'effondrer. Je n'ai pas le droit de craquer alors qu'elle reste digne dans sa douleur. Son regard exprime une étincelle de fierté. Elle ne m'en veut pas d'avoir été si absente ces derniers temps, mais elle est heureuse que je sois allée lui dire au revoir. Moi, je le regette déjà. Un peu. J'ai peur d'avoir abimé la dernière image que j'aurai de lui. Peur que cette vision de statue vienne me hanter pour les nuits à venir.

J'essaie de me rassurer en songeant que je n'ai pas renversé le moindre cierge. C'est déjà une petite victoire... Je n'imagine pas la tête de mes tantes si j'étais sortie de là au milieu des flammes. « Du coup, les Douvier, changement de programme... Qui veut ramener une urne sur le manteau de sa cheminée ? » Je secoue la tête pour chasser ces pensées. Ce n'est pas le moment de divaguer, mon père m'a déjà rappelée à l'ordre ce matin. À mon âge, je devrais être capable de gérer le chagrin. Pas vrai ?

Alors pourquoi mon esprit refuse à ce point de l'affronter ?

2

Les bancs de l'église sont drôlement inconfortables. Je sens les os de mes fesses heurter le bois et cette sensation douloureuse accapare mes pensées. Assise en bout de rangée, je voue toute mon énergie à me tortiller pour soulager mes os iliaques du supplice infligé par ce bout de chêne. C'est un exercice complexe. Si ma concentration fléchit l'espace d'une seconde, je peux entendre à nouveau l'horrible crissement de la visseuse scellant le couvercle du cercueil qui a résonné un peu plus tôt, au funérarium.

Autour de moi, on chante et on psalmodie entre deux reniflements. Maman suit le livret des prières avec attention. Ma sœur porte son casque antibruit pour ne pas imploser en pleine cérémonie – un privilège auquel seuls les membres autistes de la famille ont droit, apparemment ; et ce n'est pas faute d'avoir demandé le même équipement pour supporter la journée.

Le prêtre nous demande de nous lever et mon regard rencontre accidentellement le portrait de Papi Henri qui trône sur le couvercle du cercueil. La bile me remonte dans la gorge. Je n'ai plus de banc pour contrarier mon postérieur et détourner mes pensées. Le souffle me manque. Je fixe cette fichue boîte sans parvenir à intégrer l'idée qu'il se trouve à l'intérieur. Au moindre grincement de banc, au moindre toussotement, mon cœur loupe un battement, persuadé que Papi va franchir les portes de l'église et se foutre de nous d'avoir cru qu'il pouvait mourir.

— Nous allons maintenant gagner le cimetière derrière l'église pour procéder à la mise en terre.

Je lève les yeux sur le prêtre qui nous indique les grandes portes en bois dans le fond de la nef. J'ignore si c'est à cause de son annonce ou de tout l'encens dont il nous a aspergés, mais un vertige me gagne et je dois m'agripper au dossier du banc pour ne pas m'effondrer. Le cimetière. La mise en terre. Alors c'est vrai, toute cette mise en scène ? Ils vont bien enfouir Papi sous nos pieds ?

Nous nous rendons dans l'arrière-cour à la file indienne. On me demande de lire un poème que j'ai écrit la nuit suivant le coup de fil fatidique – le seul moyen que j'ai trouvé pour gérer le cocktail d'émotions qui était en train d'exploser à l'intérieur de moi. L'écriture m'a toujours permis de canaliser le chaos dans ma tête. Ce n'est pas pour rien que j'ai souvent promis à Papi que je deviendrai écrivain, même si je finis toujours par abandonner mes manuscrits. Le directeur des pompes funèbres m'invite à me placer à côté de la tombe et tous les visages éplorés se lèvent vers moi. On me fixe comme une biche apeurée, on m'adresse des gestes d'encouragement. On dirait qu'ils s'attendent à ce que je me brise à tout instant. Et ils ont sans doute raison. Peut-être que mes jambes flageolantes vont finir par me lâcher, que les sanglots qui patientent sournoisement dans ma gorge vont m'avaler dans un tourbillon de bile. Cet abus d'attention me file de la tachycardie, mes mains tremblent. La feuille de papier aussi. J'inspire fort, je cherche la mine impassible de Minnie pour me rassurer. Elle est la seule à ne pas me prêter le moindre intérêt ; son regard est perdu dans le trou béant qui me jouxte. Je m'en contente et bredouille les premiers vers :

« Dis, comment ce sera, après ?
Quand on attendra que tu sois là,
Tout en sachant que tu ne reviendras pas.
Quand on se souviendra,
Parce qu'on n'aura plus que ça pour être avec toi. »

À la fin du poème, on dirait que je sors d'un ring de boxe et que j'ai écopé d'un K.-O. Franchement, c'est moche, la mort. Surtout pour les vivants.

Doucement, on fait coulisser le cercueil dans la fosse. Les gestes sont lents, appliqués, mais ils n'en sont pas moins violents. Le bois se cogne contre les angles de la fosse, les raclements contre la pierre sont des coups de marteau sur le cœur. Soudain, le cercueil disparaît. On se relaie pour lancer des pétales dans le vide, on adresse une dernière prière, une ultime pensée. Nouveau ballet funèbre pour faire imprimer aux vivants que le mort s'en est allé.

J'observe la scène avec hébétement. J'ai beau m'efforcer d'imiter ma famille, je me sens dépassée. La réalité m'aveugle : tout ceci n'est que du vent. Nous dansons autour d'un cadavre, nous pleurons à vide. Papi n'est plus là pour le voir, plus là pour l'entendre. C'est une statue de cire que l'on enterre. Et les statues, ça ne pleure pas. Ça n'aime pas. Ça ne sent pas.

Il est trop tard pour dire adieu.

Minnie me serre la main très fort. Elle pleure enfin ; le deuil vient d'éclater dans son corps. Du haut de ses quinze ans, elle a encaissé l'entrée de la maladie dans nos vies avec un recul impressionnant. Mais depuis que Papi est parti, nous étions sur nos gardes. Les sentiments sont toujours plus forts, pour elle. Les accueillir et les digérer peut être un vrai combat. Silencieuse, je lui caresse doucement la paume. Il n'y a rien d'autre à faire si ce n'est acte de présence.

Les voisins, les amis lointains et les gens polis nous entourent. Les phrases d'usage volettent autour de nos oreilles comme des moustiques qu'on n'a pas la force d'écraser. Au fond de moi, j'ai envie de crier qu'on s'en fout, de leurs condoléances, qu'on le sait bien, qu'il n'y a que le temps qui atténuera la douleur, qu'on n'en veut pas, des propositions de services. À croire qu'être amputé d'un être cher, ça rend handicapé. Non, ça rend juste vide. Terriblement vide. Du bout des lèvres, je murmure des « merci » à tout va, des « ça ira ». Intérieurement, je rétorque des « vous croyez que ça va le ramener ? » et je hurle des « bien sûr que ça n'ira pas, comment voulez-vous que ça aille alors que le monde vient de se briser ? ».

Minnie n'a pas le même filtre. Quand une cousine lointaine propose à Mamie de la conduire à ses rendez-vous dès qu'elle en aura besoin, ma petite sœur réplique d'un air consterné :

— C'est idiot ! Mamie a perdu son mari, pas son permis de conduire !

Et aussitôt, Papa la réprimande à voix basse en se tordant le cou comme un poulet épileptique :

— Manon ! Viens par ici !

Il s'excuse en bredouillant, la mine déconfite, sous l'air estomaqué de la grande rousse. Ma sœur se contente d'obéir sans comprendre l'impair qu'elle vient de commettre. Les conventions, ce n'est pas son truc. Je presse le bras de ma grand-mère pour la réconforter avant de serrer la main d'un voisin venu nous présenter ses condoléances, l'oreille tendue vers les explications de mon père.

— Tout le monde est triste, la politesse nous permet de nous consoler les uns les autres.

J'oublie un instant les serrements de main pour guetter la réaction de Minnie.

— Papa, je crois qu'ils sont très mauvais pour réconforter, les gens.

Je ne peux m'empêcher de sourire. Elle a raison. Ce manège n'a aucun sens et elle est la seule à l'admettre. Tous répètent ce qu'il convient de dire mais, s'efforcent de garder la face. S'effondrer publiquement semble la menace du jour. Pourtant, je peine à comprendre ce qui les inquiète. Si nous sommes ici, c'est que nous sommes tous en mesure de comprendre cette souffrance. Se tapoter gentiment l'épaule, ça n'avance à rien. Ça ne console rien.

Quand le rituel est achevé, nous remontons dans nos voitures pour nous rendre chez Mamie. C'est étrange, il y a encore quelques jours, je disais que j'allais chez mes grands-parents. Aujourd'hui, je me rends seulement chez ma grand-mère. Le monde a changé jusque dans ses plus infimes certitudes ; c'est tout un nouveau vocabulaire qu'il faut adopter.

Il y a déjà des petits-fours sur la table du salon. Maman est venue les préparer de bonne heure, ce matin. Il me semble idiot de s'inquiéter de bien recevoir dans de telles circonstances, mais elle dit que c'est pour réunir la famille dans l'épreuve. Moi, je crois surtout qu'elle essaie de tromper le chagrin en se concentrant sur la première tâche qui lui vient à l'esprit. Je l'ai surprise en train de laver les vitres de la cuisine, peu avant de partir, ce matin. Je regarde la table dressée et mon estomac sursaute à nouveau. Qui peut bien avoir faim ? Je ne sais même pas à quand remonte mon dernier repas.

Seule la famille proche est présente. On lance des banalités, on s'efforce de replonger dans le bain de la vie quotidienne, tous en cercle autour des amuse-bouche. Lucie a eu son bac. Paul prévoit de passer le mois d'août en Finlande. L'été est capricieux dans l'Aude. Parlons le langage du vide, vite et fort, convainquons-nous que la vie continue et qu'elle a un sens, oublions que nous finirons tous dans ce même trou maudit.

Dans un coin de la pièce, un fauteuil est laissé vide. Chacun y jette des coups d'œil furtifs, s'applique à le contourner soigneusement pour le dépasser, mais personne n'y prend place. Mamie est installée dans le fauteuil similaire qui trône juste à côté, sa main cherchant machinalement le vide sur l'accoudoir déserté. Minnie reste debout. Elle ne dit pas un mot et fixe le siège d'un air habité. Je remarque qu'elle se mâchonne l'intérieur des joues et je l'invite à serrer de nouveau ses poings pour ne pas se blesser.

Puis il manque du soda. On m'envoie le chercher dans la cuisine, je suis soulagée de pouvoir m'échapper. Je pousse un profond soupir dès le seuil de la pièce franchi, m'adosse contre le four pour rassembler mes esprits. Sur un bout de plan de travail, je trouve la recette des îles flottantes. Mes jambes flageolent à nouveau.

J'ai laissé ce feuillet il y a environ un mois. La dernière fois que je suis venue ici, avant de repartir en école de commerce pour passer mes partiels. La dernière fois que j'ai vu Papi.

Il adorait les îles flottantes.

Avec le cancer, il ne mangeait plus rien. Même les briquettes hyperprotéinées ne passaient pas, on l'entendait vomir depuis le salon. Alors à chaque visite, je débarquais avec des saladiers entiers d'îles flottantes. Et il se forçait à en manger quelques cuillerées juste pour moi. Il faisait mine d'être ravi, il poussait des « huuuum » et des « miaaaam » comme si j'avais encore quatre ans. Je me fichais que ce soit du cinéma : il mangeait. Il prenait des forces pour affronter la chimio. Et j'y croyais, moi, que l'amour était plus fort que le cancer. Qu'on pouvait guérir l'horreur avec des litres d'îles flottantes.

— Tout va bien ?

Je sursaute. C'est maman qui rapporte la théière vide.

— Non.

Je lève les yeux vers le plafond pour empêcher les larmes de couler. Elle pose l'appareil sur son socle puis me prend dans ses bras. D'un geste discret, elle pousse la recette pour la faire glisser sous le micro-ondes afin qu'elle disparaisse de ma vue. Je prétends ne pas remarquer son intervention.

— Ça ira mieux quand je prendrai le train pour rejoindre Cléo à Paris. C'est trop dur de rester ici, au milieu des souvenirs. J'ai besoin de changer d'air.

Maman s'écarte légèrement. Elle pince les lèvres sans relâcher son étreinte, ses yeux me sondent et je peux y lire une infinie tristesse. Alors je reprends la parole, pour noyer la gêne qui me gagne de voir ma mère s'effondrer en silence.

— Tu sais, j'ai vraiment envie d'écrire un roman, cet été. Je crois que ça me fera du bien de m'impliquer à fond dans un projet, de m'occuper l'esprit.

Une ombre passe sur son visage et la tristesse s'efface pour laisser place à un autre sentiment que je ne saurais définir. Un étrange mélange de tension et de culpabilité.

— Hmm, nous pensions t'en parler demain mais... Eh bien, nous avons discuté, ton père et moi...

Oh. Ça n'annonce rien de bon.

— Nous avons décidé que tu passerais l'été à la maison. Papa t'a trouvé une place de caissière chez Leclerc, tu commences lundi.

— C'est une blague ?

C'est tout ce qui me vient à l'esprit. Je me dégage de son emprise et la dévisage, hébétée. Le nez plissé, ses doigts forment une mêlée nerveuse. Elle m'a l'air parfaitement sérieuse. Je cligne des yeux. Tout ça n'est qu'un fichu cauchemar, ce n'est pas possible ! Je vais bien finir par me réveiller. On vient d'enterrer mon grand-père : il doit bien exister une loi qui régit l'univers et qui empêche les événements d'empirer, non ?

— Non, tout est arrangé, souffle-t-elle.

Je dois m'appuyer contre le four à nouveau pour essayer d'organiser les pensées qui s'enchaînent dans mon esprit. Je ne comprends pas. Mon départ à Paris était acté depuis des semaines, mes parents savaient que j'avais prévu de m'aérer l'esprit en passant un peu de temps avec Cléo. Je leur avais même parlé de mes projets d'écriture. Alors, pourquoi m'imposer une chose pareille ?

— Je ne comprends pas, vous... Vous ne pouvez pas faire ça, qu'est-ce que je ferais dans ce village minable ? Et caissière, franchement, c'est tout ce que vous avez trouvé pour me remonter le moral ? Non, c'est hors de question, je ne resterai pas. Je suis désolée, mais je refuse.

Les traits de ma mère se durcissent, ses yeux clairs se font orageux.

— Ce n'est pas facultatif, Lily. Nous avons besoin de toi à la maison. Tes tantes ne lèvent déjà pas une paille aux repas de famille, tu crois que je peux compter sur elles pour m'aider maintenant que ton grand-père est mort ? Elles habitent à Pétaouchnok et ce qui se passe ici, elles s'en lavent les mains. Il faut gérer la paperasse, et ta grand-mère, et Minnie qui est une bombe à retardement depuis que Papi est tombé malade... On paie tes études et ton appartement tout le reste de l'année alors, cette fois, c'est à toi de nous donner un coup de main. Et puis tes vacances à Paris, tu les paierais avec quel argent, d'abord ? Désolée ma grande, mais on te coupe les vivres jusqu'à la rentrée.

Je tente de protester mais elle tourne les talons. Avant de franchir le pas de la porte, elle s'immobilise un instant puis ajoute :

— Si tu ne le fais pas pour nous, fais-le pour ta sœur. Tu sais que pour elle tout est plus fort, plus violent. Elle aura besoin de soutien et ton père et moi ne pourrons pas être à la hauteur pour les semaines à venir. Crois-moi, tu n'imagines pas un centième de tout ce qui se passe en ce moment. Et puis ce n'est qu'un contrat de vingt-quatre heures, tu trouveras bien le temps d'écrire. Même dans ce village *minable*.

Elle bute sur le dernier mot comme s'il lui brûlait la langue, puis disparaît dans le salon à petits pas déterminés.

Je m'attarde un moment dans la cuisine pour rassembler mes esprits. Et dire que j'étais persuadée que mon monde ne pouvait pas s'effondrer davantage… C'est quoi, la prochaine étape ? Mamie tombe malade aussi ? On m'oblige à devenir maire de ce trou pourri ?

Paris était ma sortie de secours, ma bouée de sauvetage pour ne pas laisser le chagrin me consumer. Tout était minutieusement planifié. Mon appartement étudiant est en sous-location, Cléo a investi dans un tout nouveau canapé-lit pour m'accueillir et je devais réserver mes billets de train lundi. Et me voilà qui devient soudain indispensable à la mécanique familiale ! Comment se débrouillent-ils quand, le reste de l'année, je suis à trois cents kilomètres de la maison ? Ce sont des foutaises. Et qu'est-ce que ça signifie, d'abord, « tu n'imagines pas un centième de tout ce qui se passe ici » ?

Mon cerveau va exploser. Je voudrais simplement que tout s'arrête. Juste quelques instants. Un temps mort dans l'accumulation des mauvaises nouvelles et des imprévus, est-ce trop demander ?

Plus d'argent. Plus de projets. Comment me relever de ce deuil si je suis coincée au milieu de tous ces souvenirs ? J'ai beau retourner la situation dans tous les sens, je ne vois aucune porte de sortie. Je suis à cet âge traître où l'on attend de moi que je sois adulte tout en me contraignant comme une enfant. Une simple étudiante. Suffisamment responsable pour appeler la sécu moi-même mais trop dépendante pour prendre la tangente quand j'en ai envie.

La colère m'envahit et je martèle le plan de travail du poing. Je ne comprends tout simplement pas en quoi la décision de mes parents peut maintenir notre famille à flot. Je maudis mes tantes d'habiter loin et de se cacher derrière quelques kilomètres pour se débarrasser des problèmes. C'est trop facile ! On joue à la famille modèle mais quand les ennuis se pointent, tout le monde disparaît. Pourquoi Maman ne leur demande-t-elle pas à elles de tout sacrifier ?

Cet été, je m'étais promis de réaliser mon rêve : devenir romancière. D'aller au bout d'un manuscrit. D'honorer la mémoire de Papi. Alors certes, ça ne vient pas avec une fiche de paie, mais je n'avais pas l'intention de me la couler douce. C'était ma toute dernière chance de plonger dans la littérature à corps perdu. L'an prochain, je décrocherai mon diplôme et je devrai m'initier à la routine des jeunes actifs, à un travail de bureau et à un train de vie abrutissant. Cette vie me terrifie. Pour quoi faire, hein ? Vendre des croquettes ? Du jambon, peut-être ? Non, ce n'est pas pour moi. J'ai essayé de m'y plier lors de stages étudiants, j'ai choisi des études généralistes dans l'espoir de ne pas m'enfermer dans une case, mais ce n'est pas pour moi. C'est trop mécanique. Trop ennuyeux. Je le laisse aux autres, qu'ils alimentent leurs tableurs Excel à s'en bousiller les yeux si ça leur chante. Moi, je veux écrire, vivre mille vies en une, devenir l'architecte de mondes imaginaires, repeupler les bibliothèques de France, être médecin des cœurs. Papa dit que je me cherche encore, mais moi, je sais que je ne suis pas taillée pour tout ça. Qu'écrire est tout ce qui me fait sentir vivante. Et voilà que mes projets viennent d'être avalés par le tapis roulant d'une caisse de supermarché. Que je dois me sacrifier pour m'occuper de Minnie, comme c'est le cas depuis que le diagnostic est tombé, l'année de ses six ans. Et par-dessus le marché, je devrai vivre au milieu des souvenirs de Papi Henri en prétendant qu'ils ne me démolissent pas.

— Tu es en train de fabriquer le soda toi-même ?

Penchée sur le plan de travail, je relève la tête pour décocher un regard mi-assassin, mi-las, à ma petite sœur. Je lui désigne un pack de six bouteilles posé à quelques centimètres de moi.

— Sers-toi, il est juste là.

Minnie s'avance, ses boucles châtains se balancent doucement contre sa robe noire. Elle déchire l'emballage dans un crissement agaçant et s'empare d'une bouteille, mais elle ne repart pas. Elle se plante face à moi et me dévisage d'un air curieux.

— Oh, j'ai compris ce que tu es en train de faire. Tu te caches, c'est ça ?

Je soupire. J'ai envie d'être seule, qu'elle me laisse tranquille.

— Tu n'as pas à avoir honte, poursuit-elle. Moi aussi je me cache quand je ne me sens pas bien. À la maison, j'utilise la cabane que tu as fabriquée dans le grenier. Mais j'ai une cachette ici aussi, tu veux la voir ?

Une cachette, ici ? Comment ne l'ai-je jamais remarquée ? Nos grands-parents nous ont pourtant souvent gardées pendant les vacances, quand nous étions plus jeunes.

Je prends une profonde inspiration et je serre les dents en hochant la tête. Je me prépare autant à affronter le reste de cette fichue journée que les deux mois à venir. Et alors que Minnie me conduit au pied de l'escalier qui dessert les chambres de mes grands-parents, je me fige. Je ne peux pas aller là-haut. Je ne peux pas passer devant *son* lit, ce maudit lit où il ne dormira plus jamais.

— Tu sais quoi ? Tu me montreras ta cachette un autre jour. J'ai… J'ai besoin d'air.

Je recule de quelques pas, le souffle court, puis je m'enfuis comme une voleuse. J'entends Minnie me demander où je vais, je l'ignore et je slalome entre les membres de ma famille qui prétendent s'intéresser à la vie des uns des autres autour du buffet. Mamie se plante au milieu de mon chemin, une assiette dans les mains. Lorsqu'elle me remarque, elle me la tend sous le nez.

— Tu veux une part de quiche ?

Son sourire est abîmé et sa voix sonne comme un vieux moteur rouillé. À contrecœur, j'esquive son corps frêle et l'ignore également, pressée de m'échapper.

Une fois à l'extérieur, je me mets à courir, je quitte le jardin pour m'élancer dans la rue. J'ôte mes talons et le bitume brûlant m'invite à courir plus vite. Mon cœur bat à tout rompre dans ma poitrine, mes poumons chauffent, une salve de larmes me monte aux yeux. Mes pieds me conduisent sans réfléchir à un petit bout de garrigue qui s'insinue entre les maisons, à quelques rues de chez mes grands-parents. Pardon, de chez ma grand-mère.

Je suis complètement perdue. Est-ce que c'est encore chez lui ?

Je m'arrête devant un banc en bois, à l'ombre d'un pin. Le gravier me bousille la plante des pieds. Je saigne un peu mais je m'en fous. Je me laisse tomber sur l'assise, vidée. Quand Papi m'emmenait en balade, nous finissions toujours notre circuit sur ce banc et nous parlions pendant des heures. Je tourne la tête pour contempler l'espace inoccupé à côté de moi et mes larmes redoublent.

Comment vais-je m'en sortir, Papi ? Suis-je condamnée à rester cloîtrée dans ce village ? S'il te plaît, dis-moi que quelque chose de plus grand m'attend quelque part…

3

Lundi matin, 8 heures. Je gare ma Twingo sur le parking du Leclerc, je coupe le contact et j'inspire profondément, les mains crispées sur le volant. J'ai la nausée, le ventre en vrac et envie de hurler à la terre entière d'aller se faire voir. Mon cerveau tourne de travers, embrumé par les préoccupations qui l'assaillent, et je dois fournir un effort titanesque pour les enfouir tout au fond de mon esprit. Hésitante, je sors de l'habitacle, me dirige vers la porte de service et presse le bouton d'appel pour que l'on vienne me chercher. Une petite quinquagénaire blonde ne tarde pas à entrebâiller la porte.

— C'est pour quoi ?

— Je suis la nouvelle caissière.

— Hôtesse de caisse, Mademoiselle !

Son ton est sec et pincé, son regard me détaille avec dédain. Les sourcils plissés, la femme finit par s'écarter du passage pour me laisser entrer par le maigre interstice et m'invite à lui emboîter le pas. Son manège me laisse croire que je suis une Totally Spies recrutée par le WOOHP. Malheureusement, madame Ronchon – elle m'a dit son nom en grimpant une série d'escaliers mais je n'ai pas vraiment écouté – se contente de me conduire dans un vestiaire lugubre où elle me remet deux polos bleu moche et m'ordonne de me changer rapidement. Pas de bureau d'espionne en vue. Pas la moindre perspective d'un peu d'aventure dans ce patelin. Et dire qu'aujourd'hui, j'aurais dû réserver mes billets pour Paris…

— Vous devrez veiller à la propreté de votre uniforme en toutes circonstances. Pour ce qui est du pantalon, nous n'acceptons que du noir, du bleu et du gris. Les jeans sont interdits.

Dommage que j'aie enfilé un slim noir, ce matin. Avec une autre tenue, j'aurais pu me faire renvoyer à la maison et en finir avec toute cette histoire.

Quand je suis prête, Ronchon me guide dans les bureaux à l'intérieur du magasin et je découvre une armée de caissières en train de compter leur fond de caisse. Derrière les portes automatiques, un amas de retraités impatients s'agglutine déjà, chariot contre chariot, alors que le magasin n'ouvre que dans vingt minutes. Je comprends mieux mon entrée en catimini : on dirait une meute de zombies en quête de chair fraîche.

— Voici Jessica, m'annonce Ronchon en s'arrêtant devant la caisse numéro douze. Elle sera votre formatrice pour la journée. Demain, vous prendrez votre poste seule.

Sur ces mots, la responsable tire un badge et un carré en papier de sa poche qu'elle me tend sans cérémonie. Ce sont mes horaires pour la semaine.

— Oh ! Et attachez-moi ces cheveux avant qu'ils ne se coincent dans le tapis, ajoute-t-elle avec sévérité.

Je fronce les sourcils, perplexe. Combien de cas de scalps de caissière recense-t-on dans le monde ? Je tire mon téléphone portable de ma poche pour googler les statistiques, pensant que Ronchon va s'en aller vaquer à ses occupations, mais elle reste plantée devant moi et son visage prend soudainement une teinte cramoisie.

— Rangez-moi cette horreur ! aboie-t-elle. Pas de téléphone pendant vos horaires. Pas de téléphone ! Sous aucun prétexte ! Je ne veux plus jamais le voir entre vos mains, sa place est dans votre casier.

Hébétée, je replace le mobile dans ma poche et je m'excuse en bredouillant.

— Allez, en position maintenant ! Le magasin ouvre dans onze minutes.

Ronchon tape dans ses mains puis détale vers le comptoir de l'accueil, sans manquer d'intimer des ordres aux autres hôtesses en chemin. Je m'accorde quelques secondes pour découvrir l'emploi du temps qui vient de m'être remis. Je n'étais déjà pas très enthousiaste à l'idée de travailler ici mais ce bout de papier me sonne aussi violemment qu'un coup de massue. À cause des coupés, mes vingt-quatre heures de travail s'étirent en trente heures de présence. Et vu l'allure de la salle de pause, autant dire que la semaine ne s'annonce pas gaie.

Je résiste tant bien que mal à l'envie d'avaler un rouleau de monnaie pour abréger mon calvaire et je range le papier aux côtés du téléphone. J'ôte ensuite l'élastique qui m'entoure le poignet pour rassembler mes cheveux en queue-de-cheval et je me glisse derrière le comptoir à chewing-gum pour rejoindre Jessica. Elle ne doit avoir que trois ou quatre ans de plus que moi. C'est une jolie fille avec des yeux bleus très clairs et ses cheveux bruns sont remontés en chignon tiré à quatre épingles. Elle s'empresse de m'expliquer le b.a.-ba du métier mais je peine à rester concentrée. Mes barrages mentaux ont cédé et mon attention a sombré sous le poids des pensées qui m'obsèdent.

Le fait est que je m'en contrefiche, qu'il faille rassembler les coupons de réduction dans une pochette pour les ranger dans le tiroir-caisse en fin de journée, et qu'il y ait un nombre d'articles minimum à scanner à la minute. Jessica me parle de statistiques enregistrées par la caisse, d'un tableau de performance des caissières, et tout cela me passe au-dessus comme un avion dans le ciel. Elle parle, elle parle, mais tout ce à quoi je pense, c'est à la discussion que j'ai surprise entre mes parents ce matin, pendant leur petit-déjeuner dans la cuisine : Mamie Mariette est endettée jusqu'au cou. Papi et elle avaient contracté tout un tas de crédits à la consommation sans rien dire et, maintenant qu'une partie de la retraite de mon grand-père ne sera plus versée, Mamie risque de tout perdre. Pour couronner le tout, la banque refuse de verser son assurance décès, alors Maman ponctionne dans les économies de notre famille pour essayer de sauver la situation.

Maintenant, au moins, je sais pourquoi mes parents ont décrété que je passerai l'été sous ces néons jaunâtres. Et si l'envie de remonter dans ma voiture et de rouler loin de ce supermarché m'a tiraillée ce matin, il était impossible d'y succomber après une telle nouvelle. Je ne peux pas quitter le navire alors qu'il est en train de couler.

Malheureusement, je n'ai pas plus d'informations sur le sujet. Je me suis bien attardée derrière la porte pour grappiller un maximum de détails, mais j'ai reçu un SMS de Cléo et la sonnerie m'a trahie. Mes parents se sont tus alors que Maman songeait à trouver une nouvelle maison pour ma grand-mère, plus petite et moins chère. J'ai prétendu ne pas avoir laissé mes oreilles traîner et je suis allée piocher des madeleines dans le placard, l'air de rien. De toute façon, même si je n'étais pas en froid avec mes parents, je ne sais pas comment j'aurais pu amener la discussion. Les enjeux sont trop importants, et je ne suis pas sûre de vouloir connaître les réponses aux problèmes que la situation soulève.

Après une telle découverte, autant dire qu'entendre parler de quotas d'articles à scanner par minute comme si ça faisait tourner le monde, ça me donne des envies pyromanes.

Je crois que Jessica en est aux conseils de nettoyage pour mon poste de travail quand les portes du magasin s'ouvrent, mais la déferlante de petits vieux sur les carrelages tachés du supermarché ne ramène pas mon esprit dans les lieux. Elle parle dans le vide. Quand viennent les premiers clients, elle s'efforce de m'expliquer ses moindres gestes avec pédagogie, mais je ne parviens qu'à acquiescer tel un singe lobotomisé. Y a rien à faire. Mes membres bougent mais le pilote a quitté le cockpit.

Après quelques heures interminables d'observation, ma formatrice me propose d'échanger nos places. Je joue alors à la parfaite caissière : sourires polis, formules prémâchées et hochements de tête réguliers. Mais, surtout, j'enchaîne les erreurs. J'appuie sur les mauvaises touches, comptabilise seize baguettes de pain au lieu de six, et quand ce ne sont pas les touches que je presse mal, c'est la monnaie que je rends de travers. C'est plus fort que moi. Ces gestes mécaniques me filent la migraine. Je ne suis pas là. Je n'ai pas envie d'y être alors mon esprit part en vadrouille. Et puis il y a trop de bruits, trop d'informations à engloutir en un rien de temps, trop de formalités. J'ai l'impression de m'obstiner à enfoncer des cubes en bois dans un empiècement circulaire, comme un bambin de trois ans. Jessica a beau me donner toutes les informations, ça n'entre pas. Mon cerveau refuse d'imprimer.

C'est comme s'il m'implorait : « Arrête de m'encombrer, nous avons d'autres sujets plus importants à analyser. Allez, fiche-moi la paix, laisse-moi réfléchir aux questions qui comptent. » Et le fait est que je ne peux que lui donner raison. Pourquoi gaspiller ma matière grise à scanner du papier hygiénique et à trier des coupons de réduction quand ma famille est en train de s'écrouler ?

Je quitte mon poste à 16 heures, après avoir dû recompter la caisse trois fois. À chaque comptage, il faut appeler Ronchon et elle vérifie si le solde correspond bien aux transactions enregistrées dans la journée. Elle consulte son ordinateur et se contente de dire « c'est bon » ou « recompte ». Quand il y a une erreur, elle ne signale pas de combien, de crainte qu'on ait volé les vingt centimes manquants et qu'on invente une nouvelle pièce pour camoufler son méfait. Il faut tout recompter. Chaque rouleau. Chaque pièce. Chaque billet. En fin de compte, c'est Jessica qui a réalisé le troisième round. Je crois qu'aucune de nous deux n'avait envie de rester quinze minutes de plus assise derrière la caisse.

Je remonte dans ma Twingo complètement lessivée par cette journée. En route, j'ai atteint un tel niveau de saturation que l'autoradio semble émettre les mêmes *bip bip bip* horripilants qu'une caisse enregistreuse, entre deux grésillements. Parce que le bougre ne fonctionne même plus correctement depuis qu'un malin a volé mon antenne, il y a deux mois. Comme je capte encore quelques stations, je n'ai pas jugé utile de la remplacer. Je me contente de ce que les ondes veulent bien me communiquer et je comble les blancs en chantant en yaourt lorsque la neige reprend le dessus sur la programmation, une fois rentrée dans mon village de vieilles pierres. Jusque-là, la manœuvre fonctionnait à merveille. Mais si ces satanés bruitages de supermarché persistent à me hanter, il va sérieusement falloir que je songe à faire un détour par le rayon automobile du Leclerc.

De retour à la maison, j'ai à peine passé le pas de la porte que je trouve une note affichée dans l'entrée :

RDV chez Mamie. Besoin de toi. Merci.

Je soupire, mesurant combien ce séjour forcé dans ma famille s'apprête à me priver du moindre temps libre. Avant de m'exécuter, je m'octroie un détour par ma chambre pour ôter ce polo moche et enfiler un short. J'étais trop pressée de fuir la grande surface pour me changer dans les vestiaires.

Mon cœur se serre quand je pénètre dans la pièce. Elle n'a plus rien de la chambre d'enfant où j'ai grandi. J'ai quitté la maison à dix-huit ans pour entrer en classe préparatoire et mes affaires m'ont suivie dans une petite chambre d'étudiante. Puis il y a eu les concours pour les grandes écoles et je me suis encore éloignée du nid familial, de ce village où j'étouffais tant. Toulouse, la superbe, la ville rose, est devenue mon nouveau foyer. Au fil des ans, mes parents ont bougé les meubles. Les affaires qui ne m'avaient pas suivie ont fini dans des cartons entreposés dans le grenier. Celles qui semblaient les moins précieuses ont écopé d'un aller simple vers la déchetterie. Et aujourd'hui, quand je rentre, mon cœur se brise. L'univers que j'avais créé entre ces murs n'existe plus. La bulle réconfortante où j'ai écrit mes premières histoires, pleuré mes premiers chagrins et rêvé si fort a éclaté. Il ne reste plus qu'une chambre d'amis impersonnelle. Et le drôle de sentiment d'avoir été effacée de l'âme de la maison.

J'imagine que c'est ça, devenir adulte. Un jour, on rentre dans la maison où l'on a grandi et l'on n'y reconnaît plus les traces de son enfance. Plus de collections étranges à montrer à sa progéniture imaginaire. Plus de microcosme dans lequel inviter la personne dont on a rêvé si souvent les soirs d'insomnie. À l'âge où mes parents fondaient déjà une famille, moi, je me sens comme un électron libre, sans atome auquel me rattacher. Ni complètement adulte, ni complètement adolescente. Égarée dans une errance permanente.

Je suis encore étudiante. Je traverse les appartements comme un courant d'air. Mon toit change au gré des cycles scolaires. Mon nid douillet est devenu une pièce parmi tant d'autres. Je n'ai pas de *chez moi*. Je n'ai que des lits qui se succèdent. Partout où je passe, je cherche ma place comme un chien qui tourne et se retourne avant de se laisser aller dans son panier. Et tandis que je comptais profiter de cet été pour me frotter à la capitale, à une vie nouvelle où j'aurais pu, peut-être, me sentir enfin à ma place, et goûter au destin d'écrivain, me voilà coincée entre ces murs froids, arrangés selon les goûts maternels, sans le moindre repère rassurant auquel me raccrocher.

Attristée, j'ouvre la penderie pour en tirer des vêtements de rechange. J'essaie d'oublier cette déco de catalogue Ikea, les dettes, les néons jaunâtres. Mais rien n'y fait, les pensées continuent de s'entrechoquer et, tout au fond de moi, l'envie de fuir se fait plus brûlante que jamais. J'ai passé le week-end à chercher une échappatoire, en vain. J'ai peur des conséquences, je me répète que je n'ai pas le droit. Toute tentative de fuite déclencherait une nouvelle crise familiale. Je sais bien comment se passent les choses, chez les Pertet. Les cris fusent, les portes claquent, les cœurs se vexent si fort que des générations entières peuvent rester fâchées sans savoir comment tout a commencé. Je viens déjà de perdre mon grand-père, je ne peux pas prendre le risque de couper les ponts avec mes parents. Ils comptent sur moi. Je dois m'occuper de Minnie pendant qu'ils s'évertuent à tenir notre famille loin de la banqueroute. Je n'ai pas le droit de les abandonner au cœur du chaos.

Je finis par recouvrer mon calme et quitter la maison pour gagner celle de Mamie Mariette. Le soleil est cuisant, les rues désertes. Les volets des maisons sont fermés en clé. Les petits vieux font la sieste en attendant la fraîcheur du soir pour savourer le déclin du jour sur leur terrasse. En cette saison, on a tout intérêt à être matinal si l'on veut croiser les habitants du village.

Une fois sur place, j'entre sans frapper et je me repère au son des voix qui me guident vers la chambre de Papi Henri. Mes mains tremblent à mesure que j'avance dans le couloir. J'ai envie de faire demi-tour, de prendre mes jambes à mon cou. Mais si on m'a demandé de venir, c'est qu'il doit y avoir une bonne raison, non ? Je me force à avancer. J'ai un coup de chaud en franchissant le seuil de la pièce et en serrant ma grand-mère contre moi. C'est la première fois que je mets les pieds ici depuis *son* hospitalisation. Je me risque à regarder la pièce et je manque de m'évanouir en découvrant les affaires de Papi étalées aux côtés de grands sacs-poubelles.

— Ah ! Te voilà. On trie les affaires de ton grand-père, prends un sac et au boulot.

Maman a le débit d'Eminem, des gestes rapides et le regard fuyant. Je m'empare du rouleau de sacs en plastique qu'elle me fourre entre les mains mais je n'obéis pas.

— Au boulot pour quoi ?

Les mots peinent à sortir, je dois serrer les dents pour ne pas vomir toute la colère qui bouillonne à l'intérieur de moi.

— Pour libérer la chambre. On met l'étage en location cette semaine. Allez, hop ! On n'a pas de temps à perdre.

Je reçois l'information comme un uppercut dans la mâchoire. Quelqu'un d'autre que Papi va dormir dans cette chambre ? Qui ? Un inconnu ? Un membre de la famille ? Pourquoi profaner ce sanctuaire ? Cette chambre, ces affaires, c'est tout ce qu'il nous reste de lui. Il vient tout juste de partir, n'a-t-on pas le droit à un peu de temps pour faire notre deuil ?

Mais Maman me fait les gros yeux en désignant Mamie qui contemple une chemise tristement. Ce n'est pas le moment de se chamailler. Je contracte mes poings et m'efforce de ne rien laisser déborder de ma fureur. Je ne suis pas dupe. Maman sait que j'ai tout entendu. Elle a décidé d'attaquer le mal à la racine. Pour empêcher Mamie de finir à la rue, elle a entrepris de faire le tri, de bouger les meubles et de déménager les pièces pour accueillir un locataire dès que possible et alléger le loyer. Dans l'immédiat, c'est sans doute la seule solution viable pour desserrer l'étau qui s'est refermé sur elle. Mais ce n'est pas parce que c'est logique que c'est juste.

— Allez, Lily, au boulot, on ne va pas y passer la nuit !

Je m'apprête à répliquer, le sang bat à mes tempes, mais Mamie s'interpose.

— Tiens, ma chérie, et si tu commençais par cette commode ?

Son regard doux m'apaise, je bats en retraite. Je sais ce qu'elle est en train de faire, et elle est douée. Entre Maman et moi, ça a toujours été électrique. Des allers-retours constants entre obéissance aveugle et rébellion, sans juste milieu. Un combat permanent pour trouver ma place entre mon rôle d'enfant et celui de garde-fou pour ma petite sœur. Aussi loin que je m'en souvienne, Mamie Mariette joue le tampon entre nous pour éviter que nos propres foudres finissent par nous consumer.

La gorge nouée, je me mets au travail. J'extirpe les vêtements de la commode jouxtant le lit du bout des doigts. Je me plie aux consignes strictes : on ne garde que le nécessaire, on donne le réutilisable et on jette tout le reste. De ce que j'ai pu observer, seul le complet trois-pièces que portait Papi Henri le jour de son mariage a échappé au grand nettoyage. Et dès que j'essaie d'épargner un objet, ma mère s'emporte et les réflexions acerbes fusent des deux côtés.

Maman vide les placards à toute vitesse, érige des piles qui s'écroulent, assomme Mamie de questions. « Et ça, on garde ou pas ? » Mamie bredouille devant chaque objet, retient ses larmes. Elle ne sait pas. Elle ne sait plus. Elle n'avait pas prévu d'enterrer l'homme de sa vie et d'en jeter les souvenirs aussitôt. Même quand la maladie nous y prépare, on ne peut qu'être pris de court le moment venu. De mon côté, j'écoute les peines tomber en rongeant mon frein. Chaque tee-shirt que l'on jette, c'est un morceau de mon grand-père que l'on m'arrache. Je n'y peux rien, je suis une accumulatrice compulsive. Papa dit que j'ai la collectionnite. Je transforme les objets du quotidien en totems magiques. Je les investis des souvenirs qui s'y rattachent et je m'y accroche désespérément. Mais est-ce si mal de vouloir sauver les bribes d'un passé qui nous a construits ?

Soudain, Maman lance un tricot de peau dans une pile des vêtements à jeter et Minnie se met à crier, prenant mon relais.

— Non, on ne jette pas ça !

Elle s'empare du vêtement troué et délavé et le serre contre son cœur, catégorique. À côté d'elle, un sac-poubelle de cinquante litres déborde déjà de babioles en tous genres.

— Ça suffit maintenant ! Il est fichu, ce tricot, il n'y a rien à sauver là-dedans !

Maman est à bout de nerfs. Ses yeux nous adressent des prières muettes. J'imagine qu'ils nous implorent de la laisser mener son deuil à sa manière. D'accepter que l'on jette les souvenirs comme on arrache un pansement. De comprendre que l'arrivée d'un locataire est indispensable pour que Mamie ne perde pas le peu qu'il lui reste. Maman est submergée. La réalité la plonge dans l'urgence. Seulement trois jours après avoir enterré son père, la voilà qui doit se débarrasser de ses affaires. Peut-être que s'il n'y avait pas eu ces dettes, nous aurions pu préserver ce sanctuaire un peu plus longtemps. Mais elles existent et le temps presse. J'essaie de me raccrocher à ces arguments rationnels, mais je ne parviens pas à étouffer le sentiment d'injustice qui me dévore un peu plus goulûment à chaque objet que l'on jette.

Ce qui est drôle, avec la mort, c'est qu'on s'attend à se noyer dans une marée d'émotions, mais c'est en fait une vague de paperasse et d'obligations qui nous submerge. Signer des certificats. Signer des chèques. Mettre les papiers en ordre. Prévenir les créanciers qu'un mort ne paie plus ses factures. Effacer les traces d'une vie bien remplie pour céder la place à la suite. C'est un foutu chaos.

— Peut-être qu'on pourrait… intervient Mamie.

Maman l'arrête d'un geste de la main. Aucun objet n'échappera à son couperet. J'adresse un regard désolé à ma grand-mère, elle me retourne un sourire faiblard. Soudain, je me souviens d'un carton rempli de bandes dessinées qui est rangé sous le lit. Pour couper court à la crise qui se profile, je m'accroupis et le tire de sa cachette. La collection complète des Astérix et Obélix y dort, protégée de la poussière par du papier de soie. Je le pousse du pied vers ma sœur, espérant calmer les tensions.

— Tiens, et si t'allais lire ça dans le salon ?

— Tu n'as qu'à prendre tout le carton, offre Mamie. Henri a toujours dit que ces albums seraient pour toi un jour.

Minnie écarquille les yeux, se rue sur le carton et détale dans la pièce voisine en oubliant le tricot de peau qui la préoccupait tant. Maman soupire.

— Tu es sûre que tu veux t'en séparer ? Ces BD sont ce que papa avait de plus cher.

— Ne dis pas n'importe quoi, c'était vous, ses enfants et ses petits-enfants, ce qu'il avait de plus cher. Manon adore ces histoires, alors pour une fois que je peux marquer des points avec elle, je ne vais pas m'en priver !

Minnie est difficile à comprendre, elle peine à tisser des liens. Papi a toujours su comment s'y prendre avec elle, sans doute parce que lui-même vivait dans son monde sans que l'on parvienne à le cerner totalement. Mamie, elle, a plus de mal. Elle essaie trop fort. Ma petite sœur a son propre sens des conventions, elle n'éprouve pas d'attachement inné sous prétexte d'avoir des gènes en commun avec quelqu'un. Se faire une place dans son univers, c'est tout un art. Mais le point positif, c'est que son manque d'intérêt envers notre grand-mère m'a laissé plus de place auprès d'elle. Si je vouais une admiration sans borne à Papi Henri, j'ai tissé un lien extraordinaire avec Mamie Mariette ; et alors que l'autisme de ma petite sœur a toujours été la principale préoccupation de mes parents, j'existe un peu plus fort à ses côtés.

Maman oublie les bandes dessinées et replonge aussitôt dans l'armoire. Elle rouspète, plisse le nez à cause de la poussière, érige de nouvelles piles. Elle tire des castagnettes fleuries d'une étagère et lève les yeux au ciel.

— C'est dingue tout ce qu'on peut accumuler comme cochonneries dans une vie !

Mais ces castagnettes sont le vestige du premier voyage en amoureux de mes grands-parents à Barcelone et Mamie laisse échapper une flopée de larmes sous le regard démuni de ma mère. Je m'empresse de récupérer l'instrument en lui décochant un regard noir et de le placer dans le carton des objets que l'on garde.

Je reporte ensuite mon attention sur la commode qui m'a été assignée. En soulevant une nouvelle pile de vêtements, un carnet caché entre deux pull-overs tombe sur le sol. C'est un journal avec une reliure en cuir, assez petit pour se glisser dans une poche. Je le feuillette, découvre des pages jaunies et une écriture au crayon à papier difficile à déchiffrer. Des dates, des photos et des mots entourés se démarquent du fouillis d'idées. Alors que Mamie débat avec Maman de l'importance d'une boîte à musique fendue, je m'installe en tailleur sur le parquet et je m'essaie au déchiffrage des notes.

Les phrases sont des plus sommaires, le contenu s'enchaîne sans chronologie ni précision. Je décèle des mentions de la guerre, d'un camp de travail et de projets d'évasion. De vieilles histoires que racontait Papi me reviennent en mémoire mais je peine à assembler les éléments. Je brandis le journal à l'attention de ma grand-mère, l'examinant sous toutes les coutures.

— C'est quoi, ça ?

Elle fronce les sourcils, s'approche pour feuilleter le carnet puis me le rend en haussant les épaules.

— Oh, ce n'est rien, juste un journal que ton grand-père tenait pendant la guerre. Il n'en avait jamais assez, de ces histoires, il a dû me les raconter mille fois. Tu peux le jeter, personne n'a envie de parler de ces années de misère.

Elle accompagne sa décision d'un signe de la main en direction des sacs et je hoche la tête, perplexe. Mais je ne parviens pas à détacher mon regard du carnet. Ces pages, c'est tout ce qui me reste des histoires que me contait Papi Henri. En effleurant le papier, j'ai l'impression de le toucher une dernière fois, de le sentir encore un peu auprès de moi. Aussi, dès que Mamie tourne le dos, je glisse le journal dans ma poche arrière.

4

Je quitte la maison de Mamie peu après avoir découvert le carnet. Dehors, l'air est moins étouffant et les volets des maisons se sont ouverts. J'étudie les façades de pierre à mesure que j'avance dans les rues et je déprime d'avance d'être coincée ici pour les deux mois à venir. J'ai le sentiment de connaître chaque pierre, chaque foyer et chaque commerce – ce n'est pas difficile, il n'y en a que quatre. Si l'on exclut la supérette de l'autre côté du périphérique. Ce village est un tonneau des Danaïdes de l'ennui. Mes parents ne comprennent pas que je fuie à la moindre occasion. Comment leur expliquer que la vie que l'on mène ici m'éteint à petit feu ?

Je me suis toujours sentie étrangère à ces ruelles. J'y ai comme une impression d'asphyxie. Tout est trop petit, même les rêves des habitants. Quand je parle de romans, d'aventure, de grands salons littéraires, on me regarde avec des yeux ronds et on me demande de redescendre sur terre. On s'ennuie ferme et on ne s'en inquiète pas. La dernière fois qu'il s'est passé quelque chose de palpitant, c'était il y a six ans, quand le rat de monsieur Melan a sauté de son épaule et s'est faufilé sous les jupons de la vendeuse de légumes, le jour du marché. Elle a remonté sa robe et a traversé les halles avec les fesses à l'air, sous les commentaires hilares des habitants. Hormis ça, rien d'extravagant. Chaque jour, chaque semaine, le village pulse au même rythme alangui.

Au détour de la place principale, une voix m'interpelle. Je reconnais immédiatement son timbre grave et doux.

— Lily ! Eh, petite !

Je m'immobilise et une vague de nostalgie m'envahit. Quand je me retourne, je découvre un jeune homme de vingt-cinq ans que je n'ai plus vu depuis des mois : Félix. Il arbore son éternel sourire moqueur et ses yeux verts sont assombris par une casquette.

— Toujours pas de barbe, à ce que je vois.

— Toujours pas une taille mannequin, riposte-t-il du tac au tac.

Nos taquineries sont sans doute la seule chose qui me manque lorsque je quitte le village. Il m'enlace aussitôt en guise de salut et je disparais dans ses épaules deux fois plus larges que moi.

— Qu'est-ce que tu fais dans le coin ? Les seules fois où on te voit, c'est soit que tu viens de lâcher un garçon, soit un appartement.

Je hausse les épaules, fuyant son regard.

— Quelque chose comme ça.

Il m'inspecte d'un œil intrigué.

— Allez viens, je t'emmène prendre une bière.

Dans une ville normale, il me conduirait dans un bar. Mais pas ici. Ici, il n'y a qu'un PMU. Et si on s'y installe, on est assuré que le village tout entier connaîtra la teneur de nos échanges avant l'heure du dîner.

Félix s'arrête dans la petite épicerie-boulangerie qui injecte toute l'animation du centre du village. Il achète deux bières en canette puis nous gagnons l'arrêt de bus où nous nous retrouvions chaque matin, il y a quelques années, quand nous allions ensemble au lycée. Sur le chemin, nous nous contentons d'échanger des banalités, de celles qui sont nécessaires pour se réhabituer à un être cher dont on s'est détaché avec le temps et la distance. Mais une fois perchés sur le vieux banc où sont gravées nos initiales, Félix creuse les raisons de ma présence.

J'ignore pourquoi j'ai du mal à lui confier l'épreuve que je traverse alors que j'ai si souvent pleuré dans ses bras. Je crois que j'ai peur de le mettre dans la confidence, parce que si je suis coincée ici pour le reste de l'été, Félix sera mon seul ami. Mon unique chance de jouir d'une bulle de réconfort, loin du chaos qui règne dans ma famille. Mais à force de questions, mes doigts se portent machinalement sur le journal rangé dans la poche de mon short et je me rends à l'évidence : rien ne pourra me faire oublier que Papi n'est plus là. Aucune tentative désespérée ne pourra résorber ce nœud de chagrin qui m'obstrue la gorge. Alors, quand Félix émet une énième théorie loufoque sur les raisons de ma venue – après la suggestion d'une reconversion professionnelle en qualité d'éleveuse d'alpagas et l'hypothèse d'une rupture avec un baron de la drogue –, je finis par répondre :

— J'ai perdu mon grand-père.

Il écarquille les yeux et s'empresse d'avaler une gorgée de bière pour masquer sa gêne.

— Oh.

Son trouble m'arrache un sourire puis je fixe la pointe de mes chaussures. Je me rends compte de ce que je viens de dire. Je n'ai pas encore réussi à énoncer à voix haute que mon grand-père est mort. D'une certaine façon, j'ai peur que ça ne rende la situation que trop réelle. Je souris encore plus et Félix me dévisage sans savoir quel comportement adopter. C'est juste que je la trouve drôle, cette expression : *perdre quelqu'un.* Comme s'il s'agissait d'un trousseau de clés ou d'un chien égaré. Comme si j'allais le retrouver en cherchant bien dans mon tiroir à chaussettes.

— Si je peux faire quoi que ce soit, propose-t-il en baissant d'une octave.

— Ça va. Tu viens déjà de m'offrir une bière de qualité, je serais gourmande d'en demander plus.

Je brandis ma canette pour trinquer et les rires qui s'ensuivent détendent l'atmosphère.

Nous restons sur ce banc jusqu'au coucher du soleil. Ça me fait du bien, j'en oublie presque les derniers jours qui viennent de s'écouler. Félix me tient dans ses bras et je nous revois au lycée, quand nous n'étions pas fichus d'avouer le béguin que nous avions l'un pour l'autre.

Lorsqu'il me raccompagne chez moi, il me serre contre son torse et murmure que tout va s'arranger. Je sais bien que c'est faux, car rien ne pourra ramener Papi Henri parmi nous. La mort ne s'arrange pas. C'est définitif. On ne peut que s'arranger avec notre capacité à l'accepter. Mais je ne dis rien et je laisse la douceur de sa voix dorloter mon cœur cabossé.

Je recule doucement et tourne la poignée de la porte d'entrée dans mon dos. Félix reste planté devant moi. Il semble attendre quelque chose. Je lui adresse un dernier sourire en m'effaçant derrière le battant. Je ne veux pas lui demander ce qui trotte dans sa tête. Je m'en doute, j'ai l'habitude de cette ambiguïté tacite, entre nous. Mais là, tout de suite, je veux juste me retrouver seule. M'échapper de l'agitation incessante qui m'avale depuis ces dernières semaines. Me retrouver en tête à tête avec les mots de mon grand-père, qui m'attendent dans ma poche arrière.

Je préviens mon père de ne pas m'attendre pour le dîner et je file directement dans les escaliers, tirant le carnet de ma poche pour en tourner quelques pages en même temps que je gravis les marches. Je suis impatiente de me plonger dans les mots de Papi Henri. De me reconnecter à lui à travers ses souvenirs. Mais lorsque je franchis le seuil de ma chambre, je découvre Minnie assise au pied de mon lit, une pile de BD dressée à sa droite, un bol de Pringles posé à sa gauche. Elle ne lève pas le nez du numéro qu'elle est en train de lire malgré mon arrivée. Papa et Maman ont manifestement abandonné toute idée d'ordre et de rigueur puisqu'elle se goinfre de chips sur mon tapis, mais je n'ai pas l'intention de faire de même. Je dépose les mémoires de Papi sur l'étagère supérieure de ma bibliothèque puis je m'empare de la pile de bandes dessinées sous les protestations de ma sœur.

— Allez, hop ! Dehors ! Il est temps que tu apprennes un concept fondamental : l'in-ti-mi-té.

Des bandes dessinées empilées jusque sous le menton, je me déplace en canard en direction de la chambre voisine en m'efforçant de ne pas en laisser tomber une. Je déverse le tas sur le lit de Minnie sans ménagement, elle m'incendie pour mon manque de soin.

— D'autres ont fini au bûcher pour moins que ça ! cingle-t-elle.

— Tes affaires, ta chambre ! je scande en gagnant la sortie. Et l'ère de l'Inquisition, c'est dépassé depuis belle lurette.

La main sur la poignée de la porte, je m'apprête à livrer une sortie théâtrale ; mais, soudain, la voix cassée de ma petite sœur s'élève timidement.

— Attends, s'il te plaît…

Je pivote vers elle, les sourcils froncés.

— Dis, tu ne veux pas rester un peu avec moi ? J'ai peur d'être seule.

Sa demande se formule en un murmure, ses grands yeux fixent la pointe de ses pieds nus. Je pousse un soupir las. De l'autre côté du mur, le carnet m'appelle. Je brûle de m'enfermer seule avec ses pages jaunies, de laisser sortir mon chagrin pour m'en débarrasser enfin. Mais les longs cils de Minnie battent contre ses paupières et elle lève ses iris gris-vert sur moi d'un air suppliant. Lui refuser quoi que ce soit semble alors impossible. Elle a besoin d'attention. Elle a besoin qu'on la rassure.

Mais n'est-ce pas le cas en permanence ?

Je secoue la tête. Minnie n'y est pour rien. Je suis l'aînée, je gérerai ma douleur plus tard. Elle a besoin de moi et je n'ai pas le droit de la laisser tomber. Je ne peux accepter l'air triste qui marque ses traits. Le journal ne s'envolera pas, après tout. J'aurai tout le temps de m'occuper de mon deuil plus tard. Ce n'est pas le temps qui va me manquer… Je suis coincée ici pour deux mois, pas vrai ?

Je m'empare du bol de Pringles et me poste à côté du lit, résignée.

— Fais-moi une place. Mais il est hors de question que tu me relises le même tome que ce matin.

5

— Allô la lune, ici la Terre !

Je sursaute. Une cliente mécontente m'agite la main sous le nez comme si j'étais un macaque enfermé dans un zoo. Je la regarde à peine, bien trop préoccupée par l'heure qui s'égrène lentement sur l'écran de ma caisse. Je compte les minutes avant de débaucher, impatiente de rattraper le temps perdu hier soir et de me pencher sur le journal de Papi Henri.

— J'ai deux packs de Cristaline, aboie la femme en désignant le bas de son chariot.

— Oui, oui, c'est compté.

Bip. Bip. Voilà, c'est scanné, nom de Dieu !

Ça ne fait que trois heures que je suis en poste et j'en suis déjà à songer que le monde aurait besoin d'une bonne épidémie de peste. Ou de variole. Peu importe tant que c'est un fléau bien corsé capable de faire le tri dans les rangs de l'humanité. Les clients défilent à ma caisse et vomissent leur mauvaise humeur sur moi sans un bonjour ni un merci. Tout à l'heure, on m'a même lancé des pièces de monnaie sur le comptoir comme si j'étais un panier de basket. À leurs yeux, je ne suis qu'une machine. Lily Pertet n'est plus rien. Juste un automate. Sans sentiments. Sans rêves. Sans ambitions.

J'ai envie de leur dire : vous savez, un jour, j'écrirai un roman et vous y mourez dans d'atroces souffrances.

Mais ils s'en foutent, les clients. Et je dois m'accomoder de mon égo malmené.

— Dites donc, faut changer de travail si vous aimez pas ce que vous faites !

— Je le noterai dans la boîte à idées.

— Je vous demande pardon ?

— Je disais que c'était une bonne idée !

J'articule ces mots comme si je parlais à une intelligence artificielle. Répondre est interdit. Hausser le ton, impensable. Je serais bien tentée de m'y risquer, des fois que ça me permette d'être licenciée, mais j'ai une trouille bleue des esclandres publics. On ne se réinvente pas en un claquement de doigts. Je suis une gentille fille. Une bonne poire. Un paillasson. Alors je garde le nœud de *punchlines* que je brûle de lui cracher au visage bien au chaud dans ma gorge. Et j'en ai mal au ventre. Et j'en ai les yeux qui brûlent.

Ce job parvient à me rendre malade. C'est la Fashion Week de l'immondice humaine. Sous toutes ses formes. Un véritable défilé de ce que notre race contient de plus abject.

La brise-ovaires lève les yeux au ciel en rangeant un tube de lubrifiant dans son cabas. Je plains le pauvre gars qui doit se l'enfiler. Tu m'étonnes que ça peine à glisser, ça ne doit pas être joyeux de se frayer un chemin à côté du balai qu'elle a dans le derrière. Je la dévisage en scannant un filet de truite. Petite, brune, le nez tordu, des lunettes rectangulaires vissées sur les oreilles. Je ne doute pas une seconde que je me souviendrai d'elle pour un moment. Et s'il y a bien une chose que je comprends à cet instant, c'est que si une caissière se souvient de votre visage malgré la marée humaine qui afflue chaque jour à sa caisse, il n'y a aucun doute sur le fait que vous êtes un sacré con.

Je lui rends sa monnaie en serrant les dents. Plus que quatre heures. Deux cent quarante minutes. Quatorze mille quatre cents secondes. Et je pourrai ôter cet uniforme informe, me réfugier dans ma chambre et me réunir enfin avec les souvenirs de mon grand-père. J'écrirai, aussi. Oui, ce soir je m'effacerai de ce monde. J'en créerai un plus beau. Plus doux. Ce sera ma fenêtre de sortie. Je dois absolument écrire. C'est une question de survie.

Ici, je vais devenir folle.

6

Quand je rentre à la maison, Minnie est en train de hurler car Maman a bousillé son chandail préféré en voulant nettoyer une tache de gras. Un nœud se forme instantanément dans mon estomac. Je songe à refermer la porte et prétendre n'avoir rien vu, rien entendu. Du calme. C'est tout ce que je demande. Juste un peu de calme pour mener mon deuil en toute intimité. Juste un peu de temps à moi pour lire le journal de mon grand-père et essayer d'écrire quelques lignes. Mais je remarque que Maman est au bord des larmes. Elle ne tient plus le coup. Elle menace de s'effondrer à tout moment. Alors je me précipite sur ma sœur et j'encadre son visage de mes mains pour former un entonnoir contre lequel j'accole mon front. C'est une technique que j'ai découverte dans un article il y a quelque temps et qui s'est avérée utile lors d'une crise dans un magasin. Mais j'ignore si elle fonctionnera à nouveau. On ne peut jamais savoir à l'avance.

— Ce n'est rien, je suis là. Respire doucement.

Minnie s'efforce d'obéir mais je sens que tout son corps est en état d'alerte.

— Concentre-toi sur moi.

J'inspire et j'expire en rythme avec elle. Elle ferme les yeux, les rouvre, les referme. Ses mâchoires bougent à toute vitesse. Un vrai hamster qui se mord les joues. J'exagère ma respiration pour lui donner la cadence. Ainsi coupée du monde extérieur grâce à mes mains, Minnie s'apaise doucement.

Ma sœur est terrifiée par le changement. Ses affaires sont plus précieuses que n'importe quel trésor. Mais, surtout, le choix de ses vêtements est fondamental dans le déroulement de sa journée : sa peau est ultrasensible, certaines matières la brûlent, d'autres la démangent sans raison. Ce chandail était le seul à ne pas la rendre folle.

— Je n'ai pas fait exprès, c'est la machine... Je n'y suis pour rien.

Maman tient le chandail du bout des doigts, le regard hagard.

— Ce n'est rien, on en trouvera un autre aussi bien que celui-ci.

Ma phrase aspire autant à rassurer Minnie qu'à apaiser Maman. Ma sœur ne répond pas, crispée, immobile. Il me faut détourner ses pensées, et vite. Déterminée, j'indique à Maman d'aller se reposer dans le salon d'un geste du menton.

— Je m'en occupe.

Les relations sont toujours tendues entre nous, mais mon intervention semble enterrer la hache de guerre. Du moins, pour le moment. Maman souffle un merci du bout des lèvres et, soudain, les vannes s'ouvrent. De grosses larmes débordent de ses paupières. Elle s'éclipse sans demander son reste.

Je reporte mon attention sur Minnie et l'entraîne par la main vers le petit grenier mansardé qui jouxte ma chambre. En chemin, je collecte une lampe torche, des oreillers et des bandes dessinées entassées contre son lit. Cette alcôve n'a pas de fenêtre, il fait encore jour mais on se croirait en pleine nuit. Au centre, un tipi de fortune se dresse, érigé à l'aide de vieux draps, de cintres tordus et de pinces à linge. Je l'ai construit il y a quelques années pour m'y réfugier quand les crises de Minnie étaient trop violentes. J'y ai imaginé des mondes merveilleux et j'y ai dévoré les plus grands classiques de la littérature. C'était ma fusée à destination de l'imaginaire. Mon ticket de sortie quand les choses devenaient trop difficiles, ici, dans la réalité. Mais ce havre de paix s'est rapidement révélé plus utile pour ma sœur que pour moi. Alors je le lui ai cédé.

Désormais, c'est *sa* cabane, son royaume. Et moi, je n'y suis plus qu'une reine mère sans le moindre pouvoir.

Minnie s'installe à l'intérieur, ferme les yeux et respire profondément. Elle s'apaise. La crise semble maîtrisée. Nous restons enfermées dans cette pièce un long moment. Isolées de l'autisme, du deuil, des clients désagréables. Le monde extérieur n'existe plus. Nous réalisons des saynètes de théâtre en ombres chinoises et lisons à voix haute des passages d'Astérix et Obélix.

En oubliant la réalité qui nous guette de l'autre côté de la porte, on pourrait croire que c'est une merveilleuse journée d'été dont nous nous souviendrons longtemps. Malheureusement, cette mise en scène n'est qu'une bulle illusoire. Alors que Minnie me parle de Catherine II de Russie, son personnage historique préféré, mon attention s'égare et je songe à tout ce que j'aurais voulu accomplir. Je voulais écrire un best-seller et je n'ai pas encré une ligne. J'ai la douloureuse impression qu'on me vole mon temps. Et ça me met en rogne, ça me bouffe de l'intérieur. Le temps, c'est l'or le plus précieux. Qui sait ce qui surviendra demain ? Et si une voiture me renversait ? Devrais-je me contenter d'une existence aussi insipide ? Tirer ma révérence sans rien avoir accompli de plus grand ?

La vie, ce n'est pas un jeu vidéo. La partie ne reprend pas à la dernière sauvegarde lorsqu'on échoue. On n'a qu'une chance. Une seule et unique. Et ça me tue de gaspiller la mienne à jouer un rôle. À scanner des capotes et du dentifrice. À jouer les saint-bernards pour une famille qui n'écoute même pas d'une oreille quand je me confie sur mes rêves les plus intimes.

Papi était le seul à comprendre… Et Mamie n'est pas en état d'entendre mes états d'âme.

À ce rythme, il n'y aura jamais de roman. Je n'aurai pas un moment pour me plonger dans les souvenirs de mon grand-père et faire mon deuil. Je mourrai aigrie et improductive. Avec une fâcheuse tendance à surveiller les places de parking de mon immeuble et un balai pour donner des coups dans le mur dès que les voisins feront un peu trop de bruit. C'est ce qui arrive aux gens qui ne parviennent pas à digérer leurs traumas. Qui n'ont pas la chance de les transformer en quelque chose d'autre. Ils se font dévorer par la douleur. Un matin, ils se réveillent et c'est trop tard. Leur peine est devenue indissociable de leur âme. Ils ne peuvent plus guérir et c'en est fini d'eux. De leurs rêves. De leur prétention au bonheur.

Je refuse que ça m'arrive. Autant se flinguer tout de suite, sinon. Je veux donner un sens à ma vie. Je me fiche de devenir quelqu'un, je veux seulement faire quelque chose. Quelque chose qui compte. Je n'ai pas le niveau en maths pour devenir docteur alors je veux raconter des histoires. Les histoires soignent les gens. Les raconter me soigne en même temps. C'est à ça que je veux consacrer mon existence. Mais ici, c'est impossible. Je pensais pouvoir jouer contre la montre. Dormir moins. Manger peu. Écrire en salle de pause. Écrire la nuit. Mais c'était naïf de croire cela possible. Il y a toujours quelqu'un pour me solliciter. Un groupe d'employés pour discuter bruyamment quand j'essaie de me concentrer. Ma petite sœur pour m'accaparer. Et au moment de gagner mon lit, mon cerveau est une vraie bouillie dont il est impossible de tirer quoi que ce soit.

Est-ce que je me trouve des excuses ? Est-ce que j'aurais plus écrit à Paris ?

— Et toi, tu préfères Lucrèce Borgia ou la reine Margot ?

La question de Minnie me ramène dans le grenier. Elle me fixe de ses grands yeux clairs, attendant ma réponse de pied ferme. Je soupire, peu intéressée par le sujet.

— Je ne sais pas. Lucrèce, sans doute. Pour l'exotisme et les passions qu'elle a déchaînées.

Minnie adopte une moue réprobatrice.

— Hum… Moi, je préfère la reine Margot. Elle a joué un grand rôle dans la guerre civile entre les catholiques et les protestants et c'était une femme très, très intelligente. Mais ça, on n'en parle jamais dans les cours d'histoire. Tout le monde n'en a que pour la Seconde Guerre mondiale. Les grandes femmes de l'histoire, on les oublie. Ou on en fait des personnages de fiction légers, des femmes de petite vertu, on retient les légendes noires et pas ce qu'elles ont réellement accompli. Si on n'a pas la curiosité d'aller chercher, on pourrait croire qu'elles n'ont jamais existé. Et puis bon, même quand il s'agit de la Seconde Guerre mondiale, on nous apprend ce qu'on veut. Regarde, Alan Turing, t'en as entendu parler en cours, toi ? Non, parce qu'il était gay. Tout le monde s'en fout de ce que les femmes et les gays ont réali…

Je perds le fil. Minnie continue son monologue et mon esprit s'égare à nouveau. Allongée sur le ventre, le menton posé sur le dos de mes mains, je me retiens d'éclater en sanglots. La pauvre reine Margot n'y est pour rien. Alan Turing non plus. Je me sens simplement à l'étroit sous ce tipi de fortune. Je culpabilise d'avoir autant envie d'abandonner ma petite sœur, ma grand-mère et mes parents. Mais je ne peux m'empêcher de songer que ma place n'est pas ici. Et lorsque mes yeux se posent sur les cartons entassés dans le fond du grenier, contenant les vestiges de mon enfance, le gonflement de mon cœur redouble.

Combien de temps vais-je encore jouer l'autruche ? Me plier à ce qu'on attend de moi au lieu de devenir celle que j'aspire ?

Il faut que je trouve un moyen de me tirer d'ici, et vite.

7

Samedi matin, 9 heures 30. La semaine m'a filé entre les doigts. Un locataire s'est installé chez Mamie Mariette hier. Tout est allé vite. Si vite. Je me demande où disparaissent les heures et où fuient les jours.

Pour la première fois depuis lundi, mes horaires de travail sont cléments. Je ne prends mon poste qu'à 12 heures 45. Cela me laisse quelques heures pour plonger dans les souvenirs de mon grand-père et mener mon deuil à ma manière. Enfermée à double tour. Coupée du monde extérieur.

Je me faufile dans la cuisine sur la pointe des pieds pour préparer un bol de céréales puis je remonte les premières marches des escaliers avec la même discrétion. Je suis bien décidée à laisser ma famille croire que je dors encore alors que je m'entretiens avec mon chagrin.

Soudain, mon prénom retentit dans mon dos et je manque de lâcher le bol rempli à ras bord. Tout mon corps se crispe. Je pivote pour contempler ma mère au bas des marches.

— J'ai besoin que tu fasses des courses pour Mamie.

Une vague de chaleur me parcourt. Mes mains tremblent. Je menace d'imploser. J'ai envie d'envoyer le bol se fracasser au sol, de taper du pied, de cogner contre les murs et de hurler à pleins poumons. L'envie me brûle de livrer un caprice d'enfant, de petite fille, parce que c'est tout ce qu'on m'autorise à être ici.

— J'ai déjà des projets. Tu ne peux pas y aller ?

Prendre sur moi. Faire bonne figure. Penser à la douleur du reste de ma famille. Me montrer forte pour eux. Ne pas craquer. Surtout, ne pas craquer.

M'imposer en l'adulte qu'on oublie que je suis devenue.

— J'ai rendez-vous avec la banque. La liste est sur la table de la cuisine, merci.

Maman disparaît dans le cellier où sont entreposées les provisions mais mon envie de fracasser le bol, elle, ne disparaît pas. Je reviens sur mes pas, balance mon petit-déjeuner à la poubelle et gagne la salle de bains pour une douche express. Cette demande m'a coupé l'appétit.

Ma frustration est toujours à son paroxysme quand je m'installe au volant de ma Twingo. J'enclenche le contact et la radio crachote une musique brouillée dont on ne capte qu'un mot sur trois. À bout de nerfs, je presse le bouton *off* et je laisse mes pensées assourdissantes se déchaîner dans ma tête. De toute façon, même avec une radio fonctionnelle, je doute que la moindre chanson eût été capable de les camoufler.

Hors de question d'aller au Leclerc où je travaille. Je prends la route en direction du Super U du village, où les petits vieux vous foncent dans les fesses à coups de chariot. Le fait est qu'ils sont trop pressés d'utiliser leurs deux euros de réduction sur les Activia pour regarder devant eux.

Les allées sont un véritable club de rencontre par affinités. Les grands-mères débattent des meilleures couches au rayon hygiène pendant que leurs maris observent les bouteilles de vin d'un air habité, à quelques mètres. Aux fruits et légumes, on s'insurge du prix des melons et de la provenance des tomates. C'est l'agora. Bientôt, de vieux amis d'enfance discuteront du taux d'imposition le plus juste et le monde sera repensé dans son intégralité avant le passage en caisse.

Je me faufile rapidement entre les divers ministères et j'amoncelle les articles avec l'empressement d'un candidat de Fort Boyard et la dextérité d'Arsène Lupin. Les supérettes de campagne m'angoissent encore plus que la grande surface où je travaille. Si on se risque à regarder autour de soi, on capte forcément l'attention d'une connaissance et c'est parti pour un quart d'heure de banalités en tous genres. Or, je nourris encore l'espoir d'en finir assez vite avec cette corvée pour mener à bien le programme que j'avais prévu.

À la caisse, alors que je pense m'en être socialement tirée à bon compte, deux mains géantes se posent sur mes épaules. Je sursaute et un sachet de pâtes m'échappe des mains.

— Comment ça va, ma p'tite ?

Félix me dévisage avec son éternel sourire en coin. Surprise, je bredouille un salut en me débarrassant des derniers articles qui m'encombrent les bras et repêche le sachet qui m'a échappé. L'air de rien, je me déplace un peu sur la gauche dans l'espoir de dissimuler le paquet de couches pour adulte qui tressaute en rythme sur le tapis roulant.

— Tu n'as pas donné beaucoup de nouvelles, remarque-t-il sans se départir de son ton enjoué. J'ai essayé de t'appeler hier…

Je sais, j'ai regardé le téléphone sonner.

— Désolée… J'ai été pas mal occupée.

Je fixe la pointe de mes chaussures d'un air gêné. Je n'ai jamais été douée pour garder le contact avec les gens qui m'entourent. Je suis vite à court de mots lorsqu'on m'appelle, je ne pense pas à envoyer des SMS. Les notifications m'angoissent, elles sont autant de signaux qui rappellent que le monde réel s'agite tout près et qu'on attend de moi que j'y participe, alors que je préfère vivre enfermée dans mes pensées et dans celles de personnages fictifs.

— T'en fais pas, entre ton job et… Tu sais… tu avais de quoi être occupée, bredouille-t-il.

Ses joues s'empourprent. On dirait qu'il vient juste de se souvenir que j'ai enterré mon grand-père il y a à peine une semaine.

— L'été parfait, j'approuve.

Je ne parviens pas à le regarder dans les yeux. Je ne m'habituerai jamais à cette manière si étrange de ne pas mentionner la mort. Moi-même, je me surprends à taire le mot comme si une entité secrète le retenait prisonnier de toutes ses forces au sein de mes entrailles.

— Léa et Nathan sont dans le coin, on a prévu d'aller boire un verre, ce soir. Je passe te prendre ? Ça te ferait du bien de te changer les idées.

Léa et Nathan sont des camarades de lycée qui ont commencé à sortir ensemble l'an dernier. Je ne les ai pas vus depuis des lustres, rien ne garantit que nous ayons encore quelque chose à nous raconter. Nous n'avions déjà pas grand-chose à partager à l'époque… D'un autre côté, ça me ferait peut-être du bien de côtoyer d'autres personnes que ma famille endeuillée et les clients désagréables.

Alors que le caissier me tend mon reçu de carte bleue, je lève un regard vide vers Félix.

— Ouais, ça peut être sympa. Je bosse jusqu'à la fermeture du magasin, tu n'as qu'à passer chez moi à 21 heures.

Je lui adresse un sourire faiblard et je tourne les talons aussitôt. Dans mon dos, la voix de mon ami résonne :

— Mets ta plus jolie couche !

Je franchis les portes automatiques en essayant de disparaître dans mon tee-shirt. Forcément, il fallait que je croise Félix pendant que j'achetais des couches pour ma grand-mère ! Et en plus de ça, j'ai accepté de sortir prendre un verre après six heures de caisse, avec des gens que je n'ai même pas envie de voir. J'ai bien peur que, d'ici tout à l'heure, mon futur moi me maudisse de cette réponse.

Il faut dire que j'ai passé mon adolescence à espérer que l'on m'invite aux soirées avant de consacrer ma vie d'adulte à trouver un moyen de les esquiver. Les gens, le bruit, les futilités… Tout cela n'a rien d'aussi réjouissant que la perspective d'une soirée dans l'écrin de ma chambre, un bon roman entre les mains et un morceau de chocolat sur la langue. Et puis franchement, qu'est-ce qu'on raconte à des gens qui ne nous ont jamais manqué ?

8

Léa a perdu huit kilos depuis le lycée. Je le sais car c'est la première chose qu'elle me dit après une bise ponctuée de claquements de lèvres bruyants et de « ma chérie, ça fait si longtemps ! ». Je la détaille alors que nous nous installons à la terrasse d'un bar et je remarque qu'elle a toujours des joues replètes et des boucles blondes qui lui tombent sur les épaules. Cependant, ses jambes fuselées et son style vestimentaire plus suggestif lui confèrent une assurance qu'elle n'avait pas à l'époque. Nathan, lui, s'est complètement transformé. À croire qu'il n'est plus la même personne. De l'adolescent boutonneux aux lunettes carrées qui portait des tee-shirts toujours trop grands, il est devenu un jeune homme bien apprêté qui porte des lentilles.

J'imagine que j'ai dû changer aussi et je me surprends à me demander s'ils peuvent le remarquer. Au lycée, j'étais plutôt discrète. Je ne laissais pas deviner ce qui se tramait réellement dans ma tête. Personne ne se doutait de mon appréhension avant d'aller en cours, chaque matin. De mon souhait d'étudier à la maison, loin des autres élèves avec qui je ne me trouvais pas de points communs. Hormis Félix, toutes mes relations étaient surfaites, artificielles. Elles n'existaient que par instinct de survie. Parce qu'une élève seule est une proie facile.

Mais maintenant que nous avons grandi, je doute que la supercherie puisse encore durer. Léa et Nathan sont gentils, mais ils ont toujours incarné un manque d'ambition et une autosatisfaction qui m'horripilent profondément. Je dois avouer que j'ai un peu peur de me trouver face à eux. Peur de laisser tomber le masque. Peur que nous mesurions la distance que les années ont creusée.

— Regarde la chaîne que je viens d'offrir à Nathan, se pâme Léa à l'adresse de Félix. C'était pour nos treize mois. Et lui m'a offert ce superbe bracelet. Pas mal, hein ?

Elle brandit son poignet pour que nous puissions admirer le bijou et je m'efforce de sourire, mal à l'aise. Je n'ai jamais été amoureuse. J'ai voulu y croire, m'en convaincre quelquefois, mais je sentais bien que ça sonnait faux. Que je me battais pour rien. J'aimais l'amour plus que les personnes avec qui j'étais, et mes relations finissaient rapidement par échouer. Alors tous ces trucs de couple, ça me dépasse. À tel point que j'ai fini par me convaincre que je n'y aurai jamais droit. Cette idée m'angoisse parfois, mais j'essaie de la refouler au plus profond de moi. Même si je ne peux m'empêcher d'appréhender chaque nouvelle relation avec une réserve immense, j'imagine que ce doit être agréable d'avoir une personne à soi. Quelqu'un pour ouvrir ses bras les jours tristes et nous faire danser dans le salon les soirs d'hiver.

Félix, lui, manifeste un enthousiasme sincère. Il est tout simplement heureux de voir ses amis amoureux. Et j'ai beau tenter de l'imiter, de m'intéresser à ce qui se dit, je me sens à côté de la plaque. Je ne comprends tout simplement pas ce besoin qu'ont les couples de marquer leur territoire de la sorte. C'est universel. Ils s'offrent des chaînes comme on passe un collier à un chien, accrochent des cadenas sur les ponts dans l'espoir qu'un bout de ferraille retienne leur amour. À croire que se faire une place dans un placard équivaudrait à s'installer confortablement dans la vie de l'autre. Oh ! Et cette façon qu'ils ont de compter les mois passés ensemble… Existe-t-il un record secret seulement connu de ceux qui vivent dans le monde mystérieux des couples ? Ce que ça peut m'agacer ! « Regardez tous comme on s'aime, on se supporte depuis neuf cent soixante-huit jours, treize heures et vingt secondes. Déversez vos louanges, abreuvez-nous de votre jalousie », semblent-ils implorer. Si seulement ils se montraient honnêtes… Qu'ils avouent combien ils se font chier ensemble mais qu'ils préfèrent ça à l'ennui solitaire ! Là, je croirais en leur amour pour de bon.

Un simple coup d'œil me suffit pour deviner que Léa n'a pas seulement relooké Nathan, elle l'a personnalisé comme un mug commandé en ligne. Tous ces bijoux qu'ils arborent comme des badges de bonne conduite, qui échelonnent le temps passé ensemble, en témoignent. Et c'est risible. Et ça ne me rappelle que trop pourquoi j'ai baissé les bras : l'amour authentique et spontané semble avoir déserté notre génération. C'est le dix-huitième siècle réactualisé ; l'autre n'est qu'une vitrine de sa propre réussite. Au diable la rencontre des âmes, le compromis des différences ; la forte tête du couple gomme chaque aspérité de l'autre et efface sa singularité. En lieu d'amour, on jette des cadeaux aux yeux du monde.

Où se cachent les belles histoires, sincères et passionnées ? Ne sont-elles donc vouées qu'à exister dans les livres ?

Félix passe un bras sur le dossier de ma chaise et j'avance discrètement vers le bord pour m'écarter. J'ai la bougeotte. Je ne me sens pas à ma place. La serveuse apporte notre commande et j'envisage de descendre ma chope de bière d'une traite avant de trouver une excuse pour partir. J'appellerai un Uber ou un taxi pour rentrer. Tant pis pour Félix. Je me sens hors des échanges joyeux qui fusent, déconnectée des anecdotes vides de sens qui sont partagées. Je ne devrais pas être assise ici. Je devrais avoir le nez dans le carnet de Papi Henri et jeter mes idées de roman sur des feuilles de brouillon. Ou mieux, être à Paris…

Léa déblatère en continu sur un prof de fac qui a un début de calvitie et je sens mon énergie s'amenuiser à la vitesse de son flot de parole. Comment les gens peuvent-ils se complaire dans le bruit de la sorte ? Ils parlent pour combler le silence mais rien de tout ça n'a de sens. Peut-être que le problème vient de moi, peut-être que je suis trop rigide, que je manque de tolérance… Mais c'est plus fort que moi. Je ne supporte pas que l'on oublie avoir deux oreilles pour écouter mais qu'une seule bouche pour s'exprimer.

Alors que Léa vient de résumer son parcours scolaire sans qu'on le lui ait demandé, elle se tourne vers moi et adopte un ton enjoué :

— Assez parlé de nous. Qu'est-ce que tu fais dans le coin ? C'est tellement rare ! Tu restes longtemps ?

— Je reste un peu moins de deux mois.

Je n'ai pas envie de lui déballer tous les événements qui ont récemment chamboulé ma vie. Léa acquiesce avec un intérêt feint puis enchaîne les nouvelles questions sans parvenir à réprimer une moue dédaigneuse.

— Mais alors… Tu ne pars pas en vacances ? Avec Nathan nous partons en Grèce, la semaine prochaine. Pas vrai, mon chéri ? Nous avons *trop* hâte. Il paraît que c'est génial à la mi-juillet. C'est ma cousine qui me l'a dit. Elle n'y est jamais allée mais elle l'a entendu dans une émission. Tu vas vraiment rester ici, toi ? Je croyais que tu détestais le Gard.

Léa a une étincelle vorace dans les yeux, pareille à un prédateur face à sa proie. Savoir que mon été sera moins palpitant que le sien semble éveiller en elle un appétit féroce. Je détaille le jeune couple, les ongles enfoncés dans la chair de mes pouces. Ces deux-là sont pareils à un ticket à gratter perdant : quand on racle la surface, il n'y a rien de valeur en dessous.

Je soupire et je m'efforce de garder mon sang-froid. Félix affiche un grand sourire. Il est ravi que nous passions un moment ensemble et je ne veux pas le blesser. J'adopte un ton calme et je réponds :

— Non, non, je ne le déteste pas. C'est beau, le Gard. C'est juste que j'aime découvrir de nouvelles villes. Pour l'instant, j'ai un petit boulot, je passe du temps avec ma grand-mère et je me concentre sur l'écriture.

Léa hoche de nouveau la tête d'un faux air entendu.

— Tu as trouvé du travail ? Comme c'est… authentique !

Je manque de m'étrangler avec une gorgée de bière.

— Authentique ? Parce que tu penses que l'argent pousse dans les parterres de pâquerettes ?

Félix me donne un coup de pied discret pour m'inciter à m'adoucir mais je l'ignore. Toutes ces questions m'agacent. Je préférais encore quand Léa ne parlait qu'à coups de « nous » et de « on », de futurs proches et de passés pas assez lointains, sans se soucier du reste de la tablée.

— Non, non, ce n'est pas du tout ce que je voulais dire. C'est admirable de vouloir vivre l'expérience étudiante à fond. Admirable, vraiment. Moi, c'est mon père qui finance tout : l'appartement, la voiture, les vacances… Je suis presque jalouse de toi. Ce doit être libérateur d'avoir son propre travail.

Je me sens bouillir intérieurement, mes poings se contractent sur ma chope de bière. Être coincée derrière une caisse de supermarché, libérateur ?

— Tu as parlé d'écrire, relève Nathan qui prend la parole pour la première fois de la soirée. Tu as un mémoire à rendre ou quelque chose dans le genre ?

— Non, j'ai simplement envie d'écrire. Un roman. Ça fait longtemps que j'y pense.

Léa réprime un sourire narquois.

— Ouh là, bon courage ! Ça gagne bien sa vie, un auteur ?

— J'en sais rien, je te le dirai quand j'aurai un château en Espagne !

Je ne peux m'empêcher de répondre sur la défensive. Félix me file un nouveau coup de pied mais ça me fait une belle jambe. En quoi est-ce important, le salaire d'un auteur ? Depuis quand la valeur d'un rêve se mesure-t-elle au montant du chèque qu'il peut générer ?

Et puis de toute façon, ce n'est pas comme si j'écrivais, dernièrement. Avant de s'inquiéter d'un éventuel salaire, il faudrait déjà que j'aie un manuscrit achevé et un éditeur.

Mes doigts se resserrent encore plus fort autour de la chope.

On m'a toujours demandé pourquoi je fuyais mon petit village, mes anciens camarades de classe. Assise autour de cette table, la réponse devient évidente. Nous ne sommes pas du même bois. Non pas que l'un soit meilleur que l'autre, mais il est évident que je ne peux grandir sereinement dans la même forêt qu'eux. Nous sommes trop différents.

Après m'avoir encouragée du bout des lèvres, Léa reprend son ton jovial et disparaît dans une énième salve de paroles. De temps à autre, elle interpelle Nathan pour qu'il appuie ses propos, alors il saisit l'occasion de placer quelques mots et j'acquiesce à mon tour d'un faux air entendu. En arrière-plan dans mon esprit, une voix évalue toutes mes options de repli : *Pas sûre qu'il y ait des Uber dans le coin, mais tu devrais pouvoir trouver un taxi. Sinon, la maison n'est qu'à une heure et demi de marche. Bon, c'est une heure et demi de nationale, mais je crois que ma tranquillité d'esprit vaut le risque. Ou alors, je pourrais appeler Papa... Oui, je pense qu'il viendrait.*

Léa parle tellement que je ne la vois plus. Mes yeux la fixent mais mon attention vogue ailleurs, bercée par ses propos inintéressants. J'en viens à penser que cette fille a peur du silence, des blancs qui pourraient nous laisser le temps de trouver quelque chose de pertinent à raconter, ou tout simplement de mesurer le fossé qui nous sépare. Et plus elle s'efface derrière ses paroles, plus je comprends que je n'ai aucune raison de me forcer à rester. Soudain, je pense à Minnie et à la manière dont son absence de filtre fait rapidement le tri autour d'elle. Et je ne peux plus me contenir. Je profite d'une infime pause où Léa reprend sa respiration pour me tourner vers Félix et je lance :

— Je vais y aller. Je ne me sens pas très bien, tout à coup.

Pour être honnête, je me surprends moi-même d'entendre que les mots ont réussi à franchir mes lèvres. Ils sont sortis d'un coup, comme un éternuement. La petite voix dans mon esprit se moque : *tout ça pour ça ?*

C'est vrai, ce n'était pas si difficile. Peut-être que je pourrais cesser de ruminer et me mettre à éternuer un peu plus souvent.

Félix pose une main sur mon dos en me dévisageant d'un air inquiet.

— Tu es malade ? Qu'est-ce qui ne va pas ? Tu veux que je te ramène ?

Il a l'air sincèrement inquiet. Je culpabilise un peu de lui mentir ainsi, mais je refuse de faire machine arrière.

— En plein été, ce serait bizarre que tu aies attrapé quelque chose, intervient Léa. C'est peut-être un plat que tu as mangé. J'ai vu un reportage il y a une semaine, et la journaliste expliquait…

Bon, OK. Au diable la cordialité ! Si Léa continue à jouer la Miss je-sais-tout, c'est directement dans ses yeux que je vais commencer à éternuer, puis je prierai fort pour que mes postillons se transforment en infection, lui offrant une bonne raison de bavasser !

Waouh, mais comment ai-je pu garder autant de haine en moi ? Je vais finir avec un ulcère !

— Non, ce n'est pas ce que j'ai mangé. Je… Je ne peux pas rester là. Je suis désolée. Je suis ravie de savoir que vous allez bien mais vos histoires, là, ça ne m'intéresse pas. J'ai des affaires urgentes à régler à la maison et je perds mon temps, ici.

Une chape de plomb s'abat sur la tablée. Mais bon sang ! Ce que c'est libérateur…

Je place un billet sous ma chope et me lève sans demander mon reste. Je suis sincèrement navrée d'agir en telle garce. Navrée d'être la raison pour laquelle Félix arbore cette mine abasourdie. Mais je ne peux tout simplement pas en supporter plus. Je lui adresse un regard désolé et tente de le rassurer tant bien que mal.

— Ça va aller, profite de la soirée, il est encore tôt. Je vais appeler un taxi. Je suis désolée, vraiment. Je ne voulais vraiment pas plomber l'ambiance, et c'était hyper gentil de m'inviter, mais j'ai besoin de calme.

Depuis que Papi est mort, j'ai l'impression que ma vie s'est transformée en une étrange pièce de théâtre où tout le monde s'efforce de donner la meilleure image de soi, mais où personne ne fait ce dont il a envie. Maman joue à Wonderwoman. Mamie jette les affaires de l'homme de sa vie en se retenant de pleurer. Papa prétend que notre famille n'est pas sur le point de faire naufrage. Et moi, j'enfile chaque matin ce fichu polo qui ferait pâlir un aveugle et je m'assieds docilement derrière une caisse enregistreuse alors que tout mon corps me hurle de me tirer de là.

Et ça n'a aucun sens qu'on ne s'autorise pas à éprouver cette douleur qui nous grignote, à affronter ce vide qui vient de se creuser en nous. Je refuse de continuer à jouer la comédie, de m'aigrir intérieurement à force d'étouffer ces émotions si violentes. Je refuse de devenir quelqu'un d'autre pour faire bonne figure. À vrai dire, je me fiche éperdument de sauver les apparences. Je suis une épave. Ma famille est en plein naufrage. Et à partir de maintenant, je vais apprendre à composer avec ça.

Félix se lève à son tour.

— Je te raccompagne.

Son ton est froid, son regard dur. Je le connais, ce n'est pas une proposition. C'est un ordre. Je hoche la tête, interdite, et me précipite vers la sortie sans un dernier regard vers Léa et Nathan. Tant pis s'ils clament à qui veut l'entendre que je ne suis qu'une pimbêche mal élevée. Tant pis si Félix m'engueule pendant le trajet. Voilà des semaines que je n'ai pas pris une décision aussi sensée que celle de mettre fin à la soirée.

Et je ne compte pas en rester là. Il est temps que je reprenne ma vie en main. Que j'en finisse avec les prétextes, le chagrin. Peu importe si je dois écrire au petit jour, cumuler les nuits blanches ou voler le casque antibruit de Minnie pour m'isoler en salle de pause. Je vais me battre pour ce rêve qui m'habite. Je vais prouver que j'en suis capable. J'en ai assez que les gens d'ici ne croient pas aux rêves et qu'ils sortent un extincteur dès qu'une flamme s'anime chez quelqu'un.

Moi, ce que je veux, c'est sortir une boîte d'allumettes et allumer un incendie tellement mémorable qu'on s'en souviendra à travers les âges et les civilisations. Et je jure que je brûlerai ce satané polo Leclerc en premier.

Étincelle

9

De retour à la maison, je m'enferme à double tour dans ma chambre et je m'empare du carnet que j'avais abandonné au sommet de ma bibliothèque. Je refoule les échanges tendus avec Félix qui ont eu lieu pendant le trajet, j'oublie la déception dans ses yeux. Je sais qu'il finira par comprendre. Mais là, tout de suite, je dois honorer un rendez-vous que je n'ai que trop repoussé.

Assise en tailleur à même le sol, je me plonge dans le journal de Papi Henri. Ses notes sont difficilement lisibles, désordonnées, écrites en pattes de mouche et au crayon à papier estompé par les années. Sur certaines pages, un stylo-bille a pris le relais et mon exploration s'accélère. Chaque ligne déchiffrée crée l'urgence de découvrir la suivante. Je tourne les pages avec empressement, je prends des notes, j'observe avidement les quelques photos sépia glissées entre les pages jaunies. Des portraits de Papi Henri entouré de ses amis. Un petit groupe de femmes qui posent dans des cuisines militaires. Les histoires que je découvre font écho aux récits que j'écoutais d'une oreille distraite à chaque réunion de famille. Et je regrette de ne pas m'être montrée plus attentive.

Soudain, une phrase retient mon attention :

Je vais probablement mourir ici. C'est pourquoi je dois partir ailleurs. Je veux vivre.

Je laisse tomber le carnet sur le sol et je lève le nez vers le plafond comme si, quelque part un peu plus haut, Papi pouvait croiser mon regard embué de larmes.

C'est pourquoi je dois partir ailleurs. Je veux vivre.

Papi et moi avions tellement en commun…

Il n'avait que vingt-deux ans lorsqu'il a été réquisitionné pour le Service du travail obligatoire, pendant la Seconde Guerre mondiale. On l'a envoyé en Haute-Silésie où il a endossé le rôle de commis de cuisine dans un camp de la Wifo. À vingt-trois ans, il a profité d'une permission pour s'évader et il s'est caché des Allemands jusqu'à la fin de la guerre.

À mon âge, mon grand-père qui a toujours été malade à la seule idée de ne plus voir le clocher du village a déserté un camp de travail surveillé par des nazis.

Et moi, je ne suis même pas fichue de déserter un supermarché minable…

Mon regard accroche mon reflet dans le miroir de la penderie. Ce sont des yeux éteints qui me sondent depuis le tain. Cette fille-là, ce n'est pas moi, et elle le sait parce qu'à sa façon de me dévisager, elle semble demander : et toi, Lily, quand est-ce que tu décides de vivre ?

Je sens une drôle de chaleur se répandre en moi. Mon sang bouillonne dans mes veines. Ce carnet, c'est le déclic, l'autorisation que je n'arrivais pas à me donner.

Je ne passerai pas l'été à moisir dans un Leclerc perdu dans le scrotum du monde. J'ai des projets à réaliser. Un rêve que je n'ai pas le droit de laisser tomber.

À mon tour de jouer à la fugitive.

10

Le problème, quand on a toujours été une gentille fille, c'est qu'on n'a aucune idée de comment se rebeller. Claquer des portes, s'époumoner, taper du poing sur la table, ce n'est rien d'autre que du cinéma, du brassage d'air. Personne ne croit en notre colère et on finit toujours par nous en déposséder, nous ramener à la raison, la docilité. C'est pourquoi je me suis octroyé quelques jours de délai pour planifier mon évasion. Je m'accroche encore à l'espoir de partir sans ajouter un conflit au deuil général. Penser à moi, c'est une chose. Mais je ne suis pas seule dans l'équation, j'ai toute une famille en période de crise à prendre en compte. Alors voilà trois jours que j'échafaude des plans à tout-va. Les mots de Papi Henri me collent à la peau et je suis bien décidée à appliquer ses conseils le plus intelligemment possible.

Aujourd'hui, je scanne les articles en mode automatique, sauvegardant ma matière grise pour planifier ma fuite. Emmener Minnie avec moi, pour soulager Maman, ou partir en catimini ? En train ou en Twingo ?

Je ne prends même pas la peine d'adresser un sourire contrit aux idiots qui s'imaginent déjà à l'Olympia lorsqu'ils font la blague « Pas de prix ? Alors c'est gratuit ! ». Je ne me moque pas non plus du client qui achète des céréales avec sa boîte de vingt-quatre préservatifs Durex petite taille pour se donner contenance, sans se douter qu'il aurait l'air moins bête s'il assumait ses activités nocturnes – et la taille de son pénis. Non, toutes mes pensées sont accaparées par des scénarios de fugue plus rocambolesques les uns que les autres.

Quand Ronchon m'appelle à mon poste pour signaler que je peux prendre dix minutes de pause – et pas une seconde de plus –, je me précipite au vestiaire en esquivant les clients qui essaient de m'intercepter en chemin. C'est dingue comme ce polo agit tel un plot de signalisation. Quand j'arpente les rayons du magasin, j'ai l'impression d'être un pag-gomme poursuivi par une armée de Pac-Man, prêts à tout pour m'attraper.

Je récupère mon téléphone dans mon casier et je découvre quatre appels manqués de Cléo, douze textos et un message vocal. C'est bizarre, ça ne lui ressemble pas, un tel harcèlement… Je commence par enclencher mon répondeur et la voix fluette de ma meilleure amie débite aussitôt :

« Lily, il faut ABSOLUMENT que tu viennes à Paris. Alex m'a quittée. Si tu ne rappliques pas au plus vite, je prends un vol pour Londres et je vais le trucider. Oh mon Dieu, tout est enregistré sur ton répondeur, et maintenant s'il lui arrive quelque chose on m'enverra en prison. Mais bon, cet enfoiré mériterait bien qu'un bus à Impériale lui roule dessus. Ouais, lui rouler dessus, carrément ! Et je pèse mes mots. Non mais, tu te rends compte ? Môôôsieur a décidé qu'il n'avait plus assez de sentiments. Après deux ans ! Je vais sortir un briquet, moi, et tu vas voir : je vais la raviver illico presto la flamme. (Reniflements, gémissement étouffé.) Oh ma Lily ! J'ai tellement besoin de toi… Rappelle-moi dès que tu peux, si tu n'es pas en garde à vue pour avoir étripé un client… Ou la mère supérieure des caissières (là, elle parle de Ronchon). »

Fin des nouveaux messages.

Je fixe mon téléphone d'un air hagard sans prendre la peine de consulter les SMS en attente. Une étrange brume envahit mon esprit, les battements de mon cœur s'accélèrent. Soudain, un éclair me foudroie les méninges et une petite voix dans ma tête hurle les mots de mon grand-père.

« *Je vais probablement mourir ici. C'est pourquoi je dois partir ailleurs. Je veux vivre.* »

Je range aussitôt le téléphone dans la poche arrière de mon pantalon, j'ôte mon polo mal taillé pour revêtir mon débardeur personnel, puis j'attrape mon sac et je quitte le vestiaire avec l'uniforme sous le bras.

Je n'arrête pas de me répéter : Je veux vivre. Je veux vivre. Je veux vivre.

Au diable le délai de planification ! Cet appel est un signe que je ne peux ignorer. Rien ne sert d'attendre. Je dois suivre l'exemple de Papi tant que je le peux. Si Cléo m'appelle aujourd'hui, c'est forcément une manifestation du destin. Peut-être un signe envoyé par mon grand-père en personne, qui sait ? Après tout, je lis ses mots le samedi soir et voilà que, le mardi matin, ma meilleure amie me supplie de la rejoindre : ce ne peut pas être une coïncidence.

Et même si c'était juste moi qui voulais à tout prix en voir une, est-ce que ça la rend moins signifiante ?

Je fais une halte dans la salle de repos, j'attrape la boîte d'allumettes qui sert à allumer les bougies parfumées achetées par Ronchon pour « la convivialité des espaces communs », et je lance aux trois employés en train de discuter autour d'un café :

— Je démissionne, faites passer le message à Ronchon. Et bon courage à vous, les gars !

Puis je claque la porte.

Arrivée au bas du bâtiment, je roule le polo en boule et je l'envoie tel un ballon de basket au fond de la première poubelle qui croise mon chemin. Je sais que j'étais censée le rendre à la fin de mon contrat, mais la scène semblait bien trop jubilatoire dans mes rêves : je ne peux partir sans la concrétiser. Et puis, si j'étais dans un film, le monteur mettrait du hard-rock en fond sonore et j'aurais carrément l'air d'une dure à cuire. J'aime la sensation que l'image provoque en moi.

Fébrile, je craque une allumette et la lance sur le polo. J'attends en trépignant que les flammes grignotent le tissu puis, quand de petites langues rongent l'uniforme de toutes parts, je dégaine mon téléphone pour envoyer un message à Cléo :

Bouge pas. J'arrive.

11

Je me gare en trombe dans l'allée. Je n'arrive toujours pas à croire que je viens de démissionner et que j'ai mis le feu à mon polo moche. Mon corps grouille d'électricité, je suis à deux doigts de faire des bonds de cabri dans tous les sens. Je m'efforce cependant de garder la tête froide pour rassembler mes affaires dans un sac de sport sans rien oublier : chargeurs, livres, PC, vêtements, tentatives de romans avortées et, le plus important, le journal de Papi Henri.

Avant de filer à la gare, je griffonne un mot sur une feuille de papier pour ne pas inquiéter mes parents, même si je les imagine déjà frôler l'apoplexie en le lisant :

J'ai dû partir à Paris en urgence. Drame familial chez Cléo. Elle a besoin de moi. Tout est arrangé au Leclerc.
Je vous aime,
Lily

Qu'est-ce qu'un mensonge, si ce n'est une vérité arrangée ?

Je quitte la maison au pas de course et traverse les rues désertes du village en direction de la gare TER. La voix dans ma tête continue de répéter à tue-tête : Je veux vivre ! Je veux vivre ! Je veux vivre !

En chemin, je réprime mes envies de pas chassés et d'arabesques, fonçant tête baissée vers mon objectif – si je baisse la tête, c'est surtout pour esquiver une amie de ma mère que j'aperçois au bas de la place du village. Si Frodon avait dû faire la conversation à tous les amis de son oncle, la saga du *Seigneur des Anneaux* tiendrait en dix-huit volumes.

Une fois sur le quai, je consulte le panneau d'affichage des trains et mon enthousiasme se casse la figure en un coup d'œil. Le prochain train pour Nîmes, où je pourrais attraper un TGV pour Paris, ne part que dans quarante-sept minutes.

Autant dire que faire les cent pas sur le quai brise un peu mon scénario de fugue spontanée.

12

Sartre a écrit « L'enfer, c'est les autres » : on voit qu'il n'a pas grandi ici. Car le véritable enfer, c'est l'ennui.

Lorsque les portes du train se referment derrière moi, je n'éprouve que joie et soulagement. Même la perspective de décevoir mes parents ne suffit pas à entamer l'euphorie qui m'anime. Pour la première fois depuis que le téléphone a sonné pour annoncer la mort de Papi Henri, je me sens vivante. Maître de moi, maître de mon destin.

Une fois installée dans le TGV à destination de la Gare de Lyon, un roman ouvert sur les genoux, je reçois un nouveau message de Cléo :

Pour de vrai ?

suivi d'un smiley avec des cœurs à la place des yeux.

Ravie de mon coup d'éclat, je vérifie que personne ne me regarde et je capture rapidement un selfie, installée contre la vitre du wagon – je crains toujours que l'on se moque de moi quand je me prends en photo, notamment parce qu'il me faut bien quinze poses avant d'estimer être présentable et de presser le bouton. Je le lui envoie aussitôt, accompagné de la légende « Tu ne peux pas commettre un meurtre sans complice ».

Quand je lève les yeux de l'écran, je remarque qu'un passager installé à deux rangées de moi me dévisage avec un rictus moqueur. Je me cache derrière la couverture de mon livre, mal à l'aise.

Ce doit être un Parisien, c'est sûr.

13

Quand je descends du train à Paris Gare de Lyon, je repère immédiatement la silhouette menue de Cléo qui trépigne sur le quai. Il faut dire qu'elle ne passe pas inaperçue avec sa crinière blonde, son combishort bleu électrique et ses lunettes de soleil roses style John Lennon. Une paire d'écouteurs enfoncée dans les oreilles, elle parcourt la foule du regard en s'agitant avec impatience. Soudain, ses yeux se posent sur moi et elle se raidit, comme réveillée en sursaut d'un micro-sommeil. Elle pique aussitôt un sprint dans ma direction. J'ai à peine le temps de poser mon énorme sac de sport au sol qu'elle se jette déjà à mon cou.

— Te voilà ! Ça fait quoi, trois mois qu'on ne s'est pas vues ? Je suis tellement, tellement contente !

Elle relâche son étreinte, recule d'un pas et m'inspecte de haut en bas. Elle lève alors les bras d'un mouvement rapide, semblant lancer ses paroles derrière elle, et son visage s'anime des mimiques si expressives qui la caractérisent.

— Oui, alors bien sûr, il a fallu attendre que ce soient des circonstances pourries qui nous réunissent, mais tu es là et c'est tout ce qui compte !

Cléo jette un bref coup d'œil à sa montre et m'entraîne par la main sans me signifier où elle me conduit. J'ai à peine le temps de récupérer mes affaires qu'elle me tire déjà dans les dédales de couloirs de la gare pour rejoindre le métro.

— Mais c'est que tu dois mourir de faim ! devine-t-elle sans ralentir. Allons bruncher, c'est moi qui t'invite. Avec tout ce que j'ai à te raconter, un repas sera bien plus rentable qu'une consultation chez la psy.

Je m'esclaffe. Cléo est branchée sur du 220 volts, son cerveau est une marmite en ébullition qui déborde en permanence. Avec mon sac de sport aussi lourd qu'elle, je traîne la patte en me démenant pour suivre son rythme, essoufflée comme un âne à l'agonie.

— Il est presque 19 heures, ce n'est pas le matin qu'on est censé bruncher ?

D'un geste assuré, Cléo relève ses lunettes circulaires pour planter ses iris bleus dans les miens.

— Pas à Paris, bébé.

Sans plus de cérémonie, elle me fourre un ticket de métro dans les mains et me pousse sur un automate. Sur la machine voisine, elle badge son pass Navigo puis s'élance dans la foule. Je m'empresse de la rejoindre, abandonnant un poumon de l'autre côté des portiques, et me laisse avaler par la marée qui déferle sur les quais.

Je suis fin prête à affronter l'ailleurs. Je suis fin prête à vivre.

14

Je n'ai mis les pieds à Paris que deux fois dans ma vie. La première, j'avais seize ans. Papa et Maman nous avaient offert le séjour pour les vacances de Noël. En théorie, le but du voyage était de découvrir la ville et de profiter des illuminations. En pratique, Minnie, qui était déjà passionnée d'histoire à seulement huit ans, nous avait traînés de musée en musée et nous menait une vie infernale si nous avions le malheur d'espacer deux visites d'un battement supérieur à trois heures. La deuxième, c'était il y a un an, lorsque la mère de Cléo a été hospitalisée après une déficience du foie.

De mes visites éclair, je ne retiens donc que les musées bondés de touristes et l'hôpital Saint-Louis.

Ma première impression en sortant du métro flirte avec le surréalisme. J'ai l'impression de pénétrer dans une immense fourmilière dont Haussmann aurait été l'architecte. Ça grouille de partout, ça s'agite, ça se précipite, et pourtant le tableau général dégage un étrange sentiment d'organisation. Le jour décline timidement au-dessus de la cime des gratte-ciel, la lune se devinant à peine derrière les nuages et les rangées de faisceaux lumineux qui se reflètent partout, des pavés à la Seine en passant par les façades.

Cléo me guide dans les rues d'un pas assuré. Elle avance telle une lionne en terrain conquis. Moi, avec mes yeux étonnés de provinciale qui furètent de partout, j'ai plutôt l'air d'un buffle perdu sur le mauvais territoire.

Une fois attablées à la terrasse d'un restaurant, Cléo et moi dégustons un assortiment de toasts à l'avocat et d'œufs brouillés, arrosant le tout d'un pichet de rosé pour soigner les maux qui s'échappent de nos cœurs par nos langues déliées. Sur la table, une salve de notifications ne cesse d'affoler mon téléphone, si bien que je finis par le mettre en mode avion pour le faire taire une bonne fois pour toutes. Avant la manipulation, l'écran affichait vingt-six appels manqués et dix-huit messages. J'ai pourtant essayé de calmer mes parents en répondant aux premiers SMS... Mais je n'ai pas le cœur – ou devrais-je dire le courage – de les affronter maintenant.

Cléo n'en laisse rien paraître, pourtant elle est au trente-sixième dessous. Ses lunettes roses dissimulent des yeux fatigués par les larmes derrière un filtre gai, son récit de la rupture se voile derrière des traits d'humour et des mimiques extravagantes. Mais on ne trompe pas sa meilleure amie. Il y a des inflexions de voix, des fléchissements des commissures et des ongles qui s'enfoncent dans la chair des cuticules qui trahissent ce que les artifices ne sauraient masquer.

— Plus de sentiments, non mais tu te rends compte ? Tu passes deux ans de ta vie à te construire avec quelqu'un d'autre, tu lui présentes ta famille, tu parles d'emménager ensemble, et paf ! Plus rien. Comme ça, du jour au lendemain.

Je ne réponds presque pas aux paroles de ma meilleure amie. Parfois, on n'a pas besoin d'une bouche bavarde, simplement d'oreilles attentives. Et en l'occurrence, Cléo a énormément de choses à me confier. Cependant, je n'arrête pas de me demander comment on peut se relever d'un tel abandon. Deux ans d'une vie, quand on a seulement la vingtaine, c'est tout un monde qui a eu le temps de naître.

— J'étais même prête à le suivre à Lille, si sa boîte lui proposait un CDI. À Lille, non mais tu te rends compte ?

Moi qui développe de l'urticaire dès que je suis à plus de cinq kilomètres de Paris !

Je me retiens de pouffer de rire et ma meilleure amie m'imite. Je ne suis pas dupe, je sais qu'elle tente d'édulcorer sa douleur par des traits d'humour, mais tous ses rêves de vie à deux viennent d'être bousillés. C'est un deuil qui l'attend, et il sera sans doute long et difficile. Quand quelqu'un meurt, on a au moins la fatalité de savoir que c'est définitif pour nous forcer à avancer. Quand on doit renoncer à quelque chose que l'on peut encore observer, il faut lutter contre cette petite voix qui nous souffle *mais peut-être que si tu essaies ceci, et puis cela, tout pourra s'arranger.*

À chaque étape de son récit, Cléo s'efforce de m'arracher quelques mots sur Papi Henri. J'élude chaque tentative. Ce soir, je veux vivre dans l'instant, prétendre que rien ni personne ne m'attend nulle part. Il est tellement plus facile de concentrer toute ma négativité sur un garçon qui a réduit ma meilleure amie en compote ! Le choix est sans équivoque : je préfère sortir la petite cuiller plutôt que les mouchoirs.

Et je remplis les cuillérées si vite qu'il est plus de 21 heures lorsque nous quittons le restaurant. Cléo est bien décidée à passer la soirée dehors, même si elle travaille à 9 heures demain matin. Nous faisons une halte rapide à son deux-pièces situé rue de Meaux, à quelques pas des Buttes-Chaumont, et j'ai tout juste le temps de troquer mon débardeur contre une robe patineuse qu'elle me presse déjà pour repartir. Je jette un regard dépité à mon carnet de notes avant de pousser mon sac de sport sous le lit, puis je suis Cléo dans la cage d'escalier.

Si ma meilleure amie adore les pistes de danse et les bars branchés, on ne peut pas dire que ce soit mon cas… Et maintenant que je suis à Paris, je ne peux pas répéter le même cinéma que dans le sud. Je dois tenir mon engagement envers moi-même : finir l'été avec un roman dans les mains. Aller au bout de mes objectifs. Cette fois, les excuses sont procristes : je ne me cacherai plus derrière des tonnes de prétextes et d'obligations pour repousser le grand saut. Celui où je me jetterai enfin au milieu d'une page blanche, prête à affronter tout ce qui s'agite à l'intérieur de moi.

— Tu vas voir, dans ce bar, le mètre de shooters est à seulement dix euros. Il n'y a pas de cuite plus rentable à Paris !

Oh, ma Cléo... Je sens que jongler entre l'écriture et les migraines qui m'attendent ne sera pas une mince affaire !

15

Paris la nuit.

Ballet de passants, danse de lumières. La vie se jette hors des taxis pour s'engouffrer dans les bars, le métro avale ses usagers pour les recracher dans les artères les plus animées.

Un shot.

Puis deux.

Puis six.

Paris s'enflamme, Paris est un incendie. Cléo et moi ne connaissons plus ni la mort, ni la rupture. Il n'y a que les rires, la musique et la passion. Nous dansons les yeux fermés pour oublier le monde, pour laisser les vibrations nous envahir.

La nuit nous appartient, Paris devient notre royaume. J'ai supprimé toutes les notifications de mon téléphone. Plus rien n'existe en dehors de l'ivresse. Il n'y a que la folie de la vingtaine pour créer un tel sentiment d'invincibilité. À cet instant, rien ne pourrait nous convaincre de notre mortalité.

La nuit nous file entre les doigts, elle s'englue au fond des verres. Elle ne laisse qu'une étrange sensation de flottement dans l'air.

Quand nous nous engouffrons dans le Uber qui nous reconduit dans le XIXe, des numéros d'inconnus enregistrés dans nos poches, les relents de shots qui s'accrochent à nos lèvres ont un goût d'éternel.

C'est âcre, ça brûle à l'intérieur, mais c'est tellement bon de se sentir vivante.

16

— Lily Pertet, j'espère vraiment que tu te fiches de moi.

Encore dans le brouillard, la tête sous la couette, je m'éclaircis la voix aussi discrètement que possible.

— Salut Maman.

— Salut Maman ? C'est tout ce que tu trouves à me dire ? Non mais tu te rends compte de ce que tu viens de faire ? Fuguer ! À ton âge, alors que ton père s'est démené pour te trouver du travail et que nous comptions…

J'éloigne le téléphone de mon oreille en grimaçant. Maman a bien trop de reproches à me faire et moi, j'ai bien trop mal aux cheveux pour les écouter. Je pose carrément le mobile sur l'oreiller à ma droite, et je me laisse retomber sur le mien en attendant qu'elle finisse sa litanie. Un coup d'œil vers le lit de Cléo m'indique qu'elle est déjà partie travaillée.

Après quelques minutes de grésillements courroucés, le silence s'immisce et je comprends que j'ai tout intérêt à plaider rapidement.

— Je n'ai pas fugué, Maman. J'ai vingt-trois ans, j'ai simplement employé ma liberté de déplacement comme tout être humain adulte. Pour ce qui est du Leclerc, c'est arrangé. Le directeur a fait une faveur à Papa parce qu'il a réparé quelques ordinateurs dans les bureaux, ce n'est pas pour autant que j'allais signer un pacte avec mon sang pour le remercier. On n'a qu'à dire qu'ils sont quittes.

Bien entendu, je n'ai pas débité ma tirade en toute sérénité, Maman a déversé son courroux tout au long de mon argumentaire. Je ne suis même pas sûre qu'elle ait remarqué que j'ai fini de parler. Son monologue perdure encore deux bonnes minutes avant de se conclure sur une menace :

— Tu as intérêt à prendre un train aujourd'hui, sinon on te coupe les vivres à la rentrée et je t'assure que tu vas passer tous tes week-ends assise à une caisse jusqu'à la fin de tes études !

Et la communication s'interrompt aussi sec.

Je soupire en rajustant la couette sur mon visage. Il est trop tôt pour penser concret. Je savais exactement à quelle menace je m'exposais en plaquant tout de la sorte et la voilà qui me pend au nez plus que jamais. Le pire, c'est que ça me laisse complètement indifférente. Je suis partie, et puis quoi, maintenant ? Je devrais travailler une fois de retour à Toulouse pour financer mes études, mon appartement ? Eh bien tant pis, je prendrai un crédit ou je trouverai une autre filière moins onéreuse. Je n'aime même pas mon école, de toute façon. Je m'accroche seulement aux promesses d'avenir qu'on nous fait miroiter. J'étais terrifiée à l'idée de mettre mes parents en colère, de rajouter des soucis à leur chagrin, mais voilà que c'est chose faite. Si Maman a assez d'énergie pour me hurler dessus, c'est sûrement que ça va, non ?

Si j'avais su, je serais partie plus tôt. Au moins, le séjour forcé sous les néons du Leclerc m'aurait été épargné.

Je tente de me rendormir mais j'ai les méninges qui déraillent. Ça tourne dans tous les sens. Oui, je suis partie et le monde continue de tourner. Mais pour combien de temps ? Et Minnie, dans tout ça ? C'est elle qui risque de souffrir le plus de ma décision. Et Mamie, est-ce qu'elle tiendra le coup avec son nouveau locataire et Maman qui régule toutes ses affaires ?

Je me lève et tire mon sac rangé sous le lit, retournant son contenu à la recherche de feuilles vierges. Ce n'est pas parce que je suis partie que je ne peux plus veiller sur celles que j'aime.

17

Mercredi 10 juillet 2019
Timbre prioritaire – 24 h

Ma petite Mamie,

J'ai quitté la maison hier matin. Je sais bien qu'à l'heure où tu liras cette lettre, tu en auras déjà été informée par Maman. Mais je tenais à m'excuser en personne d'être partie sans te dire au revoir.

C'est juste que je ne pouvais pas, tu comprends ? Il fallait que je parte, tout de suite, tant que j'en avais le courage. Sinon la culpabilité m'aurait rattrapée et je serais retournée m'asseoir derrière cette caisse minable, dans ce magasin minable, avec... Eh bien non, sans mon polo minable, en fait, car je l'ai brûlé avant de mettre les voiles.

Me voilà donc à Paris, chez Cléo, où je vais rester quelque temps pour écrire. Je sais que c'est une décision un peu folle, que mon rêve d'écrire un roman n'est pas aussi sécuritaire que la perspective d'un CDI. Mais les horaires de bureau, la paperasse, les réunions... Tout ça, ça me file de l'urticaire. Alors il faut que je tente ma chance, parce que les regrets pèsent plus lourd que les échecs. Pour tout te dire, j'ai embarqué le carnet de Papi Henri, celui que j'ai trouvé dans son tiroir lorsque nous avons trié ses affaires. Papi était convaincu que je deviendrais écrivain et je suis convaincue que je n'ai pas trouvé ce journal par hasard. C'est le destin. Ç'aurait pu être toi, ou Maman, ou Minnie, mais non, il est tombé entre

mes mains. Et au moment de ma vie où j'en avais le plus besoin. Je me fiche que ça ait l'air complètement insensé, voire naïf. Je le sens au plus profond de moi. C'est viscéral. Je sais que c'est un signe de lui.
Tout quitter sur un coup de tête alors que Maman, Minnie et toi aviez besoin de moi est sans nul doute la décision la plus égoïste que j'aie jamais prise, mais elle était nécessaire. À ce stade-là, c'était une question de survie. Mais je pense à toi, ma petite Mamie. À toi et à ta douleur. Alors je t'écrirai souvent, dans l'espoir d'accrocher à nouveau un sourire sur tes lèvres. Je sais que tu t'arraches les cheveux avec ton téléphone portable, alors j'achèterai un carnet de timbres, des prioritaires pour que mes lettres te parviennent rapidement, et même du joli papier avec une odeur ou des fleurs ou je ne sais quoi qui puisse égayer ta journée – excuse ce papier froissé, je te promets que ça ne se reproduira plus. Ainsi, tu pourras me relire encore et encore dès que tu auras le cafard.
Tu trouveras l'adresse de Cléo au dos de l'enveloppe, n'hésite pas à t'en servir si l'envie te prend de me répondre. Je voudrais que tu me donnes des nouvelles, que tu me dises comment se porte Minnie et si la cohabitation avec ton locataire se passe bien. Ce n'est pas parce que je suis partie que je t'oublie – que je vous oublie. Sois-en sûre. Tout mon cœur est avec vous. J'ai simplement compris que j'étais en train de gâcher ma jeunesse à essayer de satisfaire des attentes qui n'étaient pas les miennes, et que je n'avais pas le droit de laisser filer la vie sans en dévorer ma part.
Fais attention à toi, ma petite Mamie. Et embrasse fort Maman pour moi.
Avec tout mon amour,
Lily

18

Après une douche rapide, je sors poster la lettre et effectuer quelques courses pour remplir le frigo de Cléo. Je finis l'après-midi aux Buttes-Chaumont, le carnet de Papi ouvert dans l'herbe, une liasse de feuilles sur les genoux. Lorsque les idées peinent à s'assembler et que l'envie de compter les brins de pelouse me gagne, je consulte à nouveau ses lignes. « Je vais probablement mourir ici. C'est pourquoi je dois partir ailleurs. Je veux vivre. » Le courage d'attaquer mon rêve à bras-le-corps me revient alors aussitôt.

Je pensais d'abord me balader dans la capitale mais je me sens perdue dans ces rues inconnues. Paris est belle mais terriblement immense ; je ne sais par quel arrondissement l'entamer. Je me sens ridiculement minuscule au milieu de ces immeubles à la chaîne et de la foule compacte. Avec Cléo, je parviens à me laisser porter par la vague. Seule, je suis terrifiée à l'idée qu'elle m'avale.

Alors j'attends que mon amie finisse sa journée de travail pour goûter à l'aventure, sagement assise derrière les grilles du parc municipal. Je me concentre sur les notes de mon grand-père pour ignorer cette petite voix qui me nargue. Cette petite voix qui me rappelle que j'ai quitté une cage que j'accablais pour finir installée sur une pelouse, peu inspirée et bien trop peureuse pour partir seule à l'assaut de la capitale. Cette petite voix qui tente de semer le doute dans mon esprit, qui titille ma culpabilité en me demandant si j'ai bien fait de partir.

Cette petite voix qu'il est grand temps que j'étouffe une bonne fois pour toutes.

19

Jeudi 11 juillet 2019

Ma Lily,

Merci pour ta lettre. Ton départ soudain m'a causé bien du chagrin, mais une vieille dame comme moi ne peut attendre d'une jeune femme comme toi qu'elle sacrifie sa jeunesse pour lui tenir la main. Si tu es heureuse, je le suis également. De toute façon, on ne peut pas se tromper quand nos décisions sont prises pour suivre nos rêves.

Joseph, le nouveau locataire, est un homme d'une grande gentillesse. Simple, mais le cœur sur la main. Il prépare des clafoutis à la chaîne, aux cerises et aux abricots du jardin. Il m'en laisse systématiquement quelques parts dans le frigo et, comme je m'ennuie, je les mange sans faim. Si je n'attrape pas la colique, je serai bien contente. Ton grand-père m'aurait grondée de manger autant de gâteau... D'ailleurs, j'ai l'impression de l'entendre me faire la morale quand j'attaque la troisième part. Du coup, j'en mange une quatrième.

Il me manque, tu sais. Je n'ai plus le courage de m'occuper des plantes qu'il aimait tant regarder, en buvant son café sur la terrasse. Je pense qu'elles mourront bientôt, elles aussi. Ta mère essaie de les sauver mais elle n'a pas la main verte. Elle se fatigue pour rien.

Manon va bien, elle passe ses journées à lire les albums d'Astérix et Obélix. Elle est fâchée contre toi, en revanche, parce que tu es partie sans lui dire au revoir. Tu devrais l'appeler ou lui envoyer une jolie carte pour la réconforter.
Et toi, comment vas-tu ? Tu dois apprécier la ville, parce que les Parisiens, ils sont tous ici pendant les vacances. Ton grand-père disait qu'ils ont de drôles d'idées, ces gens-là. Ils se marchent dessus dans le métro toute l'année puis, quand ils sont en congés, ils viennent tous se marcher dessus chez nous, à la plage. C'est un drôle de monde...
Écris-moi pour me dire quand tu reviens. J'aimerais te voir avant que tu retournes vivre à Toulouse. Tu me promets que tu feras un détour par la maison ?
Je t'embrasse,
Mamie Mariette

20

Vendredi 12 juillet 2019

Ma petite Mamie,
Cette lettre sera courte car j'ai décidé de visiter le Louvre, cet après-midi. Je me suis dit qu'il était temps de découvrir le monde par moi-même, sans attendre que quelqu'un joue les guides touristiques ou que l'on me traîne de force dans un nouveau lieu. Il ne me reste pas beaucoup de temps avant le ramassage du courrier, alors ne m'en veux pas d'être brève.
Je voulais d'abord te remercier pour ta réponse si douce et si compréhensive. Tes mots m'ont apaisée comme tu ne peux l'imaginer. Je ne suis ici que depuis trois jours et, déjà, je me sens mieux. Les idées fusent. Je sens que je réussirai à écrire bientôt. Je n'arrête pas de lire le journal de Papi et ses mots m'aident dans mon entreprise. Page après page, ligne après ligne, je découvre de nouvelles facettes de lui et l'envie de réaliser de grandes choses me gagne.
Tu sais, je regrette de ne pas l'avoir assez écouté à chaque fois qu'il nous parlait, à Minnie et moi. Je prenais ses histoires pour acquises. Pour du radotage de petit vieux. Mais j'ignorais tout ce qu'elles cachaient de grandiose et d'aventureux.
Ce roman, il sera à propos de lui, Mamie. Je ne sais pas encore comment, ni dans quelle mesure, mais je lui rendrai hommage. Je le ferai revivre pour toi aussi

fort que j'ai l'impression qu'il est à mes côtés lorsque je lis ses mémoires. C'est dingue, mais j'ai le sentiment qu'il me guide. Qu'il me souffle l'inspiration à l'oreille.

Tu penses que je suis folle ?

Avec tout mon amour,

Lily

21

Lundi matin. Le réveil sonne à 8 heures, Cléo le repousse quatre fois avant de s'extirper du lit et de tirer toute la couette pour m'obliger à bouger. Aujourd'hui, son boss n'est pas là : elle m'emmène au travail.

Je m'active à la dernière minute, enfilant une robe à la va-vite et me contentant d'un coup de peigne et d'une touche de mascara pour toute mise en beauté. J'ai la tête dans le brouillard et je me demande pourquoi j'ai accepté de la suivre. Ça semblait pourtant une si bonne idée, hier soir, lorsque nous étions au bar.

Le métro ressemble à une ratière. Ça grouille de partout, dans tous les sens, et on s'entasse les uns sur les autres dans la rame. Oh et puis qu'est-ce que ça pue ! J'en viens à me demander s'ils n'ont pas de déodorant, à Paris. Et dire qu'il est n'est même pas 9 heures du matin, bonjour l'odeur de rat crevé à 18 heures ! J'ai des haut-le-cœur et les jambes qui chancellent. À moins que ce ne soit l'alcool dans mon organisme qui me soulève l'estomac ? Il faut dire que Cléo et moi avons passé le week-end à écumer les pistes de danse et à métaboliser les bouteilles de rosé. Je n'ai pas l'habitude de toutes ces activités nocturnes. Moi, je suis du genre à rester cloîtrée dans ma chambre, emmitouflée sous un plaid, avec une pile de bouquins et une cargaison de thé vert. Mais on ne peut sauver sa meilleure amie d'un chagrin d'amour sans donner de sa personne, alors j'essaie de suivre le rythme.

Je grimpe les escaliers qui mènent à l'*open space* où travaille Cléo en serrant les dents, courbaturée comme une petite vieille aux os criblés d'arthrose. L'entreprise est située dans le café Lys, un établissement qui accueille des start-up et free-lances en tout genre : graphistes, rédacteurs, développeurs... Tous les trucs à la mode dans lesquels je finirai sans doute après mon diplôme. Cléo, elle, est chef de projet alternante pour un programme de formation à distance. J'ai rarement vu quelqu'un aimer autant son job.

Autour des tables, il n'y a que de jeunes diplômés-dynamiques-créatifs-à-lunettes qui en sont déjà à leur deuxième gobelet en polystyrène de café. Le premier pour garder les yeux ouverts dans le métro, le suivant pour se motiver à regarder une autre fenêtre que Facebook sur leur MacBook Air.

— Ne fais pas la timide, installe-toi à ce bureau, propose Cléo en désignant une chaise libre près de la sienne.

Je m'exécute, me faisant la plus discrète possible, et un petit brun en polo Ralph Lauren se penche par-dessus son écran pour me détailler.

— Tiens, je ne savais pas que c'était la journée « emmenez votre enfant au travail », raille-t-il.

Sa remarque m'arrache un froncement de sourcils. Je le détaille rapidement, dressant un bilan du personnage. Il a la tête de ces jeunes actifs qui n'ont pas réussi à se détacher de leur gloire étudiante passée. C'est sans doute l'un de ces anciens présidents du bureau des élèves d'une école de commerce quelconque qui a échoué à lancer sa start-up et qui déteste désormais son poste. Cléo me lance un regard désespéré et se laisse tomber mollement dans son fauteuil.

— Toujours aussi drôle, Jean-Jérôme.

Jean-Jérôme ? Il a vraiment tout pour lui, celui-là. Je comprends mieux son aigreur, la cour de récré n'a pas dû être une étape facile pour lui. Bien décidée à ne pas me laisser faire, je tire mon ordinateur de mon sac et lui offre un grand sourire.

— Ne t'en fais pas, je t'offrirai un joli collier de nouilles à la fin de la journée.

Loin de le heurter, ma réponse illumine son visage. Il lève deux poings enthousiastes, le sourcil arqué, et semble plus heureux que jamais de me rencontrer.

— Une provinciale ! J'adore ton accent, on entend les cigales. C'est vivifiant… Bon, sauf quand tu essaies de faire la sieste et que ces saletés piaillent toute la journée, mais sinon, vraiment, c'est rafraîchissant. Pardonne mon humour douteux, on t'embauche quand tu veux.

Décidément, c'est une sacrée tête à claques, celui-là ! Je m'arrache un sourire forcé puis je m'empresse de plonger derrière l'écran de mon PC pour ne plus avoir affaire à ce gars. Mon accent, non mais franchement ! Je lui en mettrai, moi, des cigales !

Trente secondes après que je me suis installée, mon portable vibre et le nom de Cléo s'affiche sur l'écran.

Je te présente JJ, le gros con de la boîte. Encore un chef de projet junior qui a les dents longues et qui est prêt à piétiner tout le monde. Ignore-le.

Je fais la moue. Je n'aurais jamais deviné, tiens. Je réponds avec un émoji clin d'œil :

Difficile de l'ignorer, son ego prend toute la place dans le bureau…

J'ai toujours eu beaucoup de préjugés sur Paris, mêlés à une forme de fascination. Ville Lumière, ville de l'amour, territoire des plus grands écrivains, théâtre de tous les événements. *the place to be*, en somme. Mais aussi loyers exorbitants, appartements ridiculement exigus, individualisme poussé à l'extrême, vivier de bobos hypocrites, toilettes sur le palier… J'ignore si je suis faite pour ce mode de vie. C'est pourquoi mon séjour estival *intra muros* est si important. Je serai bientôt diplômée et je ne me suis encore jamais sentie chez moi nulle part. Il me faudra pourtant poser mes valises un jour… La plupart des gens élisent domicile là où une entreprise veut bien les embaucher. Pour être honnête, cette option me fait peur. J'ai besoin de me sentir bien dans ma ville, et je n'ai encore jamais beaucoup voyagé, jamais vécu dans un endroit si grand. Et si le RER était une étape insurmontable, pour moi ?

Passer une journée dans la peau de Cléo est une chance inouïe d'y voir plus clair.

L'*open space* est agréable, constitué de boiseries et de tables design. Quelques tableaux pop-art décorent les murs et de minuscules brise-vue séparent les bureaux les uns des autres.

En 2022, on ne travaille plus qu'en *open space* et en start-up. C'est la nouvelle mode pour que le contrôle social remplace les pointeuses et qu'un hamac à sieste justifie douze heures de présence par jour. Si on est chanceux, un babyfoot peut même s'ajouter au gros lot. Ce n'est pas franchement le genre de cadre où je me sens à l'aise. Avoir mon propre bureau, à l'ancienne, et pouvoir rentrer chez moi à des heures décentes m'intéresse plus que des casques de réalité virtuelle dans la salle de pause.

À 9 heures et demie, une jolie brune déboule dans la pièce, essoufflée, un gobelet Colombus à la main.

— Salut tout le monde, désolée pour le retard, le RER a été bloqué en gare. Encore un abruti de touriste qui a oublié sa valise !

Elle se laisse tomber dans la chaise à ma gauche, ouvre son MacBook Air puis se fige en posant les yeux sur moi. Je me demande ce qui me trahit en premier : le fait que j'utilise un Asus ou que ma tête lui soit inconnue ?

— T'es nouvelle ? demande-t-elle avec enthousiasme.

— Je suis Lily, la coloc temporaire de Cléo.

— Enchantée, moi c'est Adèle.

Elle se reconcentre sur son ordinateur le temps d'entrer ses identifiants puis me pose quelques questions. Quand je lui explique que j'étudie à Toulouse, ses yeux s'illuminent. Elle y a vécu quelque temps et ce qui lui manque le plus, à Paris, c'est que personne ne dit « moinsss » ni « chocolatine ».

— Puis on a beau dire, rien ne vaut les soirées chez Tonton, sourit-elle, nostalgique.

Alors que je donne le change, j'apprends alors qu'elle habite Meudon et qu'elle fait partie de ceux qui subissent les transports en commun une dizaine d'heures par semaine. J'imagine que le fait que je sois encore plus provinciale qu'elle, aux yeux des Parisiens *intra muros*, ajoute à son enthousiasme. Un peu comme quand on est le petit nouveau de la classe, et que quelqu'un vient nous délester un jour de ce statut.

Au fil de la journée, je me rends compte que tout le monde fait plus d'efforts pour faire semblant d'être productif que pour l'être vraiment. Même moi, je brasse moins d'air en procrastinant devant mes fiches de notes. Et Dieu sait que je peine à l'assembler, l'intrigue de ce roman ! Il y a la pause-café de 10 heures – où tout le monde ne boit que du café colombien équitable arrosé de lait de soja –, puis celle de 11 heures. Ensuite vient la pause déjeuner, où Adèle dresse le bilan des « petits cons » qui hantent son existence – ces hommes qui ne rappellent jamais, n'assument pas leur peur de l'engagement ou qui sont égoïstes au lit – et où Cléo couvre son ex de malédictions en tous genres. L'après-midi, quant à lui, débute par la pause-café de 14 heures. C'est à peu près à ce moment que les nerfs me démangent et que je plie bagage, préférant trouver une terrasse où écrire plutôt que rester enfermée ici. Oh ! Ai-je mentionné les pauses cigarettes ?

Quand je vois tout ce temps perdu par présentéisme, mes angoisses se rappellent à moi. Cette vie n'est pas faite pour moi, c'est acté. Je sens bien que ces gens ont envie de bien faire, d'être bien vus, de contribuer à la bonne image de leur entreprise, mais à mes oreilles tout sonne faux. Papa peut bien dire ce qu'il veut, je sais que je ne me cherche pas. Je suis incapable de faire semblant. Sauver les apparences n'a pas de sens à mes yeux. J'ai besoin de me dévouer à une tâche qui a du sens, peu importe le montant du chèque en fin de mois.

Avant de quitter le café Lys, je dépose une bise sur la joue de Cléo et elle m'informe qu'elle me rejoindra vers 18 heures. Jean-Jérôme s'empresse alors de plaisanter :

— Eh bien, on ne se refuse rien ! Tu as posé ton après-midi ?

Je file aussitôt dans les escaliers pour ne pas succomber à l'envie de lui enfoncer son MacBook dans les dents. Décidemment, l'humour parisien, ce n'est pas pour moi.

22

Toujours intimidée par l'immensité de la ville, je retourne m'abriter derrière les frontières du XIXe arrondissement en quête d'une terrasse où m'attabler. Les rames de métro sont désengorgées par rapport à ce matin, seulement peuplées de touristes en sandales et de Parisiens que j'imagine entre deux expos Bio Art – on les reconnaît à leur pas pressé, leur casquette New Era et leurs montres Daniel Wellington.

Pour ce qui est du Bio Art, ne m'en demandez pas plus : je ne parle pas le LSD.

Je finis par m'installer dans un café près de la station Laumière, à deux pas de l'appartement de Cléo. Je commande une grenadine puis je dégaine mon ordinateur, mes notes et le journal de Papi. Ça ne sonne pas aussi *badass* que Baudelaire et ses transes sous opium, mais j'imagine que ce bon vieux Charles avait des démons bien plus féroces que les miens – et si son légendaire spleen coule dans l'encre de chaque écrivain, il n'est pas dilué avec la même intensité dans chaque encrier.

Entendez par-là que je suis un peu trop bien élevée pour la défonce et la débauche – et j'ai trop peur de toutes les maladies dont ces charmantes activités peuvent nous gratifier pour m'y essayer.

Je fixe le curseur sur le document vierge affiché à l'écran, m'égarant régulièrement dans la contemplation des passants et des voitures arrêtées au feu rouge. Tout me semble plus fascinant que les mots qui éclosent au bout de mes doigts, même l'insatiable moustique qui volette autour de la cliente assise à ma droite. Je n'ai écrit que le titre du chapitre en quinze minutes, mais je sais qu'il l'a déjà piquée six fois.

En toute honnêteté, le plus difficile, dans l'écriture, ce n'est pas la naissance ni l'organisation des idées. Non, c'est de museler cette petite voix perfide qui tente de semer le doute dans votre esprit. Il faut apprendre à fixer ce maudit curseur qui clignote sur le traitement de texte et se promettre qu'on ira au bout. Peu importe combien on a peur – de ne pas être à la hauteur, de s'embarquer dans un projet trop grand pour soi, de se mettre à nu pour réchauffer le cœur des autres.

D'autant plus que je ne m'embarque pas dans n'importe quelle aventure… Ce premier roman, c'est pour honorer la mémoire de mon grand-père que je l'écris. Et rendre grâce à toute une vie, quand on n'a que vingt-trois ans et encore tant à apprendre, c'est loin d'être une mince affaire. Je me dois de lutter contre le désagréable sentiment d'être une imposteure. Contre cette voix qui me dit que j'aurais mieux fait de rester sous les néons du Leclerc, et que j'aurais été plus utile à ma famille avec ma scanette à articles qu'avec mes grands idéaux.

Je soupire. Je n'ai peut-être pas les pieds sur terre, mais Papi Henri était un rêveur, lui aussi. Chacun se doit de faire son deuil à sa manière, et c'est en renouant avec lui à travers ce roman que je m'efforce de faire le mien. Je crois que je ne me déferai jamais de ma culpabilité, mais parfois, on doit œuvrer pour ce qui est bon pour soi, même si ça peut paraître égoïste. Le pire que je pourrais faire, maintenant que j'ai causé tant de dégâts, ce serait d'abandonner.

Ces pensées me remotivent. Lassée du spectacle offert par le festin du moustique, je reporte mon attention sur mon écran et je transforme mes prises de notes en phrases. Un premier paragraphe éclôt sous le titre du chapitre, puis un deuxième. Je m'efforce d'avancer sans relire ce qui vient de fleurir. Je laisse le feu sacré me consumer.

Henri Douvier n'était pas un homme courageux. C'était juste un homme. Mais il a accompli des choses incroyablement courageuses au cours de son existence.
Tout commença en mars 1943, lorsque le jeune ouvrier enjôleur et casanier qu'il était fut envoyé en Haute-Silésie, Pologne, pour réaliser son Service du travail obligatoire sous la décision du régime de Vichy. On lui demanda s'il savait cuisiner et il répondit que oui. Il n'avait pourtant jamais fait cuire un œuf de toute sa vie.
Son mensonge lui permit d'intégrer les cuisines de la Wirtschaftliche Forschungsgesellschaft mbH, autrement appelée la Wifo, une société responsable de l'approvisionnement, du stockage et de la production de matériel de guerre. D'après les quelques notes qu'il a consignées dans un journal pendant son séjour en Pologne, il aurait été affecté à Heydebreck, un camp de travailleurs voisin d'un kommando du camp de la mort d'Auschwitz.
Malgré le quotidien éprouvant que menait Henri dans ces cuisines, et les horreurs dont il pouvait être témoin à travers le grillage qui le séparait des condamnés d'Auschwitz, il vécut un événement spectaculaire. De ceux qui n'arrivent qu'une fois dans une vie : Henri Douvier tomba amoureux. Juste avant de s'évader de ce camp à tout jamais.
Cet homme, c'est mon grand-père, et je vais vous raconter son histoire.

Les mots coulent. Ils s'enchaînent et forment une mélodie. De temps à autre, je reviens en arrière et je change un adjectif, je déplace une virgule. Le rythme se modifie. Je recommence jusqu'à ce que ça sonne juste à mon oreille.

Écrire, c'est jouer de la musique avec les mots.

Au bout d'une heure vingt, trois pages se succèdent sur mon écran. Trop absorbée par mon ouvrage, je n'ai même pas vu la touriste qui a servi d'encas au moustique s'éclipser. J'exulte intérieurement, transportée par les lignes qui s'étalent, enfermée dans un monde tout à fait personnel. Les écouteurs vissés dans mes oreilles me protègent des nuisances extérieures. Mon crâne est devenu un véritable microcosme sur fond d'orchestre philharmonique.

Du moins, jusqu'à ce qu'une voix m'interpelle :

— Excuse-moi, tu aurais du feu ?

Sans même regarder qui émet la demande, je palpe machinalement mes poches au cas où un briquet volé en soirée s'y trouverait. En vain. J'adopte un ton dramatique pour répondre à l'importun, mes écouteurs dans les mains, prêts à m'inonder de musique classique dans la seconde.

— Non, désolée, je fais partie des militants anticancer. Mais il doit y avoir un tabac-presse au bout de la rue, généralement on y trouve le nécessaire pour en attraper un.

Je pose alors les yeux sur un jeune homme d'environ mon âge, peut-être plus vieux, aux cheveux frisés et aux yeux verts, une cigarette roulée coincée entre son sourire carnassier et un skateboard sous le bras. En guise de réponse, il hausse les épaules d'un air égal.

— Mince, alors ! Tous ces gens en bonne santé, ça me fout les jetons.

Je réprime un sourire, lui adresse un vague hochement de tête pour le congédier puis reporte mon attention sur mon écran. J'entends le jeune homme réitérer sa demande à un passant. Lorsqu'il parvient enfin à allumer sa cigarette, il se laisse tomber dans une chaise à la table voisine – celle de la touriste envolée – et commande un café glacé.

Perturbée par son intrusion, j'augmente légèrement le volume de la musique diffusée dans mes écouteurs et je m'efforce de recouvrer mon niveau de concentration initial.

J'ai à peine écrit deux paragraphes que, de nouveau, on m'apostrophe. Je lève les yeux pour vérifier d'où vient la sollicitation et je remarque que le jeune homme à la cigarette roulée a rapproché sa chaise. Je n'ôte qu'un écouteur pour lui signaler que je suis prête à retourner dans mon monde à tout instant.

— Tu m'as parlé ?

Il sourit et ses yeux verts s'illuminent.

— Excuse-moi, je ne voulais pas te déranger. Je demandais simplement sur quoi tu travailles. Un manifeste antitabac, j'imagine ?

— Hum… Eh bien, disons que…

Je me répands en bafouillements, incapable d'affirmer à voix haute que j'écris un roman. J'ai déjà l'habitude que mes proches me jugent, je n'ai pas envie d'entendre l'avis non sollicité d'un parfait inconnu.

— Oh ! Ne me dis pas que tu es agent secret et que tu prépares une arrestation légendaire ? plaisante-t-il.

Je me penche vers lui sur le ton de la confidence.

— Dans le mille, et si je ne boucle pas ce dossier avant minuit zéro zéro, la principauté d'Afelgard sera en grave danger.

— Af… Affreux quoi ? Jamais entendu parler !

C'est normal, mon grand. C'est un royaume imaginaire que j'ai inventé lorsque j'avais quinze ans et que ma petite sœur autiste faisait des crises tellement violentes à l'heure du coucher que je n'avais pas d'autre moyen que la fuite pour trouver le sommeil.

— C'est top secret, je ne peux pas t'en dire plus.

Je lui adresse une moue désolée, son sourire s'élargit. Je me détends. Il approche encore sa chaise et se penche en avant, la main tendue.

— Je m'appelle Basile.

J'empoigne sa main, hésitante.

— Lily.

Nous échangeons quelques banalités puis il s'intéresse à nouveau à ce que je suis en train de pianoter.

— Pour tout te dire, j'essaie d'écrire un roman.

— Tu essaies ? s'étonne-t-il. Eh bien ! Si tu essaies, c'est que tu es déjà en train de le faire.

Je rougis et m'enfonce dans mon fauteuil.

— Oh, non ! Non. Je commence à peine et je n'ai pas encore le moindre recul pour juger de ce que ça vaut.

— Fais-moi voir ça, commande-t-il en tendant les mains pour que je lui présente mon écran.

Prise au dépourvu, je tourne l'ordinateur totalement à l'opposé pour cacher mon travail. Ma réaction l'amuse, il bat en retraite.

— Dis donc, ça doit être sacrément mauvais pour que tu paniques à ce point.

Je m'offusque intérieurement, plisse le nez avec dédain et m'apprête à répliquer, cependant rien de pertinent ne me vient à l'esprit.

— Allez, ça ne doit pas être si terrible !

Mes muscles se relâchent légèrement, je triture l'écran en signe d'hésitation. Pour garder la face, je mise alors sur une réflexion sagace :

— Qu'est-ce qui me dit que tu ne vas pas voler mon travail ?

Basile s'esclaffe et se renfonce dans sa chaise.

— Pour ça, il faudrait que ce soit excellent !

Sans réfléchir, je pousse immédiatement mon ordinateur vers lui. Il rit de plus belle.

— Ah ! Le syndrome de l'imposteur. C'était trop facile de te faire flancher.

Je tente de protester mais sa mine joyeuse m'ôte toute contre-attaque. D'un geste décontracté, il s'empare du PC et parcourt rapidement les pages fraîchement écrites.

Lorsqu'il a fini de lire, il se penche vers moi avec une moue indéchiffrable et ordonne :

— OK. Donne-moi ton téléphone !

— Je rêve ou tu es en train de racketter mon manuscrit *et* mon portable ?

— C'est exactement ça, jeune demoiselle.

Il me dévisage avec bienveillance, ses yeux verts pétillent. Je sais que je ne devrais pas faire confiance à un inconnu, que ce pourrait être un cinglé, un gros lourdingue ou un voleur, mais il a tout de même de sacrément jolis yeux. Alors je déverrouille mon téléphone et le lui confie dans la foulée.

— Mais le manuscrit ? Tu en as pensé quoi ?

Il m'intime le silence d'un signe de l'index puis se concentre sur le clavier de mon mobile. Les battements de mon cœur accélèrent en attendant son jugement. C'est idiot, je l'ai rencontré il y a cinq minutes, pourquoi je m'inquiète de son avis ?

Il écrit rapidement puis me rend le mobile d'un air triomphant.

— Voilà, tu as mon numéro et je me suis envoyé un message pour avoir le tien. Tu dois absolument me tenir informé de la suite de cette histoire ! Tu écris bien. Vraiment. Maintenant que j'ai goûté à ta plume, ce serait cruel de ta part de me priver de la suite.

Et tout cela en trois pages. Waouh ! Quel baratineur. Mais ses yeux… Et ses épaules, ai-je mentionné ses épaules ? Larges, bien bâties. On a envie de se nicher tout contre…

— C'est noté, je te promeus relecteur officiel.

Même si j'en ai un peu honte, je dois avouer que son verdict me soulage. Je lui souris chaleureusement. L'envie de lui servir un clin d'œil taquin me gagne et, si nous étions dans un roman, j'y céderais probablement. J'en meurs d'envie, à vrai dire. Me faire passer pour la fille sûre d'elle et sexy au moins une fois dans toute mon existence.

Après tout, on s'en fout, il ne me connaît pas. Je pourrais bien prétendre être la reine d'Afelgard qu'il ne broncherait pas. Mais comme nous sommes dans ma vie bien concrète et réelle, je ne m'y risque pas. Car dans cette vie, le fait est que je suis incapable de cligner des yeux et qu'il pourrait confondre toute tentative avec une crise d'épilepsie. Alors je me contente de sourire bêtement, parce que je suis nulle en drague et que je n'ai pas la moindre idée des règles à suivre pour ce jeu.

Heureusement, Basile coupe court à la panique séductrice qui me gagne. Il sirote sa dernière gorgée de café glacé puis se lève d'un bond en me demandant :

— Tu as quelque chose de prévu, là, tout de suite ?

23

Basile rêve de devenir prof d'anglais mais il a déjà échoué au Capes deux fois. Une fois l'an dernier, une fois cette année. Heureusement, il a décroché l'admissibilité au CAPLP, le concours qui permet d'enseigner en lycée professionnel. Ce n'est pas vraiment ce qu'il avait prévu, mais bon, on ne règle pas son destin comme du papier à musique, m'explique-t-il. Et puis, de toute façon, il n'est pas sûr de garder ce métier toute sa vie : il se voit bien prof de surf ou créateur d'une marque de skateboard. Il vient tout juste de passer les oraux d'admission à Massy. Maintenant, il profite d'une semaine de vacances chez ses grands-parents qui vivent dans le XIVe arrondissement. Lorsque je lui annonce que je fais mes études à Toulouse, il hausse un sourcil étonné :

— C'est drôle, mon frère est infirmier là-bas. J'ai mis l'académie en quatrième vœu, sur les cinq que j'ai dû formuler en m'inscrivant au concours.

— Eh bien ! Ça nous laisse une chance sur cinq de nous revoir sur les berges de la Garonne.

Il rit mais, sans vouloir me vexer, il espère bien que non ! Il voudrait l'académie de Bordeaux, pour rester près de ses parents et de l'océan. Je lui promets de croiser les doigts afin qu'il l'obtienne.

Je n'ai qu'une heure à lui consacrer avant le retour de Cléo. Nous la passons à discuter tout en sillonnant les rues du XIXe. Nous parlons de tout, de musique surtout, mais aussi de nous, de nos rêves et de nos parcours. Entre deux anecdotes, nous nous risquons à repeindre les océans du monde.

Basile est doux, Basile est souriant. Basile veut me revoir.

— Ça fait plaisir de croiser quelqu'un du Sud, qui n'essaie pas de m'entraîner dans un bar à céréales ou une expo bizarre, lance-t-il avec un sourire dans la voix.

Je détourne le visage pour dissimuler mes joues rougissantes. Lorsqu'il pose les yeux sur moi, j'ai l'impression qu'il me pénètre de part en part, comme s'il pouvait sonder mes pensées. J'ai les mains moites. Mon cerveau est en état d'alerte, s'efforçant d'éliminer toutes les blagues ridicules que je pourrais tenter, comme à chaque fois que je suis mal à l'aise.

Parfois, nos bras dénudés se frôlent et mon cœur se comprime aussitôt, semblant se ratatiner pour s'empêcher d'exploser. À croire qu'il a peur d'être inconvenant, d'éveiller une imprudente impulsivité.

Nos pas nous ramènent au pied de l'immeuble de Cléo. Nous nous attardons devant la porte un moment, usant du moindre prétexte pour prolonger la discussion. Il se risque à arranger une mèche brune derrière mon oreille et je dois mobiliser toutes mes forces pour ne pas couiner lorsque sa main s'attarde sur ma nuque.

L'électricité qui crépite entre nous est palpable. J'ai l'estomac noué et les jambes qui flageolent. Quand ai-je éprouvé ça pour la dernière fois ? L'ai-je même déjà éprouvé ? Rien n'est moins sûr. Une part de moi crève d'envie de pousser la porte et de courir me réfugier dans l'appartement pour reprendre mon souffle et recouvrer mes esprits, mais une autre brûle de l'embrasser. Finalement, il me dépose un baiser sur le front – pas la bouche, ni la joue, mais le front – avant de s'en aller avec son skateboard sous le bras, un nouveau rendez-vous fixé au lendemain.

Le front. Qu'est-ce que ça veut dire, le front ?

Dès qu'il disparaît à l'angle de la rue, je me précipite dans la cage d'escalier, où je laisse libre cours à mon euphorie. Je sors mon téléphone en grimpant les marches pour contempler son contact enregistré dans mon répertoire et je remarque un message non lu, envoyé par Papa.

Rentre à la maison. Tu n'es plus une enfant, prends tes responsabilités.

Je presse le bouton *supprimer.* Responsabilités, tu parles ! La vie, c'est ce qui est en train de se passer ici. C'est l'électricité qui m'a parcourue quelques secondes auparavant, lorsque les lèvres de Basile ont effleuré ma peau. Ce n'est certainement pas le ronronnement du tapis roulant d'une caisse de supermarché.

J'éprouve enfin quelque chose de plus fort que la culpabilité, et je refuse de renoncer à cela. Pour la première fois depuis la mort de Papi, je sais que mes pensées seront douces avant de m'endormir, ce soir.

24

— C'est une blague ? !

Cléo bondit dans son clic-clac, les yeux remplis d'étoiles, transportée de joie par le récit de ma rencontre avec Basile.

— Ça fait quoi ? Cinq jours que tu es à Paris ? Six ? Et tu as déjà droit à une rencontre hollywoodienne ! Tu sais comment j'ai rencontré Alex, moi ? En achetant une boîte de Tampax en urgence, avant une réunion. C'est nul, ça, comme rencontre.

— Clairement, tu aurais dû deviner tout de suite que c'était voué à l'échec. On ne prend jamais de bonne décision quand on a ses règles.

Je lui décoche un regard fataliste avant d'enfourner une poignée de chips à la crevette dans ma bouche. Mon amie dégaine son téléphone et ouvre l'application Facebook.

— Donne-moi son nom complet, tu ne peux pas te pointer au premier rendez-vous sans avoir enquêté sur lui.

Sa remarque me fait tellement rire que je manque de m'étouffer avec une chips.

— Techniquement, ce sera le deuxième.

Elle me foudroie du regard, je résiste coûte que coûte.

— Je peux aussi attendre notre rendez-vous et apprendre à le connaître en posant des questions directement.

Cléo lève les yeux au ciel en signe d'exaspération. Rien ne sert de lutter, cette fille est pire qu'une enquêtrice du FBI. Je lui montre la fiche contact que Basile a enregistrée dans mon répertoire et elle entre aussitôt son nom complet dans la barre de recherche. Basile Caseville.

— L'avantage, c'est que si ça ne marche pas tu n'auras pas à te coltiner son nom de famille, souligne-t-elle en faisant défiler les profils. Qu'est-ce que c'est moche, Caseville !

— Parce que Cléo Michel remporte la palme de l'originalité, peut-être ?

Elle m'ignore, préférant brandir chaque photo des homonymes du jeune homme dans l'espoir que j'en reconnaisse un. Comme aucun d'entre eux ne correspond, elle réitère les tentatives en modifiant l'orthographe de son nom de famille. Chou blanc. Elle se connecte alors sur LinkedIn, le célèbre réseau social professionnel, et renouvelle ses recherches.

— Ce n'est pas possible ! peste-t-elle devant son écran. Il t'a donné un faux nom ou quoi ? Facebook, à la limite, je peux comprendre. C'est *so* 2014. Mais ce garçon n'a même pas de profil LinkedIn, comment est-ce possible en 2019 ?

J'engloutis une nouvelle poignée de chips à la crevette d'une main et lui confisque son téléphone de l'autre.

— Il est prof, Cléo, qu'est-ce qu'il irait faire dans cette usine à CV ?

De toute façon, je n'ai aucune envie de fouiner dans la vie de Basile. La moindre information grappillée aboutirait à une nuit blanche peuplée de scénarios plus loufoques les uns que les autres. Et si nous étions tombées sur des photos de lui avec une fille sublime ? Et s'il écoutait du Jul ? Mieux vaut ne rien savoir, c'est le plus judicieux pour ne pas laisser la pression me voler tous mes moyens lorsque nous nous reverrons demain.

Cette fois, j'ai bien l'intention qu'il m'embrasse ailleurs que sur le front.

Incendie

25

Basile a fixé notre deuxième rendez-vous au Trocadéro. Pour deux sudistes de pure souche comme nous, on peut difficilement verser plus dans le cliché.

Un peu en avance, je fends la foule d'un pas tranquille pour gagner les jardins qui s'étalent au bas de l'esplanade. Je n'attends pas grand-chose de cet après-midi. Après tout, Basile retourne chez ses parents à la fin de la semaine, à Biarritz, et nos routes ne se recroiseront probablement plus jamais. Ce n'est pas comme si nous avions la moindre chance de vivre une histoire d'amour fulgurante, ni rien. Pourtant, j'ai beau me lisser l'abdomen toutes les cinq minutes, je ne parviens pas à étouffer les furtifs battements d'ailes qui volettent à l'intérieur.

Je m'installe sur un carré de pelouse et sors un roman de mon sac pour me distraire en attendant son arrivée. Je m'efforce de me concentrer sur l'intrigue mais mon attention se reporte immanquablement sur les escaliers qui descendent du Trocadéro. Mes yeux sont aux aguets, mon rythme cardiaque accélère au fil des minutes. Quand j'entends soudain des roulettes tressauter sur le chemin en bitume qui serpente au milieu de l'herbe, je sens mes organes internes se figer. Non pas que je les sente se balader à l'accoutumée, mais quelque chose de viscéral se produit, un chamboulement intérieur inexplicable qui m'électrise jusque dans les vertèbres.

Une planche de skateboard s'immobilise juste devant moi et, en levant les yeux des chevilles poilues qui sont rivées dessus, je découvre un Basile souriant, cigarette aux lèvres et cheveux en bataille.

— Mademoiselle Pertet.

Il redresse son skateboard d'une pression sur l'arrière et mime une révérence. Je referme mon roman, souriante, et le salue avec autant de cérémonie.

— Monsieur Caseville, bienvenue dans mon humble jardin.

Il se laisse tomber à côté de moi et me dépose un baiser sur la joue. Mes pommettes, mes oreilles et ma nuque se mettent à chauffer. La peau de mes mains se liquéfie.

La joue. Qu'est-ce que ça veut dire, la joue ?

Basile désigne mon tee-shirt flanqué de deux citrons et me complimente. Je voudrais trouver quelque chose de pertinent à rétorquer, un trait d'esprit pour briller dans ses yeux, mais mon cerveau est gelé et mes cordes vocales semblent déconnectées. Alors je me contente de le dévisager béatement, et j'ignore si c'est parce qu'il vient de me complimenter ou si c'est parce que mes viscères viennent d'effectuer une pirouette périlleuse pour me signaler tout leur intérêt pour ce garçon.

Car, voyez-vous, j'ai à cet instant précis la confirmation que ce n'est pas avec le cœur que l'on tombe amoureux, mais avec les boyaux.

— Je suis content que tu aies mis des baskets. Comme tu m'as dit que tu ne savais pas tenir sur un skateboard, j'ai pensé que je pourrais t'apprendre.

Quelle idée de lui avoir avoué cela hier ! Et dire que je n'ai pas mis de robe pour ne pas lui donner l'impression d'accorder trop d'importance à ce rendez-vous en me pomponnant minutieusement. Avec une robe, au moins, j'aurais eu l'excuse idéale pour ne pas monter sur cette fichue planche de la mort !

Je décroche un premier rendez-vous avec ce garçon beau à tomber et voilà que je vais le passer à me ridiculiser sur un skate. Tout ça parce que je ne sais pas tenir ma langue. Il aurait quand même pu me prévenir par message, afin que je me prépare à l'idée… Si je ne me casse rien d'ici la fin de la journée, ce sera un miracle, mais mon ego s'apprête à recevoir une sacrée claque. Cependant, pour ne pas laisser paraître la panique qui me gagne, je me risque à crâner.

— Prépare-toi à la naissance d'une future star du skate.

— Tu es sûre de toi ? me défie-t-il du regard.

— Que se passe-t-il, monsieur Caseville ? Tu as peur que je sois meilleure que toi ?

Tais-toi, Lily ! Mon Dieu, mais tais-toi ! Quelle est cette manie de ne jamais vouloir te démonter, même quand tu sais pertinemment que tu vas te vautrer sur le bitume et rentrer pleine de bleus et d'écorchures ?

Mon seul réconfort est la lueur d'intérêt qui s'illumine dans ses yeux face à mon aplomb. Sans attendre, il se redresse et dépose sa planche sur le sol. Pour couronner le tout, le chemin est en pente. J'imagine déjà ma dégringolade en ligne directe vers le carrousel au pied des jardins du Trocadéro.

Je tente le tout pour le tout afin de repousser le moment où je vais me ridiculiser.

— Toi d'abord.

— À tes ordres !

Basile s'élance et réalise quelques figures pour m'impressionner. Son petit numéro fonctionne bien, j'ai les yeux qui brillent d'admiration. Mais lorsqu'il m'invite à grimper sur la planche à mon tour, c'est une autre histoire. Je ne sais pas avec quel pied prendre de l'élan, ni comment conserver mon équilibre. J'en suis à penser que c'est quand même une idée minable de proposer une telle activité pour un premier rendez-vous. Mais, soudain, Basile pose ses mains sur mes hanches pour me guider et le skateboard m'apparaît tout à coup comme un sport fort sympathique.

Comment ai-je pu ne pas y penser avant ? J'étais tellement inquiète à l'idée de chuter que je n'ai même pas décelé le plan drague le plus évident du monde.

Les bras écartés comme les ailes d'un avion, je me laisse guider, vacillante telle la flamme d'une bougie. La planche avance en tressautant et l'emprise de Basile se fait plus ferme. Mon cœur palpite sous mon tee-shirt à citrons. Il m'encourage en riant, je m'extasie sur chaque centimètre parcouru sur mon imprévisible destrier. J'ai le ventre qui palpite, aussi ; plus fort à chaque fois que ses mains se déplacent sur mon corps. Mes hanches. Mes reins. Ma taille. J'ai la peau en feu alors qu'il n'a frôlé que mes vêtements. Mais pourquoi je réagis comme ça ? Du calme, Lily, bon sang ! Ce n'est qu'un garçon. D'habitude, ces choses-là me passent au-dessus de la tête sans me décoiffer. Pourquoi pas cette fois ?

Mes doigts sont guimauves et mon esprit est incapable de se concentrer. C'est à croire que l'électricité qui circule entre nous me grille les neurones. Je ne suis pas sûre d'aimer cette sensation.

— Prête à voler de tes propres ailes ? demande Basile en souriant.

Je m'agrippe à ses épaules, terrifiée.

— Absolument pas !

— Aie confiance en toi, championne !

Il m'accompagne encore quelques pas puis lâche son emprise. Étonnée de ne pas m'échouer lamentablement sur le sol, je me risque à reprendre un peu d'élan d'un coup de pied. J'ai envie d'impressionner Basile. Il avance en pas chassés à mes côtés pour suivre mon évolution, toujours aussi enthousiaste.

— Oh mon Dieu ! Regarde, je skate !

Grisée par ma réussite, je donne une nouvelle impulsion à la planche d'un coup franc. Je prends aussitôt de la vitesse et Basile adopte le trot pour me suivre. Souriante, je cherche son regard pour me repaître de la fierté qui devrait s'y trouver. Et c'est à ce moment précis que les roues du skateboard foncent dans un caillou. La planche bute dedans, me projette au sol comme un vulgaire morceau de chiffon. Une douleur sourde engourdit soudainement mon corps. C'est mon coude gauche qui absorbe le choc en premier. Les irrégularités du bitume s'enfoncent dans ma chair, pareilles à de vilaines morsures, l'élimant jusqu'au sang. Ce n'est que lorsque la main de Basile vient se poser sur mon visage pour en dégager des mèches rebelles que je me rends compte que mes genoux sont également douloureux.

Affalée face contre terre, je roule sur mes fesses pour reprendre mes esprits dans une position plus digne. Même si, avouons-le, il faudra repasser pour la dignité : mon ego gît au sol, éparpillé entre les gouttelettes de sang et les gravillons.

Basile me relève le menton entre son pouce et son index et m'examine rapidement.

— Tu vas bien ?

La mine renfrognée, j'essaie de dédramatiser la situation, me contorsionnant pour inspecter mon coude.

— Je crois que je ne suis pas encore prête pour le titre de championne du monde.

— On va laisser tomber le skateboard pour le moment. Laisse-moi voir ça.

Avec douceur, il inspecte mon coude et mes genoux. Il frotte doucement les plaies pour en nettoyer les gravillons incrustés et les petites peaux qui se dressent au milieu. Ça pique. Mais pour être honnête, c'est ma fierté qui souffre le plus.

— De la glace. Il nous faut de la glace.

Je secoue la tête pour refuser, concentrée sur mes plaies.

— Ça va, je n'ai pas très faim.

Basile marque un temps d'arrêt, les yeux écarquillés, puis ses lèvres se tordent en un rictus. On dirait bien qu'il se retient de rire.

— Je voulais dire… De la glace pour tes blessures.

— Oh.

Les yeux rivés au sol, je jurerais voir mon ego se carapater définitivement en se dandinant sur le goudron, pareil à un ver de terre.

— De la glace pour mes blessures. Évidemment.

Il sourit de plus belle, mais je vois bien que l'hilarité le guette. Qu'est-ce que je disais ! C'est une idée minable de proposer un cours de skateboard pour un premier rendez-vous. Même si ça implique quelques minutes de tripotage de hanches.

— Ça ira pour marcher ?

— Mais oui, j'assure en feignant la détermination. C'est trois fois rien.

Trois fois rien. Comme les trois ÉNORMES steaks qui maculent mes genoux et mon coude. Je me redresse en m'efforçant de ne pas avoir l'air d'une dinde mais les plaies m'élancent vigoureusement. Je conserve un air impassible mais, en toute honnêteté, j'ai un peu envie de pleurer. Je n'avais pas réalisé de cascade aussi spectaculaire depuis l'école primaire. Et je jure sur le journal de Papi Henri qu'une telle performance, ça fait un mal de chien.

Nous filons au Monop' le plus près, après un arrêt dans une pharmacie pour acheter du spray désinfectant. Comme je n'ai pas été fichue de m'en asperger toute seule, c'est Basile qui s'en est chargé en m'intimant de ne pas faire la chochotte.

— Ce n'est que du froid, ça ne pique pas. Si tu es sage, on t'achètera des pansements Mickey, s'est-il marré alors que j'avais le visage crispé et les yeux fermés pour ne pas le voir approcher avec la bombe.

— Si tu continues de te moquer, je vais t'infliger les mêmes blessures et on verra si ça ne pique pas.

Mais il a juste ri de plus belle.

Dans les rayons de la supérette, les clients me dévisagent avec dédain. Il faut avouer que je n'ai pas l'air maline avec mes croûtes. Nous traversons les allées au pas de course jusqu'à ce que les bacs de surgelés apparaissent enfin. Basile s'empare de deux sachets discounts et les brandit dans ma direction.

— Tu es plutôt choux de Bruxelles ou poêlée méditerranéenne ?

— Argh, je n'ai aucune envie de puer le chou de Bruxelles !

— Ça ne sent pas, c'est congelé.

Je refuse, catégorique.

— Je ne prends pas le risque.

— Va pour la poêlée.

Il rouvre le bac de congélation, prêt à ranger le sachet perdant, quand je l'en empêche.

— Oh ! Non, finalement, prends plutôt des carottes.

Ce sera plus facile à appliquer, il y aura moins de blocs obtus sous le plastique.

— Des carottes ?

— Oui, des carottes.

— Des carottes, donc. Tu as raison, il paraît que ça donne les fesses roses.

Je lui tire le sachet des mains et plante un regard empreint de défi dans le sien.

— De une, ce n'est pas pour les manger. Et de deux, ce n'est pas comme si tu allais le vérifier, de toute façon.

Je tourne les talons en direction de la caisse, l'oreille tendue pour vérifier si ma réplique a fait mouche. Il ne m'emboîte le pas que quelques secondes plus tard, alors j'en déduis que j'ai réussi mon coup.

Une fois le sac de carottes légalement mien, nous descendons les rues d'un pas traînant, en direction de porte Dauphine. Il fait beau, mais pas autant que dans mon Sud. Ici, le ciel est plus gris, l'air est plus étouffant que réellement chaud. Alors que je m'étonne d'être traversée par une telle réflexion, Basile lève le nez, sa planche à roulettes coincée sous le bras, et il dit :

— On peut se trouver dans la plus belle ville du monde, sans l'océan, ça n'a vraiment pas grand intérêt.

Le sachet plaqué contre mon coude, je le dévisage avec curiosité.

— Tu es donc si attaché aux vagues ?

— Ça peut paraître idiot, je sais… Mais j'ai grandi en Martinique. Mes parents étaient profs, là-bas. J'allais surfer tous les soirs après l'école et les samedis matin avec un moniteur. J'ai vite compris que je ne me sentirai jamais aussi vivant que debout sur une vague. Alors quand je suis en ville, loin de la mer, je me sens incomplet. Déconnecté.

— Un poisson hors de l'eau…

Ma remarque lui arrache un haussement de sourcils.

— Un poisson hors de l'eau. Exactement.

Je hoche la tête d'un air entendu. Combien de fois ai-je éprouvé cette sensation, dans mon petit village de campagne ? Ce sentiment de ne pas être à ma place, de manquer d'oxygène. Basile, lui, a la chance de connaître le lieu où ses poumons peuvent se déployer pleinement, où l'adrénaline peut l'envahir tout entier pour lui rappeler qu'il est en vie. Moi, je cherche encore. Pas une ville, pas un coin de bureau, ne m'a jamais laissé croire que je me trouvais enfin là où les étoiles attendaient que je sois.

Perdue dans mes pensées, je sursaute lorsque Basile me donne une tape amicale sur l'épaule en s'exclamant :

— Tiens, et si on allait te prendre une glace pour de vrai, cette fois ?

Je lève les yeux sur le restaurant de fast-food qu'il pointe du doigt et il poursuit, amusé :

— Juste à côté d'un Picard, en plus ! C'est parfait, on pourra renouveler notre stock de poches de glace si tu te livres à un nouveau numéro de voltige.

Alors là, c'est le pompon ! Qu'est-ce que je disais ? Je ne suis vraiment pas le genre de fille capable de jouer aux séductrices. Je suis bien trop maladroite pour ça. J'ai beau m'efforcer d'avoir l'air sûre de moi et avenante, le garçon qui me plaît finit forcément par m'asséner des blagues idiotes. Je lui décoche un regard hautain et tente de sauver mon honneur :

— Pour ta gouverne, je n'ai pas pour habitude de m'écraser au sol au moindre de mes déplacements. Tu es juste un très mauvais professeur.

Au moins, j'ai un minimum de repartie. Ou une bonne capacité à rejeter la faute sur les autres… Basile adopte une mine offensée, la main sur le cœur et la bouche exagérément ouverte.

— Et tu dis ça à un pauvre étudiant qui vient juste de passer ses oraux ! Mademoiselle Pertet, vous brisez tous mes rêves.

— Peut-être, mais toi tu es un briseur d'os en puissance. Je vais écrire au rectorat, histoire qu'on prévienne tes élèves de se montrer vigilants.

— Tu sais quoi ? Tes propos me blessent profondément. Profondément ! Je te donnerai un nouveau cours de skate, un jour, je ne peux résolument pas accepter que tu penses de telles horreurs.

Un jour ? Parce qu'il y aura d'autres cascades en skateboard, d'autres confidences échangées au milieu de la rumeur urbaine ?

Ressaisis-toi, ma grande. Basile retourne chez ses parents dans quelques jours. Une fois parti, ce sera fini. Finito. Game over. Ciao bello. Tu ferais mieux de t'y résoudre dès maintenant, si tu ne veux pas que ce soit à Cléo de sortir la petite cuiller pour ramasser ton cœur en compote.

Je souris, un peu tristement, et lui donne un léger coup de coude connivent.

— Un jour, alors.

Nous échangeons un regard complice, prétendant quelques secondes que ce jour existera bel et bien, puis l'agitation de la ville nous ramène à elle.

Alors que nous passons commande sur une borne automatique, Basile ausculte mon coude et en profite pour laisser courir ses doigts autour de la plaie. L'air de rien, toujours. Et moi, je frissonne sous 39 °C. L'air de rien, aussi.

Il opte pour un Sunday au chocolat, moi pour un McFlurry aux spéculos et au caramel.

— Une abomination ! décrète-t-il en faisant la moue.

Il finit pourtant par prendre une cuillerée dans mon pot. « Juste pour en avoir le cœur net. » La deuxième fois, il ne cherche pas d'excuse, il se contente de m'offrir un sourire complice. Je lui explique alors pourquoi cette glace est encore meilleure que les saveurs qu'elle livre à nos papilles.

— C'est mon parfum préféré. Quand ma mère venait me chercher au lycée, tous les mercredis, pour aller faire les courses, nous nous arrêtions dans un fast-food près du supermarché et elle m'offrait une glace. On n'a jamais été très proches, toutes les deux, mais j'attendais ce moment de la semaine avec impatience. C'était notre moment rien qu'à nous. Et quand je mange un McFlurry aux spéculos, maintenant, je repense à ces après-midi.

Basile sourit en entendant mon histoire et je me sens toute drôle de lui avoir raconté une anecdote aussi personnelle. On ne se confie pas beaucoup, dans ma famille. Alors, avec un garçon rencontré la veille…

Il réajuste sa planche sous son bras et caresse ma peau avec plus d'affirmation.

— Je retire ce que j'ai dit sur cette glace, dans ce cas ! En revanche, ta mère aurait pu trouver mieux qu'un fast-food pour forger ta madeleine de Proust.

Je m'esclaffe et il semble satisfait de son effet.

Nous errons dans Paris avec nos glaces ramollies, perdus entre œillades conniventes et discussions passionnantes. J'ai abandonné le sachet de carottes dans une poubelle pour me concentrer sur notre balade, et pour m'épargner les regards curieux. Mes intestins, eux, semblent enchantés : ils s'agitent, glougloutent et se nouent. De temps à autre, je toussote pour masquer la nervosité qui se manifeste derrière mon nombril.

L'heure tourne, je sais que Cléo rentrera bientôt à l'appartement, et pourtant je ne me résous pas à l'y rejoindre. C'est plus fort que moi. Je me sens indigne d'accorder autant d'importance à ce balbutiement d'amourette quand ma meilleure amie se balade avec du scotch tout autour du cœur, mais ces sensations sont trop douces pour être ignorées. Je rêve d'amour depuis les premiers romans qu'ont soupesé mes mains, et voilà que je l'effleure pour la toute première fois. J'ai peur de me réveiller. J'ai peur que les gargouillis s'évanouissent. Alors je me raccroche à chaque seconde passée auprès de Basile, à chaque frôlement d'épaule inattendu.

Il me faut rassembler bien du courage pour lui annoncer qu'il est temps que je m'en aille. Et encore plus lorsque sa réponse se manifeste.

— Je voudrais te revoir. Ce soir.

— Seulement si mon amie Cléo peut venir.

Il acquiesce. Je dissimule mon envie de sauter de joie. Je me hisse sur la pointe des pieds pour lui déposer un baiser sur la joue. J'aurais pu viser ses lèvres mais je suis une trouillarde. C'est comme ça. Jamais je ne pourrai faire le premier pas. Alors que je tourne les talons pour m'engouffrer dans la bouche de métro qui s'ouvre dans mon dos, Basile me rattrape par le poignet. Je pivote, hébétée. Mon cœur manque un battement, mes boyaux se tordent. Il m'embrasse, spontanément, et le pot de glace vide roule au sol.

La bouche. Enfin, la bouche !

Le goût de ses lèvres s'accorde à la couleur de sa peau : un délicieux mélange de lait et de caramel.

26

Dimanche 14 juillet 2019

Ma Lily,

Dans ta dernière lettre, tu me demandais si je te pensais folle. Eh bien la réponse est non. Moi aussi, j'ai l'impression qu'Henri est à mes côtés. En permanence. Dès qu'une porte claque, qu'un volet grince ou que j'entends siffler dans la rue, je bondis de mon fauteuil et je le cherche autour de moi. Je ne le vois jamais, bien sûr, pourtant j'ai l'impression qu'il est partout.

L'autre soir, on a sonné à la porte tandis que ta mère était à la maison. Elle m'aidait à remplir des papiers pour la banque, j'avais la tête perdue dans les formulaires et je lui ai bêtement demandé « Ouvre à ton père, j'ai fermé à clé ». Nous nous sommes figées toutes les deux et j'ai bien vu qu'elle était au bord des larmes. Mais elle n'a rien dit. Elle s'est levée et elle est allée ouvrir la porte. Bien entendu, ton grand-père ne se trouvait pas sur le seuil, ce n'était que la voisine qui cherchait son chat. Mais l'espace d'un instant, j'ai oublié. Et c'était doux, ma Lily. Incroyablement doux d'oublier que la faucheuse me l'avait enlevé.

Oh ! Je ne sais pas si je devrais te raconter tout ça. Je finirai peut-être par jeter cette lettre et t'en envoyer une plus jolie. De toute façon, nous sommes dimanche, elle ne partira pas avant demain. Je n'ai pas eu le temps de t'écrire hier, j'étais trop fatiguée. Mes muscles sont mous et mes idées tristes. Tristes, tristes, tristes ! Ce n'est vraiment pas beau à voir, une veuve.

Mais ne t'inquiète pas, on se relève de tout. C'est ce qui nous rend humains. On tombe mais on se relève à chaque fois. Tes lettres m'aident à garder le sourire. Elles me permettent de vivre un peu par procuration. Dis-moi, tu veux bien me raconter comment c'était, le Louvre ?

P.-S. : Appelle tes parents. Rassure-les. Si j'entends encore une fois ta mère se plaindre de toi, je jure sur mes six petits-enfants que je déshérite tous les Pertet. Et déjà que je n'ai pas grand-chose à vous léguer, vous n'aurez plus que des choux.

P.P.-S. : Ils envisagent d'envoyer Minnie en camp de vacances car elle passe beaucoup trop de temps seule. Le départ serait prévu samedi. Ils ont trouvé une jolie colonie en Ardèche. Essaie de la rassurer aussi. Elle est inquiète.

Je t'embrasse,

Mamie Mariette

27

La lettre de Mamie Mariette m'attendait sur la table basse. Cléo me l'avait préparée avec un Post-it rose annonçant : « Voici les nouvelles du front ! », et elle avait raison. Lire cette lettre, c'était un peu comme recevoir des nouvelles d'un chaos lointain face auquel je ne pouvais plus rien.

Je suis une déserteuse, il me faut maintenant en assumer les conséquences. Garder le cap sur ma nouvelle vie et ne pas regarder en arrière. C'est ce qu'a fait Papi Henri, après tout. Il s'est enfui du camp de travail, a abandonné ses amis, son amour, mais c'était une question de survie. Il a fait ce qui était bon pour lui. Assise au pied du clic-clac de Cléo, je m'accroche tant bien que mal à ces arguments rationnels, à mon besoin d'émancipation, à mes rêves un peu trop encombrants. Je me rappelle les raisons qui m'ont poussée à partir. Et pourtant, cela n'étouffe pas l'envie de réserver un billet retour qui me gagne.

Je me sens coupable. Depuis mon arrivée à Paris, j'ai refourgué mes problèmes et ma famille dans un tiroir enfoui au plus profond de mon esprit. J'ai été égoïste. Je me suis laissée aveugler par mes ambitions et, depuis peu, par les jolis yeux de Basile. Et Minnie, dans tout ça ? Je pensais que mon départ rajouterait simplement une charge de travail à mes parents, jamais je n'aurais imaginé qu'ils en viendraient à l'expédier dans un camp de vacances pour garder la tête hors de l'eau. Dans quel état de panique elle doit être… Les changements sont de véritables cataclysmes pour elle. Avant de s'essayer à une nouvelle activité, de découvrir un nouveau lieu, il faut systématiquement lui montrer une photo de ce qui l'attend ou l'emmener sur place pour qu'elle puisse se préparer au jour J. Elle scripte tout, imagine chaque scénario qui pourrait se produire, anticipe ce qu'il convient de dire devant des inconnus. Alors, un camp de vacances… Mon Dieu, elle ne tiendra jamais le coup !

Tenter ma chance à Paris, c'est une chose. Mais je suis une Pertet et j'ai des responsabilités à honorer.

Je m'empare de mon téléphone et parcours des yeux les noms inscrits dans mon répertoire. Après une profonde inspiration, je presse l'icône d'appel. Une voix autoritaire ne tarde pas à retentir.

— Allô ?

Dès la première syllabe, ma voix se brise comme un sucre.

— Allô, Minnie ?

28

— Pourquoi tu n'as pas appelé plus tôt ?

Minnie parle d'un ton sec, je l'imagine se mordre les joues à l'autre bout du fil, rongée par la nervosité. Je pousse un soupir pour me donner contenance.

— Je suis contente que ce soit toi qui aies décroché.

Soudain, je me demande si j'aurais pu formuler la moindre phrase si ce n'était pas elle qui avait pris le combiné.

— Tu n'as pas répondu à ma question, me rappelle ma petite sœur.

— Tu as raison, excuse-moi. C'est compliqué… Papa et Maman sont fâchés contre moi, je ne pouvais pas téléphoner l'air de rien. On se serait disputés et je n'avais pas envie que ça arrive.

— Et moi, alors ?

— Je sais, Minnie. Mais je suis là, maintenant, tu peux me parler.

— C'est faux, tu es toujours à Paris. Quand est-ce que tu reviens ?

Les mains à plat sur les genoux, le dos droit, j'essaie de rester calme. J'inspire profondément avant chaque réponse. Minnie peut devenir une vraie tornade, lorsqu'elle s'y met. Elle assène les questions comme des coups de couteau et garder le contrôle demande des fonds de patience inépuisables. Mais je n'ai pas le droit de perdre mon calme. C'est moi qui suis partie. Je ne lui ai même pas dit au revoir. Elle a tous les droits d'être furieuse contre moi.

— Je ne sais pas. Bientôt, c'est promis.

— Quand, bientôt ? Papa et Maman parlent de m'envoyer dans un fichu camp de vacances, il y en a pour au moins trois semaines. S'ils le font, je te jure que je trouverai un moyen d'en partir avant la fin !

— Ne dis pas de bêtises, s'il te plaît. J'ai appris pour le camp de vacances, mais tu peux m'en dire plus avant de prévoir de faire le mur ?

— C'est une colonie, en Ardèche. Papa et Maman disent que c'est génial parce que c'est la dernière année où j'ai le droit d'aller dans un camp de vacances, alors il faudrait que je profite de ce droit selon une loi qu'ils ont inventée. Tout ça parce qu'ils ont peur de me laisser seule aussi souvent. Mais j'ai aucune envie d'être enfermée avec des gamins stupides. Si j'y vais, je ferai partie des plus vieilles, parce qu'on n'a plus le droit d'y aller passé quinze ans. C'est *horrible* ! Ils pourraient m'envoyer visiter la ligne Maginot, mais non, ils veulent m'expédier en Ardèche pour ne pas m'avoir dans les pattes. Sans adultes à qui parler. Que des mioches. Soi-disant qu'ils ont trop de trucs à régler, et comme t'es partie ils prétendent s'inquiéter que je m'ennuie. Tu parles, ils n'ont juste pas confiance en moi. Je te déteste vraiment d'être partie. T'as même pas dit au revoir ! Et dans cette colonie, les activités tournent presque toutes autour du sport. Du sport, Lily ! Non mais tu te rends compte ? Qui veut se baigner en Ardèche avec d'autres gamins qui font pipi dans l'eau ? Surtout quand on a une piscine à 30 °C dans le jardin. Argh ! Je les déteste. Je vous déteste tous. Vraiment. Mais surtout toi, parce que si t'étais restée ici, on ne parlerait jamais de m'envoyer dans cet asile.

Elle débite sa tirade à toute allure et ses mots s'échappent du combiné pour se déposer directement dans mon estomac. Pas dessus, non : à l'intérieur. Ils s'y amassent et pèsent si lourd sur mon organe que je pourrais tout aussi bien avoir avalé une enclume.

— Je ne peux pas rentrer tout de suite, Minnie. J'ai… J'ai des choses à faire. Je t'expliquerai, c'est promis.

— Arrête de promettre, me coupe-t-elle. Moi, je ne te crois plus.

— Ne dis pas des horreurs, tu veux ? Personne ne m'a demandé si j'avais envie de rester, on m'a obligée à travailler dans ce supermarché idiot. Tu vois ? Je n'ai jamais voulu te faire de peine.

— Alors, s'ils m'obligent à y aller, je partirai de la colonie comme tu es partie de ton travail.

— Travailler dans un supermarché est loin d'être aussi reposant qu'un camp de vacances, Minnie.

Je m'impatiente, agacée de devoir rendre des comptes et inquiète que ma sœur s'attire de gros ennuis, si elle atterrit dans cette colonie.

— De la natation, du basket et de la balle au prisonnier, serine-t-elle. Ce n'est pas un camp de vacances, c'est un camp de torture !

— Tu pourrais être agréablement surprise.

— Comme tu l'as été au Leclerc ?

Touché.

— Note mon numéro avant de partir. Si tu veux toujours t'enfuir au bout d'une semaine, je viendrai te chercher.

— Tu le jures ?

— Je le jure. Bon, où sont Papa et Maman ?

— …

Minnie toussote à l'autre bout du fil puis le silence s'installe. J'ai l'habitude de perdre son attention mais, là, son mutisme me paraît soudain.

— Allô ?

Ma sœur marque une nouvelle pause. J'entends des bruissements, puis elle reporte son attention sur notre discussion.

— Oui, oui, je suis là. Il y avait un chat à la fenêtre. Qu'est-ce que tu disais ?

Un rien la distrait. Si on ne lui parle pas de ses sujets de prédilection, on ne peut espérer l'emmener sur un terrain qui nous intéresse sans perdre son attention. Pourtant, je trouve sa manière de répondre étrange. Je m'impatiente.

— Où sont Papa et Maman ?

— Partis voir Mamie.

Je souffle, frustrée de ce manque d'informations. Mais je ne peux m'attarder, Cléo va rentrer d'une minute à l'autre et nous irons rejoindre Basile dans un bar. Je ne tiens pas à ce que ma meilleure amie assiste à cette discussion, j'ai besoin de gérer ces problèmes toute seule.

— Bien. Je dois y aller, pense à noter mon numéro. Et ne dis pas aux parents que j'ai appelé. Je me chargerai de les contacter.

Nous raccrochons, je me laisse tomber contre le rebord du canapé. J'ai le sentiment d'être une grande sœur atroce. Si Mamie n'avait pas répondu à ma lettre, je n'aurais pas eu le courage de téléphoner à la maison. Je n'aurais pas eu la chance de parler avec Minnie et de distiller quelques graines de dissuasion dans son esprit concernant ses plans d'évasion.

Quel mauvais exemple je lui ai donné…

Je n'ai pas le temps de m'attarder sur la question, la porte d'entrée s'ouvre et Cléo apparaît avec des sacs de course dans les mains.

— Ah ! Te voilà, s'exclame-t-elle en souriant. Alors, ce rendez-vous ? Tu as sacrément dû lui taper dans l'œil pour qu'il tienne à te revoir dès ce soir… Et avec ta copine, en plus.

Je me lève pour l'aider à ranger les commissions. Cléo rêvasse en rangeant un paquet de pâtes dans un placard.

— J'espère qu'il viendra avec un copain. Un copain mignon. J'ai besoin de me remettre en selle.

— Ça, je ne sais pas, mais donne-moi un moment avant de partir. Je dois terminer quelque chose d'important.

29

Mardi 16 juillet 2019

Ma petite Mamie,

Avant de t'offrir un voyage à Paris, comme tu me le demandais dans ta dernière lettre, je dois te parler sérieusement. Je viens de téléphoner à la maison et c'est Minnie qui a décroché. Elle m'a tout expliqué concernant l'idée saugrenue de Papa et Maman. L'envoyer dans un camp de vacances ? Comme c'est idiot ! Elle va nous faire une syncope. Tu penses que tu peux les dissuader de l'envoyer là-bas ? S'il le faut, je viendrai la chercher, je la prendrai avec moi à Paris. Peut-être pas chez Cléo, je ne peux pas transformer son appartement en centre d'accueil, mais j'ai un peu d'argent de côté et un chèque du magasin que je n'ai pas encore encaissé. Je pourrais nous prendre une chambre en banlieue pour quelques jours, le temps que Papa et Maman finissent de mettre de l'ordre dans tes affaires. Je vais appeler Maman pour lui soumettre l'idée, mais tu sais comment elle est, quand elle est braquée... Essaie de la lui suggérer d'abord, comme si l'idée était la sienne. Ma tentative aura plus de chances de fonctionner.

Je compte sur toi. Minnie semble vraiment terrifiée par ce départ.

Maintenant, passons aux choses un peu plus réjouissantes. Installe-toi confortablement : je t'offre une visite de la capitale. Cela devrait te redonner le sourire...

Je ne me souvenais pas du Louvre et je n'ai pas été déçue de ma visite ! Tout y est magnifique. À ma grande surprise, j'ai préféré parcourir les galeries des peintures, alors que d'habitude je m'ennuie facilement devant les tableaux. Les sculptures ne sont pas mal non plus. Je me suis amusée à prendre de nombreuses photos et à ajouter des légendes rigolotes en imaginant ce que les personnages exprimaient avec leur pose. Je sais que tu ne comprends pas grand-chose à tout cela, mais mes créations ont eu beaucoup de succès sur les réseaux sociaux.
J'ai également découvert le café Mollien, au premier étage du musée, et j'ai tout de suite eu envie d'y retourner avec mon ordinateur pour écrire. C'est sublime. Bien trop envahi de touristes, mais sublime. Il y a de grandes colonnades au milieu desquelles courent des barrières en fer forgé, et elles ouvrent sur de grands escaliers en pierre. Les murs sont coupés par de hautes fenêtres qui laissent entrer la lumière et offrent une vue plongeante sur le jardin du Carrousel. Les pâtisseries, quant à elles, semblaient délicieuses. Dodues et dorées, elles dégageaient un fumet de boulangerie qui m'a réveillé l'estomac. Mais à Paris, tout est cher, alors je me suis contentée de les manger avec les yeux. Mais ma visite au Louvre est loin d'être l'événement le plus trépidant de mon séjour... Figure-toi que j'ai rencontré un garçon. Il s'appelle Basile, c'est un futur prof d'anglais qui se déplace en skateboard. Ses épaules sont grandes comme le Kilimandjaro, il a des yeux verts très clairs, une tignasse bouclée et des cigales dans la voix.
On s'est rencontrés dans un café. Je m'étais installée en terrasse pour écrire en profitant des rayons du soleil – mais un peu à l'ombre, quand même, pour ne pas finir la journée couleur écrevisse. Et puis il est arrivé.

Il cherchait un briquet et je n'en avais pas. Ça aurait pu en rester là mais il m'a posé une question, et je lui en ai retourné une, et ainsi de suite. Bref, on a discuté pendant des heures. Hier, on s'est revus. J'ai appris à tenir sur un skateboard et à en être éjectée. Ensuite, on s'est baladés dans Paris tout l'après-midi. Soudain, c'était comme si toute la ville n'appartenait qu'à nous. Je n'entendais plus les klaxons, les gloussements des lycéennes qui pouvaient nous dépasser ou le mugissement des bus lorsqu'ils s'immobilisent à un arrêt. Il n'existait plus que nous deux. Je n'entendais plus que sa voix. Je ne voyais plus que lui parmi la foule.

Au moment de se quitter, il m'a embrassée. Mes intestins ont fait un looping et j'ai bien cru que j'allais tomber dans les pommes en rejoignant le métro. C'était encore plus incroyable que tous les clichés qu'on trouve dans les livres et les comédies romantiques. Plus dingue que des feux d'artifice, des papillons ou des frissons. C'était FA-BU-LEUX. Explosif. Tendre. Chaotique. Doux. Bouleversant. Naturel. Un cocktail inattendu et plus savoureux que tout ce que j'aurais pu imaginer.

Ce garçon me plaît, Mamie. Il me plaît vraiment. C'est la première fois que je connais une telle sensation et je ne peux m'empêcher de me demander si cela arrive deux fois dans une vie, un tel shoot d'adrénaline.

Oui, je crois que je l'aime bien...

Je t'en dirai plus dans ma prochaine lettre. Je dois le revoir ce soir. Mais rien d'inconvenant, promis ! Cléo nous chaperonnera.

Avec tout mon amour,

Lily

30

Après un saut par une boîte postale, nous nous rendons dans un bar du XIVᵉ, vers Gaîté. En traversant les avenues pour nous y rendre, j'aperçois la tour Eiffel poindre entre deux tours de bureaux. Je prends une photo et je l'envoie à Maman par message, avec la légende suivante : « Tout va bien. Je vous aime. J'espère que vous allez bien. J'espère qu'*on* va bien. » Une tentative pour rétablir le contact ne pourra pas nous faire de mal. Surtout si je veux la convaincre de récupérer Minnie avant qu'ils ne l'envoient en Ardèche.

Je glisse ensuite le téléphone au fond de mon sac à main en mode silencieux. J'ignore si je recevrai une réponse et je ne veux pas passer la soirée à guetter la moindre vibration de l'appareil. Le moindre signe maternel me confirmant que je n'ai pas été bannie du nid. Je préfère laisser à la Lily de demain matin le soin de le découvrir.

Il faut croire que la lettre de Mamie Mariette m'a vraiment bouleversée. Hier encore, je n'aurais jamais osé donner le moindre signe de vie, bien trop terrifiée à l'idée des remontrances qui s'ensuivraient. Bien trop terrifiée à l'idée de laisser la culpabilité couper mes ailes encore fragiles.

Basile nous attend au comptoir, les doigts pianotant sur son iPhone. Je le désigne discrètement à Cléo et elle se dévisse le cou pour le détailler, tout en accompagnant son observation de commentaires flatteurs. Je m'attarde près de la porte du bar, angoissée à l'idée de le retrouver après notre premier baiser et de le présenter à ma meilleure amie. Je n'aime pas l'idée de mélanger les relations sentimentales avec ma vie quotidienne. Que ces deux mondes puissent se fondre l'un dans l'autre. Car, alors, si tout venait à se terminer, c'est tous les pans de ma vie qu'il faudrait reconstruire.

Je profite que Basile soit concentré sur son iPhone pour calmer la nervosité qui me gagne, tandis que Cléo poursuit ses remarques détaillées.

C'est drôle car on ne souligne jamais la marque de mobile des gens sauf lorsqu'une pomme figure sur le logo. Quand vous avez un smartphone chinois à deux cents euros, vous demandez « Peux-tu me passer mon téléphone ? », et on vous répond « Tiens, le voilà », le plus simplement du monde. Mais quand vous avez l'équivalent d'un smic dans la main, tout le monde se met à mentionner sa marque comme si c'était une technologie supérieure et différente de toutes les autres, qui permettrait de se téléporter et de faire des crêpes en plus de passer des coups de fil.

Bon. Du calme. Ce n'est pas le moment de penser à ça. En scène, ma grande !

Je secoue la tête pour en chasser les digressions qui l'agitent et me dirige enfin vers Basile. Je lui signale ma présence en posant une main sur son épaule et il glisse aussitôt son téléphone dans la poche de son pantalon. Il lève ses yeux verts sur moi, sans prêter attention à Cléo et, soudain, je me sens bête d'avoir réfléchi aux manières de désigner un téléphone plutôt qu'à la façon dont je suis censée le saluer. Mes joues s'empourprent. Nous nous sommes embrassés il y a tout juste quelques heures, mais ai-je le droit de recommencer maintenant ?

Basile interrompt mon questionnement en posant une main sur mes reins pour m'attirer vers lui. Il m'embrasse aussi tendrement que tout à l'heure et j'en oublie le brouhaha ambiant, le barman qui guette notre commande de l'autre côté du comptoir et ma meilleure amie au cœur brisé plantée derrière moi.

Merde. Ma meilleure amie *au cœur brisé.*

La traîner au spectacle de mon coup de foudre hollywoodien alors qu'elle vient de se faire larguer est loin d'être mon idée la plus lumineuse. C'est encore pire que ma tentative en skateboard, cet après-midi. Je me recule un peu brusquement, reporte mon attention sur la salle bruyante et attrape Cléo par le poignet. Je la présente à Basile sous le titre de « Reine des nuits parisiennes et Grand Ponte de l'éducation en ligne ». Avec ses manières habituelles, elle encadre son menton de ses mains, incline légèrement la tête et fléchit les genoux pour nous gratifier d'une révérence. Je souffle discrètement de soulagement : Cléo est d'humeur à s'amuser, la soirée est sauve. L'espace d'un instant, j'ai craint de voir un élan mélancolique hanter son regard.

— Alors, c'est toi qui as abîmé les genoux de ma meilleure amie ? s'enquiert-elle après avoir commandé un demi-pêche au barman.

— Oh ! Elle s'est débrouillée comme une grande, je me suis contenté de lui fournir l'arme du crime.

Basile lui adresse un clin d'œil et Cléo rit en grimpant sur un tabouret de bar. Je sens mon corps se détendre. C'est la première fois que je lui présente quelqu'un qui me plaît. Qui me plaît *vraiment.* Je sais que c'est complètement fou. Que ce ne sera, au mieux, qu'un amour de vacances. Que je ne me souviendrai probablement plus de son nom quand je ressasserai mes belles années dans cinquante ans, assise dans un rocking-chair avec un vieux chien de berger couché à mes pieds. Mais il y a cette petite voix un peu dingue qui me murmure doucement à l'oreille : *Et si ? Et si c'était plus que tu ne le crois ? Et si c'était lui qui était voué à se balancer dans le fauteuil contre le tien, dans un demi-siècle ?*

L'idée me provoque un frisson dans l'échine. Je déplace un tabouret pour m'installer entre Basile et Cléo puis, une fois assise, je m'efface. Je laisse ma meilleure amie découvrir celui qui vient de faire éclater toutes mes certitudes et de s'infiltrer dans mon cœur en un battement de cils. Je leur donne le temps de s'apprivoiser. Lorsque la soirée s'achèvera, je tiens à ce que Cléo puisse me donner un avis éclairé et objectif sur ce balbutiement de relation.

Vers 23 heures, Basile s'éclipse aux toilettes. Cléo en profite pour me prendre en aparté :

— Il me plaît, ce garçon. Fonce, pour une fois que ce n'est pas un flan ou un gros con, tu dois profiter du peu de temps que tu as avec lui.

— C'est vrai, tu l'aimes bien ?

Elle hoche vigoureusement la tête en me gratifiant d'un « hun hun » enthousiaste.

— C'est pour ça que je vais m'en aller…

— Non, c'est hors de question !

Elle ne me laisse pas le temps de protester plus et m'intime le silence d'un index autoritaire.

— Tut, tut, tut ! Je vais m'en aller et tu vas profiter de ta soirée avec ce charmant jeune homme. Et ne crois pas que je me contente de te faire une fleur, j'ai une présentation devant le patron à 9 heures, demain matin. Alors j'ai tout intérêt à rejoindre mon lit.

Je glisse mes doigts entre les siens et je la remercie. Ma venue à Paris était censée aider Cléo à surmonter sa rupture, et voilà que c'est elle qui joue à l'ange gardien.

— D'accord, mais demain soir, on organise une soirée rien que toi et moi !

— J'ai un placard entier de sucreries qui n'attend que ça.

Nous apercevons Basile revenir dans la salle principale, pianotant de nouveau sur son téléphone. Je me demande s'il est également en train de recevoir des encouragements de son meilleur ami. À l'approche du comptoir, il glisse furtivement le mobile dans sa poche et nous adresse un sourire. Cléo se penche vers moi et me murmure à l'oreille :

— L'heure est venue pour votre chaperon de s'éclipser.

Nouvelle pirouette viscérale. Mon amie s'assure que j'aie bien mon double des clés et saute de son tabouret. En quelques phrases, elle salue Basile avant de disparaître dans la foule.

Je parcours le bar du regard, intimidée. Dans les contes, que font les princesses une fois que leur chaperon s'en est allé ?

31

Il pleut lorsque nous sortons du bar. Basile ôte sa chemise pour la placer au-dessus de nos têtes en guise de parapluie, laissant l'averse fondre sur son tee-shirt blanc.

Je me sens légère, probablement à cause des bouteilles de bière qui se sont succédé à mes lèvres. Il fait chaud, malgré la pluie. Les gouttes qui frappent ma peau sont d'une fraîcheur agréable. Basile et moi chahutons, cherchant le contact de l'autre. J'ai envie de l'embrasser, encore et encore, mais la pudeur me domine et je me contente de ses baisers volés. Dans le cou. Sur la joue. Sur les lèvres. Je ne cherche plus leur signification, j'attends simplement les suivants.

Les bras en l'air, il lève le nez vers le ciel et se perd un instant dans sa contemplation.

— Mais qu'est-ce que tu fais ? Ne restons pas là, on va être trempés jusqu'aux os.

— Je cherche des étoiles filantes. Je suis d'humeur à faire un vœu.

Mon souffle s'arrête, il baisse les yeux sur moi et son sourire irradie tellement que j'en oublie la pluie.

Il est plus d'une heure du matin, les métros ne circulent plus. D'ailleurs, je n'ai même pas essayé d'attraper le dernier, déconnectée de toute temporalité, attendant que le bar ferme ses portes et que nous en soyons chassés. Les trottoirs sont presque déserts, les rues à peine troublées par le passage de quelques voitures aux phares vacillants sous les gouttes. Des Uber, pour la plupart. Cela me rappelle que je devrais probablement en commander un pour rentrer chez Cléo. Alors que j'en informe Basile, il se place devant moi, sa chemise gouttant au-dessus de nos têtes, et s'amuse à me bloquer la route.

— Tu ne vas pas rentrer toute seule.

— Je ne serai pas seule, il y aura un chauffeur.

— C'est bien ce que je dis ! C'est une mauvaise idée.

Conscient de son inefficacité en tant que parapluie, il noue sa chemise autour de sa taille puis me presse fort contre lui. Je lui décoche un regard malicieux.

— Oh ! Et quelle meilleure idée proposes-tu ? Tu es motivé pour randonner jusque dans le XIXe arrondissement, sachant qu'il te faudra rebrousser chemin jusqu'ici ensuite ? Remarque, cela nous laisserait du temps pour apercevoir des étoiles filantes !

Il dégage une mèche de mon visage en souriant. Ses yeux brillent, semblant me défier.

— Mes grands-parents habitent à quelques rues d'ici.

— Je suis sûre qu'ils seront ravis que nous leur rendions une visite nocturne.

— À leur âge, ils sont sourds comme des pots. Et shootés aux médicaments. De vraies bûches.

Quelle mauvaise idée...

— De vraies bûches ?

Mes doigts se crispent contre son dos, le doute m'envahit.

— Parole de bûcheron.

Je me dégage de son étreinte en levant les yeux au ciel.

— Pfff, t'es juste un prof d'anglais prétentieux.

Il me retient par le poignet, m'embrasse comme jamais encore on ne m'avait embrassée, puis il me murmure à l'oreille :

— En route, mauvaise troupe.

Et il m'entraîne à sa suite, les doigts noués autour des miens.

Et me voilà devenue une fugueuse insouciante qui suit des inconnus dans la jungle urbaine.

C'est donc ce qu'il advient des princesses quand leur chaperon détourne le regard. Elles troquent tous leurs principes contre le goût du risque. Elles se mettent en quête du frisson grisant qui leur électrise la peau, en dépit du bon sens.

Dix minutes plus tard, nous entrons dans un immeuble doté de nombreux digicodes. Basile m'embrasse plus fougueusement, ses mains sur ma nuque se font plus fermes. Dans l'ascenseur, il interrompt ses baisers par des échanges de regards, des caresses dans mes cheveux. L'air est électrique, mon cœur bat à tout rompre, mes poumons se compriment en quête de souffle.

Alors que nous nous arrêtons devant une porte à la poignée dorée, son élan s'essouffle, il s'immobilise, passe une main dans ses cheveux mouillés, puis demande :

— Tu as froid ?

— Un peu.

— Prends tes chaussures à la main et suis-moi.

Il se déchausse, allume la lampe torche de son iPhone et m'invite à lui emboîter le pas. Dans l'ombre, un grand appartement se dessine. Meubles rococo, bibelots en tous genres et grandes baies vitrées se dressent tout autour de moi. Basile m'entraîne dans un long couloir qui dessert plusieurs portes. J'ignore lesquelles abritent ses grands-parents et l'angoisse d'être découverte dans leur maison me saisit. Toujours grisée par l'alcool, il me faut concentrer toute mon attention pour avancer en terre inconnue sans me cogner nulle part. Alors que je manque de déraper, Basile et moi étouffons nos rires avec maladresse. Il finit par me pousser dans un petit bureau où un canapé-lit est déplié. Lorsqu'il referme la porte et allume la lumière, je me détends enfin.

— Fais comme chez toi.

Il tend la main pour récupérer mon sac à main. Je pose ensuite mes chaussures sur une chaise en paille pour ne pas salir le sol, puis j'ôte mes nombreux bracelets et les bagues qui ornent mes doigts. Pendant ce temps, Basile tire deux grandes serviettes d'une penderie encastrée dans le mur. Il m'en tend une et, alors que je me frictionne les cheveux et le corps en trépignant, il ôte son tee-shirt d'un geste rapide.

— Allez, hop ! À la douche.

Mon attention s'attarde sur son torse musclé et j'en oublie de répondre. Basile prétend ne pas avoir remarqué mon trouble mais, au fond de moi, je suis convaincue qu'il sait pertinemment ce qu'il fait. C'est un bel homme et il en joue. Mais je ne peux l'en blâmer. Ai-je déjà mentionné ses épaules ? À sa place, je ne m'en priverais pas non plus.

32

Lui :

— Mais pourquoi les filles prennent-elles toujours des douches aussi chaudes ? !

Moi :

— Parce que le repas est meilleur lorsqu'il est bien cuit.

33

Aux aurores, je dépose un baiser sur le dos d'un Basile endormi, je m'extirpe des draps défaits, j'enfile mes vêtements et mes bijoux, je prends mon sac à main et je traverse l'appartement sur la pointe des pieds, mes chaussures à la main. Je referme la porte d'entrée tout doucement et ne me chausse qu'une fois dans l'ascenseur.

Dehors, l'air est encore humide de la pluie nocturne. Je m'élance dans les rues à pas légers comme si, plus que celui des grands-parents de Basile, c'était le sommeil de toute la capitale dont je devais me soucier. Un plan du métro parisien affiché sur l'écran de mon téléphone, je me dirige vers la station la plus proche. Ma tête bouillonne d'émotions, les images de la nuit m'absorbent tout entière. Je voudrais me laisser bercer par ces pensées toute la journée.

Je suis dans un état second. Dans le monde et en même temps à des années-lumière de ses rues. Je n'ai presque pas fermé l'œil de la nuit, pourtant mon esprit mouline dans tous les sens. Un sourire niais fige mes lèvres en un air béat.

C'est un coup de foudre. Cette fois, c'est sûr. C'est insensé, soudain, imprudent, mais c'est réel. Jamais je ne m'étais sentie si connectée à quelqu'un. Jamais je n'aurais imaginé une telle fusion possible. Alors oui, c'est une histoire de vacances, une histoire avec une date de péremption dangereusement proche, un amour passager qui se transformera en douce amourette d'été avec le temps. Mais ça, c'est le côté rationnel, qui parle. Ce n'est pas parce qu'une chose est vouée à se terminer qu'elle n'a aucune valeur, même si la fin est pour bientôt. Les mourants gaspillent-ils leurs derniers jours de vie ? Non, ils les chérissent, s'efforcent de tout mémoriser, de tout éprouver plus fort. J'ai bien l'intention d'en faire de même avec Basile. Ainsi, quand sonnera l'heure des adieux, je n'aurai aucun regret.

Nous avons fait l'amour toute la nuit. À chaque fois que le sommeil menaçait de nous emporter, nous recommencions. Encore et encore. C'était puissant. Comme si nous partagions la même urgence de ne faire qu'un. Comme si les cellules de sa peau ordonnaient à son corps de se fondre aux miennes, et inversement.

M'arracher aux draps, à cette bulle hors du temps, s'est avéré un véritable défi. Une nuit, c'est tout ce qui a suffi à me transformer en droguée. Accro à un ADN bien particulier. Camée aux mains d'un homme qui m'était encore étranger il y a deux jours.

C'est drôle, quand on y pense... Je suis venue à Paris dans l'espoir d'écrire un roman sur mon grand-père, mêlant au récit de son évasion l'incroyable histoire d'amour qu'il vécut avec une allemande. Une histoire passionnelle, vouée à l'échec. Et me voilà qui vit un flirt aussi puissant, et tout aussi éphémère, quatre-vingts ans plus tard.

Aurais-je pu me connecter aux mémoires de Papi Henri de manière plus littérale ?

Je m'engouffre dans une bouche de métro au pas de course, survoltée. Une fois installée dans la rame, je quitte l'application de la RATP pour consulter les notifications qui excitent la led de mon téléphone. Il y a un message de ma mère. Le pouce tremblant, j'hésite quelques secondes au-dessus de l'icône des messages. Ma bulle d'euphorie est-elle si résistante ? Je commence à peine à prendre confiance à moi, à me détacher de mon rôle d'enfant toujours obéissante. Ouvrir ce message, n'est-ce pas risquer de replonger dans mes mauvais travers ?

La curiosité l'emporte et je finis par cliquer dessus pour l'ouvrir.

On va bien. Une mère a toujours de la place dans son cœur pour aimer ses enfants. Même lorsque la déception s'y est installée.

Je verrouille l'écran et sèche une larme qui point à l'orée de mes cils d'un revers de main. La bulle se fissure mais n'éclate pas. Je me concentre pour atténuer l'impact du message. Il faut dire que décevoir m'a toujours terrifiée. Car décevoir, c'est échouer... C'est briser une confiance qui mettra du temps à se renouer.

Je me suis toujours sentie comme un maillon invisible de la famille. Presque interchangeable. Minnie monopolisait toute l'attention et mon seul rôle était de veiller sur elle. Alors j'ai passé ma vie à me plier en quatre pour que mes parents soient fiers de moi. Pour exister autrement qu'en tant que grande sœur. Je marchais sur la pointe des pieds, m'interdisant le moindre écart et culpabilisant dès que je débordais du moule dans lequel on essayait de me fondre. Décevoir mes parents n'était en aucun cas une option.

Soudain, le prix de la liberté me semble bien au-dessus de mes moyens. Mais je ne craque pas sous la pression comme je l'aurais fait auparavant. Car le jour où je suis montée dans ce train à destination de Paris, j'ai compris. J'ai compris que le monde est peuplé de gens qui cherchent une porte de sortie à leur quotidien, et que tous craignent d'engendrer des conséquences désastreuses s'ils la trouvent. Que pour beaucoup, la vie est une succession de situations où l'on ne part pas, où l'on n'ose pas. Mais la vérité, c'est que le monde ne s'effondre pas parce que l'on déçoit. Les devoirs, les obligations, tout ça ne sert qu'à donner un cadre, une ligne conductrice. Ils sont nécessaires, mais pas vitaux.

Quand on prend la tangente, la Terre ne se met pas à tourner carré. En revanche, il devient un peu plus facile de respirer.

34

Cléo dormait encore quand je suis arrivée à l'appartement. J'ai posé un sachet de viennoiseries à son intention sur sa table de chevet, puis je me suis installée dans la cuisine, près de la fenêtre, pour écrire à Mamie Mariette tout en buvant un grand bol de chocolat chaud. Le ventre noué, j'ai laissé ma part de pains au chocolat à ma colocataire. Je ne voulais pas la réveiller alors, une fois la lettre terminée, j'ai collé un timbre prioritaire sur l'enveloppe et je suis sortie la poster, mon ordinateur glissé dans un sac à dos.

Dehors, le ciel est d'un bleu limpide, le soleil a eu le temps de réchauffer l'atmosphère depuis mon escapade aux aurores. Je m'installe à une terrasse de café et je relis les malheureuses pages oubliées dans un fichier depuis deux jours. Ce n'est pas mauvais. C'est même plus que correct. Alors je commande un croissant avec un jus d'orange puis je m'attelle à l'ouvrage.

Le journal de Papi Henri ouvert sur la table, mon carnet de notes empilé dessus, je laisse les pages m'absorber, m'infuser d'idées en vrac, et mes doigts se mettent à courir sur le clavier.

Il est tout juste 9 heures, Cléo doit se mettre en place pour sa présentation devant son patron, Basile dort probablement encore. J'ai la journée devant moi pour travailler sur le roman avant de retrouver ma meilleure amie et de me consacrer uniquement à elle – un devoir auquel je déroge depuis trois jours.

J'ai beau me concentrer de toutes mes forces sur le fichier Word ouvert devant moi, mon regard coule régulièrement de l'écran de l'ordinateur à celui de mon téléphone. Malgré moi, je guette. Je guette le réveil de Basile, le premier message après que nous avons fait l'amour, la perspective du prochain rendez-vous.

Les heures tournent, les pages défilent sur mon PC, mais le message tant attendu ne vient toujours pas.

35

Mercredi 17 juillet 2019

Ma petite Mamie,
J'ignore pourquoi je t'écris cette lettre alors que je t'en ai déjà posté une hier soir, et que tu les recevras probablement en même temps. Mais en me levant ce matin, j'ai eu besoin de t'écrire, de te raconter toutes ces choses qui me remuent de l'intérieur. Si tu savais, ma petite Mamie, comme ça s'agite là-dedans depuis quelques jours...
Il y a tout juste deux semaines, je ne croyais en rien, je me laissais porter par les événements sans jamais me rebeller contre eux. J'étais à côté de la plaque, complètement paumée et un peu défaitiste, aussi. Je fermais les yeux sur tout ce qui allait de travers ; l'idée même d'affronter le malheur me terrifiait. Mais depuis que je suis ici, je sens que mes paupières deviennent moins lourdes. Je me sens bien, Mamie. Plus légère, plus insouciante.
Et le fait d'être tombée amoureuse ne fait qu'ajouter à mon bonheur.
Je sais, je sais. Baisse ce sourcil surpris. Hier encore, je t'écrivais que Basile me plaisait, sans ajouter de certitude aussi sérieuse à mes propos. Mais maintenant, j'en suis convaincue. J'ai baissé la garde et l'amour est entré dans mon corps. Il a suffi qu'il m'embrasse sous la pluie. Rien que ça. Et maintenant

j'ai les deux pieds dedans. Les pieds, les chevilles et tout le reste. Je l'ai rencontré il y a deux jours et voilà que c'est Disneyland dans mon ventre.
C'est un peu effrayant, je l'avoue. Je ne savais pas qu'on pouvait attraper l'amour comme ça, en un après-midi, en une soirée, comme on attrape un rhume ou une grippe. On devrait peut-être créer des petits panneaux de mise en garde, pareils à ceux du lapin de la RATP dans le métro. Ça dirait quelque chose comme « Déconnectez bien votre cœur de vos yeux, vous risquez de vous le faire briser très fort ». Parce qu'il y a un petit détail que j'ai omis de te partager hier : ce dimanche, Basile retourne à Biarritz, dans sa famille, puis le ministère de l'Éducation nationale l'affectera dans une ville quelconque. Statistiquement, les chances qu'il atterrisse à Toulouse sont infimes. Les ministres, ils s'en fichent de qui vous avez rencontré pendant l'été.
Alors j'avance à l'aveuglette sans faire de plans sur la comète. C'est une première, pour moi. Mais j'ai décidé de prendre tout ce que cette histoire avait à m'offrir, de la vivre pleinement comme si demain n'existait pas. Et c'est incroyablement bon, de se laisser aller de la sorte. Je sens que quand je reviendrai t'embrasser, je serai une femme nouvelle. Je crois que cet été est en train de m'apprendre une leçon terriblement cruciale : celle de ne pas tout anticiper, tout calculer, et de savourer les petits bonheurs, dans toute leur intensité, sans penser à l'après. Sans me soucier du vide potentiel qu'ils laisseront une fois passés.
Il est temps que je te laisse, je dois me remettre à travailler sur mon roman. Mais réponds-moi vite, tes mots sont un bonheur sous enveloppe.
Avec tout mon amour,
Lily

P.-S. : je t'appellerai vendredi matin, à 9 heures 15. Tu devrais avoir reçu la lettre, d'ici là. Laisse travailler le répondeur, s'il te plaît. La voix de Papi Henri me manque.
P.P.-S. : N'oublie pas de parler à Maman au sujet du camp de vacances. Je suis bien décidée à revenir chercher ma sœur si cela lui évite de finir enfermée avec une vingtaine de gamins qui risquent de lui mener la vie dure.

Consomption

36

— Surtout pas !

Je me jette sur Cléo pour lui ôter son téléphone des mains.

— Rends-le moi ! Je veux savoir qui est cette pimbêche !

Mon amie grogne, essaie de reprendre le mobile et m'enfonce ses doigts dans le visage au cours de la lutte. Je me montre autoritaire.

— Quoi que tu t'apprêtes à faire, ça ne le ramènera pas et tu te sentiras encore plus mal dans cinq minutes.

Je la repousse par l'épaule d'une main et tiens son portable hors de portée de l'autre. Mon amie peste, se débat, ses cheveux blonds éparpillés partout sur le visage. Lorsqu'elle s'est fatiguée toute seule – je mesure une tête de plus qu'elle –, elle bat en retraite, arrange sa crinière puis me contemple avec des éclairs de frustration dans les yeux.

— OK, je n'envoie rien, mais je veux mon portable, capitule-t-elle.

Les mains dans les poches, raide comme un piquet, elle semble catégorique. Je la détaille un instant, jaugeant sa fiabilité et hausse un sourcil suspicieux.

— Tu n'en penses pas un mot, pas vrai ?

— Mais bien sûr que je n'en pense pas un mot ! Je vais lui faire la peau à cette fille !

— Pas de téléphone.

— OK, je vais commencer par te faire la peau d'abord, puisque c'est comme ça.

Nous nous dévisageons quelques secondes puis j'éclate d'un rire franc. Incontrôlable. Cléo s'efforce de rester de marbre mais un sourire ne tarde pas à titiller ses commissures et elle finit par exploser à son tour.

— Tu te rends compte du point auquel c'est insensé ?

— Mais oui, mais oui, admet-elle en essayant de dissimuler son sourire.

— Tout ça pour un garçon !

Elle se calme, semble mener une introspection.

— Oui, susurre-t-elle, mais c'était le mien…

Touché. Je l'enlace, glisse son téléphone dans la poche arrière de son jean.

— Peut-être, mais il ne te méritait pas.

Cléo est le maître incontesté du *stalkage*, cette discipline qui consiste à espionner les activités et les relations des autres sur les réseaux sociaux. Surtout les relations, d'ailleurs, et celles des ex en priorité. Pour chaque information laissée sur la toile par Alex, elle connaît l'astuce exacte qui lui permettra d'y accéder. En menant son inspection quotidienne, Cléo a découvert qu'une fille avait posté une photo avec lui et elle a complètement pété les plombs. Je suis intervenue juste à temps pour l'empêcher d'incendier Alex par message puis d'écrire à la fille pour lui demander des comptes.

La situation peut sembler risible, mais qui suis-je pour juger un cœur qui souffre ? J'ai moi-même passé la journée à guetter un message qui n'est jamais venu.

Se quitter à l'ère du digital, c'est s'efforcer d'aller de l'avant avec des milliers de liens invisibles qui nous rappellent toujours en arrière. La technologie, voilà le véritable fléau des amoureux du vingt et unième siècle. On se raccroche aux écrans plus fort qu'aux personnes et, quand survient la rupture, on s'y rattache avec encore plus d'ardeur. Un téléphone qui ne sonne pas, un nom qui ne s'affiche pas, une photo avec de nouvelles personnes que vous ne connaissez pas : la piqûre de rappel dort dans votre poche, prête à frapper à tout instant.

Heureusement, quand les amis virtuels nous détruisent, ceux IRL, *in real life*, sont là pour récolter les morceaux.

37

Basile, 18 heures 45 :

Salut jolie cascadeuse, tu es partie tôt ce matin ! Bien joué, mes grands-parents n'ont rien remarqué 😉. J'ai passé une super soirée. Tu es bien rentrée ?

Lily, 18 heures 47 :

Hey mauvais prof de cascades ! Je suis contente que tu n'aies pas eu d'ennuis avec tes grands-parents. J'ai passé un super moment aussi… Et oui, ne t'en fais pas, je suis rentrée sans nouvelles égratignures.

Basile, 19 heures 36 :

Me voilà rassuré. On remet ça bientôt ?

Lily, 19 heures 38 :

Ce soir ? Je devrais être libre vers 22 heures.

Basile, 20 heures 10 :

Arf, pas dispo ce soir :/Demain ?

Lily, 20 heures 11 :

Oh ! Dommage… Remettons ça à demain, oui. Tiens-moi au courant quand tu es disponible😊.

Basile, 20 heures 42 :

À très vite, bisous 😉.

38

Le portable caché sous la table d'un pub irlandais, je m'efforce de répondre le plus discrètement possible aux messages de Basile, tandis que Cléo et Adèle refont les codes de la séduction autour d'un verre. Je ne leur ai pas confié avoir passé la journée dans l'attente d'un message « post première fois ». Je ne voulais pas détourner l'attention des problèmes de ma meilleure amie. Mais mon air maussade ne manque pas de me trahir et je finis par subir un véritable interrogatoire, qu'Adèle conclut d'une suggestion catégorique :

— Peut-être que c'est un con ?

La jolie brune fait la moue en émettant cette idée, l'index tournant autour de sa pinte de Guinness. Si elle semble plutôt convaincue de ses propos, la gêne qu'elle éprouve à me les partager est palpable.

— Coucher avec toi, ne pas donner de nouvelles avant 19 heures le lendemain et esquiver une proposition de rendez-vous, c'est un peu… bizarre. Non ?

Cléo hoche vigoureusement la tête, l'air grave.

— C'est possible, approuve-t-elle. Souvent, les pires goujats sont ceux qui cachent le mieux leur petit manège.

Je n'aime pas la tournure de cette discussion et le fait qu'Adèle y prenne part me déstabilise encore plus. Après tout, je ne l'ai côtoyée que quelques heures, lorsque j'ai accompagné Cléo au travail. Cela ne lui donne pas le droit de jouer à la psy avec moi.

— Et si on changeait de sujet ? Dimanche, toute cette histoire sera finie, de toute façon. Ça ne sert à rien de se prendre la tête. Trinquons, plutôt.

Je lève ma bière avec un sourire feint, puis je m'empresse de porter le goulot à mes lèvres pour masquer la décomposition de mon visage.

Je dois avouer que j'aurais préféré que nous nous en tenions au programme originel, ce soir, à savoir une soirée films et sucreries en tête à tête avec Cléo. Mais après son accès de jalousie dans l'après-midi, un apéro improvisé nous a semblé une bonne idée. J'étais loin d'imaginer que cela se transformerait en psychanalyse ! J'ai bien essayé de me montrer rationnelle, de leur rappeler que Basile n'était plus là que pour quelques jours et qu'il avait sûrement un million de choses à faire – et de personnes à voir – avant de partir. Je leur ai dit qu'il n'y avait rien d'anormal à ne pas vouloir consacrer tout son temps à une fille qu'il connaît seulement depuis trois jours.

Mais.

Mais un mauvais pressentiment m'a collé au ventre toute la journée. Mais toutes les excuses que j'ai pu lui trouver pour justifier qu'il n'écrive pas, alors qu'on venait de coucher ensemble, n'ont pas étouffé ce pressentiment.

Peut-être que je devrais en rester là avec lui. Je commence à me torturer les méninges à son sujet et ce n'est pas du tout ce qui était prévu. Savourer l'instant présent, profiter de cette relation sans me faire du mouron, c'était ça, le programme. Qu'est-ce que ça peut faire, que ça se termine aujourd'hui ou dans quatre jours ? Ce n'est pas comme si les heures grappillées au destin allaient changer ma vie. Il suffirait d'un message. Une phrase, c'est tout ce que cela demanderait pour tout arrêter et prétendre que cela n'a jamais existé. « Je n'aurai pas le temps de te revoir, bon retour à Biarritz » ou encore : « C'était chouette de te rencontrer mais il vaut mieux qu'on en reste là. » Rien de plus. Alors pourquoi suis-je incapable de saisir mon téléphone et d'envoyer un tel message ? Pourquoi me raccroché-je désespérément à la promesse de nouveaux moments à partager avec lui ?

Cléo se tape les cuisses de la paume de la main, toute guillerette, et accepte ma demande de changement de sujet.

— Tu as raison, parlons plutôt du vernissage de la super expo d'art contemporain pour laquelle je nous ai dégoté des places.

Je manque de m'étouffer avec une gorgée de bière.

— Qui ça, *nous* ?

— Toi et moi ! Qui d'autre ? Adèle fête l'anniversaire de son petit frère, alors on ira en tête à tête.

L'art contemporain, ce n'est vraiment pas ma tasse de thé. Depuis que mes parents m'ont emmenée voir une expo, quand j'étais petite, et que j'ai découvert avec perplexité la photographie *Trace de pipi de chien dans la neige*, autant dire que je suis vaccinée. Qui plus est, samedi, c'est la dernière journée de Basile à Paris. Mon esprit un peu maso chérit encore l'espoir de la passer en sa compagnie.

— C'est à quelle heure, ton expo ?

— Ce n'est pas une expo, c'est un vernissage, me corrige Cléo. C'est bien mieux puisque c'est sur invitation. Et c'est à 17 heures.

Je dois avouer qu'un savant calcul s'opère rapidement dans mon esprit pour agencer mon emploi du temps. 17 heures… 17 heures, ce n'est pas si terrible. Ça me laisse une chance de passer une partie de l'après-midi avec Basile, de m'éclipser pour le vernissage puis de le retrouver pendant la soirée.

Mon Dieu, Lily, mais calme-toi ! Peut-être qu'il aura d'autres projets pour son dernier jour. Peut-être qu'on ne se reverra même plus. Accepte la fichue proposition de celle qui fait partie de ta vie depuis des années, que tu es censée épauler – et non l'inverse ! – et efforce-toi d'afficher un brin d'enthousiasme. Ne laisse pas cet homme piloter ton emploi du temps, tu vaux mieux que ça.

Non ?

J'accroche un grand sourire à mon visage et décide de revoir mes priorités sur-le-champ.

— C'est parfait.

J'ai vraiment envie d'être plus qu'une pauvre fille qui prévoit ses sorties en fonction d'un joli brun qui ne prend même pas deux minutes dans la journée pour lui envoyer un message après une nuit dans le même lit. Mais une part de moi brûle d'envie de passer chaque heure restant avant son départ à ses côtés.

J'ai tout intérêt à sortir un extincteur, et vite.

39

Jeudi, 18 heures. J'achève la traversée du pont Royal pour gagner le musée d'Orsay. J'ignore pourquoi Basile m'a donné rendez-vous là-bas à l'heure de la fermeture, mais il m'a promis que je ne serai pas déçue.

J'ai passé l'après-midi au café Mollien, à l'intérieur du Louvre. Leurs sandwiches coûtent un rein mais je mourais d'envie d'écrire là-bas depuis ma première visite. Je suis restée dans la salle tandis que les touristes se massaient en terrasse pour profiter du panorama sur la pyramide en verre, et je me suis laissée porter par le charme des colonnades, des plafonds ornés de moulures et de peintures. Minuscule au milieu de ces vieilles pierres, j'ai écrit une dizaine de pages en grignotant mon sandwich à la tomate du bout des lèvres. Non pas par manque de faim, mais par crainte que l'on me pousse vers la sortie dès la dernière bouchée engloutie.

J'ai encore un petit creux lorsque je me plante devant l'entrée du musée d'Orsay mais je suis satisfaite des pages écrites dans l'après-midi. Malgré les messages de Basile, je ne me suis pas laissée distraire. J'ai simplement accepté sa proposition de le rejoindre en début de soirée, puis j'ai activé le mode avion de mon téléphone pour me reconcentrer, une paire d'écouteurs diffusant de la musique classique à fond vissée dans les oreilles. Le mode avion, c'est l'extincteur moderne.

Campée sur mes jambes toujours croûtées, je balaie du regard le parvis du muséum. Je n'y décèle que des têtes étrangères, alors je vais m'installer sur l'un des bancs en béton qui borde la petite esplanade. Contrairement à tout à l'heure, cette fois mes écouteurs diffusent du AC/DC et non plus du Chopin.

C'est mon père qui m'a transmis le goût du hard rock. Quand j'étais plus jeune et que nous prenions la voiture rien que tous les deux, il enfournait toujours une cassette – sans doute l'un des derniers Français à utiliser ces fossiles – contenant les mélodies de Bowie, Genesis, Queen et tous les autres pionniers du rock dans l'autoradio. Il ne jouait jamais ces cassettes quand ma mère et ma sœur étaient présentes. Elles n'aimaient pas ces musiques et finissaient toujours par se plaindre ou par parler au beau milieu des morceaux, gâchant toute la magie du moment. Alors c'était notre rituel à nous. Il lançait la musique et nous restions assis en silence tout au long du trajet, observant les paysages qui défilaient de l'autre côté des vitres. Parfois, il interrompait son mutisme pour me dire : « Tiens, écoute ça ! Ça, c'est un classique. On n'en fait plus des hits pareils. » Et je le regardais en souriant tandis que ses yeux brillaient de passion, hochant la tête comme pour approuver ses propos alors qu'en vérité, j'enregistrais simplement le bonheur qui irradiait de lui.

Papa et moi n'avons jamais su discuter, mais la musique parlait pour nous. Les notes de ses groupes de rock préférés nous unissaient. Et quand j'écoute ces morceaux aujourd'hui, c'est aussi réconfortant que lorsqu'il me prend dans ses bras quand je reviens à la maison. Certains jours, il m'arrive même de regretter d'avoir obtenu mon permis le jour de mes dix-huit ans car, depuis, nous n'avons plus beaucoup écouté de cassettes ensemble.

Le nez levé vers le ciel, je fredonne l'air de *Hells Bells*. Je ne tire pas de roman de mon sac à dos gris, persuadée que mon skater aux cheveux fous ne va pas tarder à apparaître. Assise en tailleur, je ramène mes baskets à paillettes sous mes fesses et je reporte mon attention sur la foule qui s'écoule lentement des portes d'entrée du musée. On dirait que le rose est à la mode, cette année. Tee-shirts, casquettes, robes, sneakers… Il y en a sous toutes les déclinaisons. Pour patienter, je compte le nombre de visiteurs qui portent une nuance de cette couleur. J'en suis à dix-huit lorsqu'une main se pose sur mon épaule, me causant un sursaut.

Je me retourne d'un bond et découvre Basile qui me sourit, un sac de courses dans les mains. Ses lèvres remuent mais je n'entends que du yaourt à cause de la musique qui pulse dans mes tympans.

— Hey ! Pardon, tu as dit quelque chose ?

J'ôte les écouteurs en lui offrant un sourire gêné.

— Décidément, depuis notre rencontre ces écouteurs refusent de me laisser te parler. J'étais en train de m'excuser pour mon retard.

— Oh ! Ce n'est rien. Ça m'a permis de faire un point sur la mode estivale.

Basile fronce les sourcils, perplexe, mais je lui signale de ne pas prêter attention à mes paroles d'un mouvement de la main.

— C'est quoi, le plan ?

— Une visite du musée, t'es partante ?

— Je suis toujours partante pour visiter un musée, mais encore faut-il que celui-ci soit ouvert. Les portes ferment à 18 heures…

Je fais la moue, il me dévisage avec un grand sourire et ses yeux semblent dissimuler quelque chose.

— Suis-moi, j'ai une surprise pour toi.

Je lui décoche un regard mi-suspicieux, mi-amusé, avant de lui emboîter le pas. Il avance avec détermination vers une porte de service et j'examine son dos en me demandant ce qu'il peut bien me réserver. Un cambriolage du musée ? Une infiltration en douce dans le bâtiment ? Ou la visite d'une armoire secrète qui conduit à Narnia, peut-être ? Tandis que mes théories versent complètement dans la science-fiction, Basile s'immobilise brusquement puis se tourne vers moi.

— Au fait ! J'ai oublié quelque chose, dit-il en m'attrapant par les hanches, son sac de courses ballottant contre ma cuisse. Quelque chose de très, très important.

Et il m'embrasse doucement. Là, comme ça, sans prévenir.

— Bonjour.

Ses yeux me dévorent tout entière et je me liquéfie.

— Bon... Bonjour.

Peut-être qu'il n'y a ni cambriolage, ni infiltration, ni passage secret vers Narnia au programme de la soirée. Peut-être qu'il existe un pass VIP extrêmement sélectif qui permet d'emmener son rencard visiter la célèbre horloge du musée d'Orsay une fois que les touristes ont dégagé le plancher. Et que le pass vient avec la possibilité de se montrer des plus créatifs sur ledit plancher... Basile feint de ne pas remarquer mon émoi et m'offre un clin d'œil satisfait.

— C'est bon, on peut y aller !

Il glisse ses doigts entre les miens et toque à la porte de service. Nous patientons quelques secondes en silence puis la porte s'ouvre d'un coup sec sur un homme massif en pantalon noir, chemise blanche et cravate rouge.

— Dépêchez-vous.

L'homme se dégage du passage pour nous laisser entrer et referme brusquement la porte sur nos talons. Son geste me laisse confuse. Il y a seulement dix secondes, je m'imaginais projetée dans le scénario d'un roman Harlequin, et voilà que ce gorille nous accueille comme des tueurs à gage. Est-ce que je viens de débarquer dans le QG de la mafia, ou quelque chose comme ça ? Je détaille Basile en quête d'indices mais il ne cille pas tandis que l'homme referme la porte à clé.

Ce n'est tout de même pas un kidnapping ? Après tout, je ne connais Basile que depuis lundi. Qui sait ? C'est peut-être un psychopathe ou un espion international. Même si je doute que mon existence intéresse la moindre agence de renseignement – quoique je télécharge souvent des films et de la musique illégalement.

Mes doigts se resserrent machinalement sur ceux de l'apprenti prof d'anglais. Il le remarque et me sourit d'un air serein. Bon, redescendons sur terre. Basile n'a quand même pas le profil d'un fou furieux. Avec ses fossettes et ses yeux qui pétillent, c'est même tout le contraire. Je chasse tout scénario idiot de mon esprit. L'homme s'assure que la porte est bien verrouillée puis vient à notre rencontre. Son regard est froid, impénétrable, mais son air s'adoucit lorsqu'il se plante devant nous. Il écarte grand les bras, le sourire aux lèvres.

— Basile ! Viens donc là, mon grand.

Basile extirpe sa main de la mienne et vient recevoir l'accolade de l'inconnu. Il lui tapote même le dos en disant :

— Je suis content de te voir.

— Et moi donc, mon grand ! Bien, qui est donc cette demoiselle pour qui tu me fais contourner les règles ?

— Tonton Fred, je te présente Lily. Lily, je te présente Tonton Fred.

Je tends la main en accompagnant mon geste d'un « enchantée » timide, mais l'oncle de Basile l'ignore et m'étreint à mon tour. Je m'efforce de lui tapoter le dos en ravalant la gêne qui m'envahit.

— Mon oncle est gardien de nuit au musée, m'explique Basile. Je lui ai demandé un coup de main pour t'offrir une visite VIP.

Qu'est-ce que je disais ! Sherlock Holmes n'a qu'à bien se tenir. J'imagine que Basile n'a rien prévu de déplacé, mais mes suppositions s'avèrent plutôt justes. Et dire qu'hier encore je songeais à mettre un terme à nos rendez-vous ! Je suis bien contente de ne pas manquer cette soirée.

Tonton Fred nous ouvre une deuxième porte et nous invite à en passer le seuil d'un geste du menton.

— Allez-y. Mais rappelle-toi, pas plus de deux heures, ajoute-t-il à l'adresse de Basile.

— Oui, chef !

Le grand brun m'entraîne par la main et je marche à reculons pour saluer son oncle.

— Merci beaucoup, Monsieur. On respectera l'heure, promis !

Nous arrivons directement dans le grand hall principal. Le musée est entièrement désert, si bien que l'on pourrait se croire dans un décor de cinéma. L'ambiance est drôlement différente sans un bruit pour troubler l'expérience de la visite, sans un touriste pour entraver la contemplation d'une œuvre.

— Tu es déjà venue ici ?

— Une fois, dis-je en me plongeant dans les souvenirs de notre expédition familiale. Mais c'était il y a longtemps… Et ma petite sœur nous avait rapidement poussés vers la sortie.

Basile m'interroge du regard. J'aime bien lorsqu'il agit de la sorte. Il ne pose pas de question, ne me presse pas à dire les choses. Il attend, tout simplement. Je navigue entre les sculptures et les tableaux accrochés aux murs et lui réponds sans lever les yeux des œuvres.

— Ma petite sœur est très branchée histoire.

— Et toi, tu es branchée quoi ?

— Littérature, principalement. Les voyages dans le temps, la magie, les romances torturées, les grandes épopées, les guerres et les passions des Hommes… C'est ça, mon truc. Je vis par procuration.

Je me tourne vers lui, consciente que mon regard s'est teinté de mélancolie en évoquant cela. Je n'avais encore jamais avoué à quiconque cette manie que j'ai de fuir le monde. Ce n'est pas quelque chose qu'on dit à voix haute.

Quand je glisse un livre dans mon sac à dos, c'est tout un univers que je garde à portée de main, prêt à me sauver de la réalité à tout instant. Certains – mes parents, surtout – se plaisent à dire que je suis un rat de bibliothèque, une intello, une fille cultivée… Mais la vérité, c'est que je suis une trouillarde. Une lâche. Le monde qui s'agite autour de moi, je ne le comprends pas, je ne lui appartiens pas. Je ne le reconnais pas comme mien. L'imagination est la porte de sortie qui me permet de respirer quand, ici-bas, je commence à suffoquer.

Ce genre de chose, ça ne s'explique pas à n'importe qui. Souvent, les gens ne comprennent pas. Ils pensent que j'exagère. Ils ne se rendent pas compte combien cela peut être épuisant de jouer un rôle tous les jours pour ne pas avoir le sentiment d'être un alien. Pour s'intégrer dans sa propre famille. Ils ne saisissent pas que la fuite devient un moyen de survie.

Confier tout cela à Basile, même du bout des lèvres, c'est un saut de géant hors de ma coquille.

— C'est vraiment ce que tu penses ? Que tu ne vis pas pleinement ? demande-t-il.

Je me tourne à nouveau vers la rangée de tableaux qui s'alignent sur le mur et me perds un instant dans leur contemplation.

— Non. Enfin… Oui, mais… Je ne suis pas sûre que vivre par procuration soit moins valable que vivre tout court. Souvent, je me dis que j'ai de la chance d'avoir tous ces mondes dans la tête. Quand je serai vieille et toute fripée et qu'il ne me restera que les souvenirs pour exister encore un peu, je pense que je serai heureuse d'avoir vécu toutes ces vies parallèles. J'aurai vécu bien plus d'aventures et dans bien plus de galaxies qu'il n'en faut pour un seul être.

J'avance de quelques pas pour observer un autre tableau, les doigts de Basile serrant toujours les miens, puis j'ose de nouveau poser les yeux sur lui. Son regard a changé : il semble grouiller de questions.

— Tu penses que je déraille ?

— Non, je pense qu'on a tous besoin de trouver un moyen de rendre la vie supportable. Moi, je fuis sur les vagues, toi dans les pages des romans... À chacun son refuge.

Il arrange une mèche de cheveux derrière mon oreille, le reste de ma crinière glisse dans mon dos et je glousse bêtement. Mes oreilles rougissent.

— Mais toi, je sens qu'il y a plus, ajoute-t-il.

Mon sourire retombe et je lève un regard interrogateur vers lui. À l'intérieur de ma cage thoracique, je sens mon cœur qui se ratatine.

— Tu n'écris pas que pour t'évader, je me trompe ? Tu veux être lue. Tu cherches la reconnaissance. Quand tu parles d'écriture, il y a cette étincelle dans ton regard. Un éclat féroce. Et là, je t'écoute parler et j'ai l'impression de comprendre petit à petit ce qui se tapit en toi.

Je m'écarte, sur la réserve.

— Qu'est-ce que tu veux dire ? Non, il n'y a...

— Lily, tu es une fille bien. Tu n'as pas besoin de devenir célèbre pour exister. Peut-être que tu le deviendras, et je te le souhaite. Mais je voulais juste te le dire. Même si tu ne deviens pas un auteur de best-sellers, tu seras quelqu'un. Une bonne personne.

Je baisse les yeux et tente tant bien que mal de refouler la boule d'émotion qui m'obstrue la gorge. Basile glisse une main sur mes reins et je détourne le visage pour qu'il ne remarque pas mon trouble.

— C'est juste que... Je suis fatiguée d'être invisible.

— Tu ne l'es pas. Seulement, tu ne t'en rends pas compte.

Son pouce dessine des ronds sur ma peau. J'évite toujours son regard, gênée par son analyse minutieuse. Il n'en fait pas cas et lance d'un ton enjoué :

— Viens, allons voir les sculptures.

Il m'entraîne à sa suite et, la seconde suivante, c'est comme si rien ne s'était passé.

C'est drôle, toute ma vie, j'ai rêvé du jour où quelqu'un entrerait dans ma vie et m'inspirerait suffisamment confiance pour que je puisse partager ces secrets si intimes. Je nourrissais l'espoir que cette personne les entende comme une évidence ; et peut-être même qu'elle éprouve les mêmes sentiments avec la même intensité. Et soudain, ce rêve est en train de se réaliser. Cet homme que je ne connais que depuis quelques jours a dézingué le verrou placé sur mon esprit et a accepté sans ciller les secrets les plus fous qui en sont sortis. C'est idiot, mais ça me donne envie de croire que nous ne nous sommes pas croisés par hasard.

Je crois profondément que chaque personne qui croise notre route y passe pour une raison. Je ne suis pas encore tout à fait sûre de ce que ce bref bout de chemin avec Basile me réserve, mais je commence à en deviner la leçon.

Nous naviguons entre les petites salles du rez-de-chaussée, commentant quelques œuvres, en ignorant la plupart. Je remarque que nous appréhendons la visite du musée de la même manière. Nous n'essayons pas de nous arrêter devant chaque pièce exposée, nous laissons celles-ci capter notre attention. Ce n'est pas notre bagage culturel qui nous guide, ce sont nos sens. Une scène antique qui nous émeut, un visage rond qui nous séduit, une mise en scène qui nous tire un sourire.

Je pourrais passer la nuit à sillonner les allées en sa compagnie. Son odeur est rassurante. Un mélange de vanille et de tabac froid. Ça pourrait sembler immonde sur n'importe qui d'autre, mais pas sur lui. Quand il coule un bras autour de mes épaules et que je laisse aller ma joue contre son torse, je sens son parfum discrètement et j'en mémorise chaque note. Sa voix, quant à elle, est un véritable radiateur pour le cœur. Quand il parle, sa douceur et sa joie de vivre se propagent dans tout mon corps. Et quand il m'effleure, c'est un compteur EDF qui disjoncte dans mes veines.

Rares sont ceux avec qui les silences sont confortables. Rares sont ceux qui nous électrisent de la sorte.

Je traverse le rez-de-chaussée en direction de l'entrée principale et la sculpture de Carpeaux, *Les Quatre Parties du monde*, retient mon attention. Je m'y attarde un long moment. J'ignore si c'est à cause de son caractère imposant, des quatre personnages plus réalistes les uns que les autres ou du globe qui donne l'impression d'être en mouvement, mais elle me fascine. Basile m'impressionne en m'expliquant quelques détails sur la création de la sculpture, puis il me tire par la main.

— Suis-moi, je veux te montrer un truc chouette avant le grand final !

Il m'entraîne dans les escaliers, une main entrelacée avec la mienne, l'autre tenant son sac de courses.

— Le grand final ? je répète, intriguée.

— T'occupe ! Tu verras ça en temps voulu.

Il grimpe les marches avec enthousiasme et me conduit directement au niveau supérieur, sans s'arrêter au niveau médian. Nous parcourons les dédales de couloirs au pas de course avant de déboucher dans le Salon de l'horloge, où siège la célèbre horloge du musée d'Orsay. L'immense cadran vitré surplombé de chiffres romains offre une vue magique sur la Seine et le jardin des Tuileries.

— Tadaaam ! s'exclame Basile, les bras en croix pour englober l'ensemble de la salle.

J'effectue quelques pas dans la pièce, tourne sur moi-même puis me poste enfin contre les vitres. Le grand brun pose le sac de course dans un coin puis me rejoint et m'enlace par la taille, sa barbe s'accrochant dans mes cheveux. Quand il bouge, je frissonne comme si des milliers de petites fourmis me massaient le crâne.

— Je me souviens de cette horloge. Mais c'est drôlement plus impressionnant sans un groupe de touristes agglutiné devant.

Je me penche pour observer le panorama qui s'étale sous nos pieds.

— Quand j'étais petit, mes parents nous emmenaient souvent en vacances à Paris, mon frère et moi, m'explique Basile. Nous dormions chez mes grands-parents et en profitions pour passer du temps avec mes oncles et mes tantes. De tous mes cousins, j'étais le seul qui s'intéressait aux musées, à l'histoire et à l'art… Alors Tonton Fred me gardait souvent avec lui pendant ses premières heures de garde, le temps que le reste de la famille boive un verre en terrasse ou sorte manger une glace.

— Tu sacrifiais l'appel du goûter pour rester dans un musée ? Waouh ! Quel enfant discipliné.

— Hum… Je dirais plutôt… passionné !

— Ce doit être génial d'avoir un musée désert comme terrain de jeux.

Je laisse aller ma tête contre son épaule et il resserre son étreinte.

— J'ai toujours pensé qu'un jour, je partagerais ce privilège avec quelqu'un de spécial.

Je frémis. Mes doigts se pressent sur la peau de son avant-bras.

— Après notre premier rendez-vous, j'ai su qu'il fallait absolument que je t'emmène ici.

Basile me dépose un baiser sur l'angle de la mâchoire puis nous nous perdons quelques instants dans la contemplation de la Seine qui s'étire tranquillement dans son lit.

— Merci, je souffle. Tu n'imagines pas combien je suis heureuse d'être ce quelqu'un de spécial.

Je me tourne vers lui et je caresse sa joue du bout des doigts. Un sourire timide étire ses lèvres tandis que je le dévisage tendrement. Je m'efforce de savourer chaque seconde de cet instant. Hors de question d'en laisser la moindre miette se perdre. C'est trop bon. Trop intense. Trop grisant pour être gaspillé.

Réservé, Basile détourne le visage et s'écarte doucement.

— Allez, viens ! Je commence à avoir faim.

Il récupère son sac de courses puis nous rebroussons chemin. Sauf que cette fois, nous nous arrêtons au niveau médian. Là, nous grimpons quelques marches conduisant à une passerelle qui surplombe tout le rez-de-chaussée. Face à nous, une imposante horloge couverte de dorures est suspendue au plafond, témoin du passé des lieux en tant que hall de gare. La sculpture de Carpeaux et les autres œuvres d'art s'étalent juste sous nos pieds, visibles à travers les rambardes en verre.

Basile tire une couverture grise de son sac et l'étale sur le sol en m'invitant à prendre place. Il dépose ensuite une bouteille de vin rouge, deux gobelets en plastique et des Tupperware remplis de nourriture. Pour finaliser la décoration, il ajoute une bougie électrique en commentant :

— Un dîner aux chandelles garanti sans incendie domestique !

J'éclate de rire.

— C'est toi qui as préparé tout ça ?

— Mon grand-père était boulanger-pâtissier, j'ai un peu triché.

Il ôte le couvercle des Tupperware et je découvre des parts de quiche, des fougasses, des mini-sandwiches triangle et des chouquettes bien dorées.

— Il y avait plus de chouquettes à l'origine, mais j'ai dû soudoyer mon oncle pour avoir un laissez-passer de deux heures au lieu d'une seule.

— Le tarif me paraît raisonnable.

Je pioche une part de quiche et Basile se laisse tomber sur le sol. Il verse du vin dans chaque gobelet puis s'empare d'une part de quiche à son tour.

— Bien ! Et maintenant, dis-moi tout sur cette petite sœur passionnée d'histoire qui ne s'est pas plue au musée d'Orsay.

Je manque de m'étouffer avec une bouchée de quiche. Parler de Manon pendant un dîner aux chandelles est loin d'être une idée qui m'enchante. Je l'aime de toutes mes tripes mais c'est juste que… Eh bien… Elle a toujours pris tellement de place ! Parfois, j'ai besoin d'oublier ma famille. Cela fait près de dix ans que le quotidien des Pertet est rythmé par les rendez-vous médicaux, les discussions avec les éducateurs spécialisés, les questions sur la scolarisation de Minnie, les psys, les crises liées à son hypersensibilité ou à tout changement d'emploi du temps soudain. On ne peut pas admettre tout cela à voix haute ; mais quand sa petite sœur prend autant de place, il devient difficile de trouver la sienne. On vit à côté de cette famille à laquelle on appartient sans jamais réussir à faire partie de sa mécanique.

Aborder ce genre de sujet pendant un rendez-vous, c'est le meilleur moyen de plomber l'ambiance.

D'autant que je ne peux jamais prévoir la réaction d'une personne à qui j'explique que ma petite sœur est autiste. Entre les médecins-Doctissimo, ceux qui ont vu un documentaire – une fois, il y a longtemps… *Mais si, tu sais, ils en ont parlé dans* Zone interdite – et ceux qui se mettent à bégayer en lituanien, gênés comme un ministre en plein contrôle fiscal, autant dire que la discussion fait rapidement du tri autour de moi. Je ne suis pas sûre de vouloir découvrir à quel profil type Basile appartient.

Je fais la moue, cherche mes mots. Puis je finis par me résoudre à ôter mon armure. Personne ne m'avait encore jamais offert autant d'attention que ce soir. Basile s'est donné du mal pour me séduire, il mérite bien que je lui fasse confiance pour comprendre mon histoire. Pour apprendre à me connaître. Et après tout, je suis venue à Paris pour vivre aussi intensément que possible. C'en est fini des masques et des faux-semblants. Je suis fatiguée de jouer l'aînée modèle devant mes parents, l'étudiante lisse et sans ennuis. Fatiguée d'avoir peur de nouer une relation en profondeur car je suis terrifiée à l'idée d'être abandonnée. Dans son journal, Papi Henri a écrit :

C'est une véritable vie de chien de travailler pour l'ennemi. Heureusement, il y a Marcel, Maigroulet et Renatta. Oh ! Renatta... Elle est allemande, je ne devrais pas l'aimer, mais elle rend les jours si doux que mon cœur n'a plus de secrets pour elle.

L'amitié et l'amour nous maintiennent en vie. Rester en surface, c'est fuir les risques, passer à côté de la vie. Au diable la fin de cette semaine, le départ de Basile et toutes mes peurs. Un cœur brisé, ça se répare. Mais quand on passe à côté de sa vie, on ne peut pas revenir en arrière.

Je prends une grande inspiration et je me lance.

— Minnie adore l'histoire. L'art, s'il n'est pas une reproduction fidèle d'un grand évènement, ça l'ennuie rapidement. Elle aime les objets qui sentent le vécu, le concret, et qui racontent de véritables scènes de guerre ou qui symbolisent de grands tournants de notre monde. Je crois que ça l'aide à mieux comprendre la société. En apprenant le passé par cœur, elle s'ancre plus facilement dans le présent. Comme tu peux l'imaginer, le musée d'Orsay, ce n'était pas sa tasse de thé.

Basile fronce les sourcils.

— Minnie ? répète-t-il.

— C'est un diminutif de Manon, j'explique en souriant.

Ce surnom étonne toujours les gens.

— OK, c'est original. Continue.

— Pour tout te dire… J'ai détesté ces vacances à Paris. Ma sœur ne tenait pas en place, elle critiquait tout ce qui n'entrait pas dans ses centres d'intérêt, nous pressait toujours pour quitter un lieu et en rejoindre un qui l'intéressait plus. Je m'arrêtais pour admirer une statue grecque et elle la contemplait avec dédain, lâchant des réflexions comme « C'est nul, on dirait qu'il se retient d'aller aux toilettes ». C'était agaçant, je te jure ! Si j'avais pu, je l'aurais refourguée à l'un de ces vendeurs à la sauvette qui traînent sur les quais de la Seine pour qu'il la vende à des touristes Chinois et qu'ils l'emmènent loin de moi.

Basile rit de bon cœur devant mon pic de nervosité et je me ressaisis immédiatement, craignant d'en avoir trop dit.

— Je suis désolée. C'est ma petite sœur, je ne devrais pas dire tout ça.

— Et pourquoi pas ? Ce n'est pas parce qu'on naît dans la même maison que quelqu'un qu'on doit l'aimer. Si la plupart des frères et sœurs de ce monde avaient partagé une clôture de jardin au lieu d'un patronyme, ils ne se seraient jamais adressé la parole ou auraient fini au tribunal.

Cette fois, c'est moi qui pars d'un rire franc. Basile a raison. La famille, c'est une drôle de chose. On élève ensemble des personnes qui ne se seraient probablement jamais accordé la moindre attention si elles n'avaient pas un ancêtre en commun. Doit-on tout supporter parce qu'un vieux berger un peu éméché a engrossé la laitière soixante-dix ans avant notre naissance ?

Je secoue la tête.

Même si Minnie ne partageait pas mon arbre généalogique, je l'adorerais. Son honnêteté à toute épreuve et ses reparties hilarantes sont irremplaçables. On ne peut rêver d'une sœur plus attachante.

— Tu as raison, mais ce n'est pas comme ça avec Minnie…

Je m'interromps, incapable de trouver les bons mots pour exprimer ma pensée.

— Explique-moi, alors. Comment c'est, avec elle ?

— Imprévisible.

L'adjectif s'échappe de mes lèvres sans prévenir. Un véritable cri du cœur. Je m'octroie quelques secondes pour assembler mes idées puis je poursuis :

— Ma petite sœur est neuroatypique, comme on dit maintenant. Sur le spectre autistique. Asperger. Bref, choisis l'étiquette que tu préfères, pour moi, c'est juste ma petite sœur avec ses particularités. Quand j'étais petite, je ne voulais pas accepter qu'elle était différente. Je voulais une sœur comme celles de mes copines, qui joue aux poupées avec moi, qui invente des bêtises et qui me comprenne. Mais Minnie me regardait à peine. Elle s'intéressait seulement à l'histoire, aux animaux et au ciel. Elle pouvait passer des heures à contempler les nuages ou un escargot dans un pot de confiture – vide, bien sûr. Elle en faisait des élevages entiers et ça me dégoûtait. Elle ne me parlait que de choses qui ne m'intéressaient pas et je m'obligeais à l'écouter pour passer du temps avec elle. Mais quand moi, je parlais d'un sujet avec lequel elle n'avait aucune affinité, elle m'ignorait au bout de dix secondes.

Mon gobelet de vin à la main, je me perds dans la contemplation du liquide rouge. Un nœud s'est formé dans ma gorge et je tente de toutes mes forces de le ravaler pour empêcher ma voix de s'étrangler. Basile pose son verre et se laisse tomber à mes côtés. Il pose une main sur ma cuisse et m'encourage à continuer d'un regard bienveillant.

— Mes parents étaient constamment inquiets à son sujet et je devais la surveiller *tout le temps*. Et quand je ne jouais pas à la baby-sitter, tous les sujets de conversation concernaient les difficultés scolaires de ma sœur, ses progrès ou ses rendez-vous médicaux. Moi, j'étais la roue de secours. Toujours prête pour dépanner, mais sagement rangée dans le coffre. Personne ne s'intéressait à mes passions, sauf mes grands-parents. Alors j'ai fini par me réfugier dans les livres. Il n'y a pas plus incompris et seul au monde que les héros littéraires. Ça aide à relativiser.

— Bon, on passera sur les métaphores, madame la mécano, mais je comprends ton ressentiment, intervient Basile d'un ton taquin, ses doigts jouant avec les miens. Après tout, même quand on porte un dentier, on n'est jamais rien d'autre que des gosses qui essaient de se remettre de leurs traumas. Et toi, tu veux exister à part entière aux yeux de tes parents. Aux yeux du monde. C'est cool. Moi, je suis le gars complètement fleur bleue qui essaie encore d'étouffer les rateaux pris au collège en excellant au skateboard et en arborant des abdos en béton.

J'aime la légèreté dont il fait preuve. Avec lui, c'est si simple de se confier…

— Si ça peut te rassurer, tes abdos sont tout ce qu'il y a de plus appréciables. Pour les yeux comme pour les mains.

Il me pince doucement en souriant et je me penche pour l'embrasser.

— Mais tu as l'air de l'aimer quand même, ta sœur. Même si les sacrifices que tu as faits sont durs, j'imagine que ça en valait la peine.

Je fixe mon regard sur l'imposante horloge dorée qui surplombe le hall principal du musée, songeuse.

— Ses changements d'humeur sont imprévisibles. Ses accès de colère également. Mais elle a tellement à offrir, malgré ces quelques orages. Elle a cette manière de parler directement avec le cœur et ses remarques sont souvent très drôles. Elle n'en montre pas grand-chose mais elle vit chaque événement avec une intensité démesurée. J'ai compris que quand elle regardait le ciel, elle ne voyait pas seulement les nuages qui se découpent sur l'horizon. Les formes, les nuances de couleur et de texture, explosent dans ses iris. Parfois, elle se perd longuement dans la contemplation du monde et je lui demande de me décrire ce qu'elle voit. La minutie avec laquelle elle s'exécute me fascine à chaque fois. C'est comme si elle me prêtait ses yeux l'espace de quelques instants et qu'elle m'offrait une place dans sa bulle. Tu sais, la seule différence entre elle et moi, c'est qu'elle a été livrée directement à la naissance avec cette carapace qui la coupe du monde. Moi, j'ai dû la construire et on ne peut pas prétendre que ce soit du travail d'artisan soigneux.

Je reporte mon attention sur Basile alors que je le sens gigoter et je remarque qu'il tient son téléphone dans les mains. Mon cœur se comprime. Je suis en train de lui livrer mes secrets les plus intimes et il consulte ses messages… J'essaie de garder la face, me racle la gorge pour me donner contenance.

— Assez parlé de moi. Désolée, je me suis un peu emportée sur le sujet.

Il range le mobile dans la poche de son pantalon et se redresse, arborant un air gêné.

— C'est moi qui m'excuse. Hum… Mon grand-père m'a appelé et les vibrations du téléphone m'ont déconcentré. Mais ta petite sœur semble géniale ! J'aimerais beaucoup la rencontrer, un jour.

— Ce n'est rien, je réplique en balayant la remarque d'un geste de la paume. Et tu as raison, Minnie est géniale.

En prononçant ces mots, je me rends compte du point auquel ma petite sœur me manque. Je me demande ce qu'il est advenu de cette histoire de camp de vacances. Mes parents vont-ils vraiment lui infliger cela ? Si c'est le cas, je l'imagine cloîtrée dans sa chambre, en train d'écrire tous les scénarios qui pourraient se présenter à elle. Planifier ce qu'il convient de dire ou comment agir dans une situation donnée l'aide à y faire face, mais cela demande un temps monstrueux.

Je ne devrais pas être en train de parler de Minnie autour d'un pique-nique, je devrais être à ses côtés. Veiller sur elle, comme je l'ai toujours fait. Lui éviter un tel chamboulement. Si on l'envoie là-bas, ce sera parce que j'ai quitté le navire.

— Tout va bien ? s'enquiert Basile.

Mon visage a dû trahir mon inquiétude. Je hoche la tête en feignant un sourire.

— À merveille, je me suis seulement souvenue que j'avais un rendez-vous, demain matin.

Il arque un sourcil mais ne pose pas de question. J'avale une nouvelle gorgée de vin. Demain, je ne me contenterai pas d'activer le répondeur de Mamie Mariette à 9 heures 15. Je l'appellerai pour obtenir des réponses et je trouverai un moyen d'éviter le camp de l'angoisse à Minnie. C'est mon devoir de grande sœur.

40

Ce matin, je me lève de bonne heure. J'ai à cœur de me doucher et de m'habiller correctement avant d'appeler le numéro de mes grands-parents. Un peu comme si j'avais rendez-vous avec Papi Henri pour de vrai.

Lorsque je suis prête, je me poste à la balustrade de la fenêtre du salon pour boire un thé. J'ai besoin de m'aérer l'esprit. Je me concentre sur les passants qui défilent au pied de l'immeuble, j'étudie leur démarche tantôt pressée, tantôt tranquille, je m'attarde sur la couleur de leurs vêtements. Tout détail mobilisant ma conscience fait l'affaire. Le fait est que je suis terrorisée à l'idée de presser la touche *appel* et d'entendre résonner la voix de mon grand-père.

Le spiritisme, les manifestations d'outre-tombe et compagnie, ça n'a jamais été mon dada.

Et pourtant, Papi Henri me manque terriblement. Si je pouvais échanger un rein contre la possibilité de l'entendre parler en direct – même juste une seconde –, je le ferais. J'y laisserais tous mes organes si cela me permettait de le serrer une dernière fois dans mes bras et de lui dire au revoir pour de bon. Pas un simple « à très bientôt, Papi » lancé à la va-vite sur le pas de la porte. Des adieux en bonne et due forme auxquels il aurait pu se raccrocher avant de mourir et qui auraient pu m'apaiser depuis ce jour.

Je consulte la montre à mon poignet : 9 heures 12. Mon estomac se noue et mes genoux flageolent. Je referme la fenêtre, j'abandonne ma tasse dans l'évier et je m'assieds en tailleur dans le clic-clac du salon, le téléphone sous les yeux.

Je fixe mon écran avec un mélange d'impatience et d'appréhension. Les minutes qui s'enchaînent accélèrent mon rythme cardiaque. Je pourrais tout aussi bien appeler maintenant, pour faire retomber la pression. Après tout, Mamie comprendrait que c'est moi. Mais mon pouce est incapable d'effectuer le geste nécessaire.

9 heures 15. Une alarme se déclenche dans mon cerveau et le mode automatique s'active. Sans réfléchir, mon doigt se laisse tomber sur la petite icône verte où figure un téléphone. L'écran devient noir, comportant seulement la mention « Mamie », et les tonalités résonnent. J'active aussitôt le haut-parleur.

Les secondes défilent en petit sous le nom du contact. Elles tournent et elles tournent, et je voudrais les faire accélérer pour entendre plus vite la voix de mon grand-père. Lorsque les tonalités s'interrompent pour enclencher la messagerie, mon cœur loupe un battement et je manque de faire tomber le téléphone. Soudain, la voix de Papi Henri retentit dans tout l'appartement.

« *Bonjour, vous êtes bien sur le répondeur d'Henri... et de Mariette* (c'est la voix de Mamie qui intervient)... *Nous ne sommes pas là pour le moment, ou peut-être que je suis au jardin et que Mariette n'a pas envie de vous parler. Vous pouvez toujours nous rappeler plus tard ou nous laisser un message... Les enfants, si c'est vous, vous n'avez qu'à passer directement, comme ça Mamie me préparera un goûter... Roh mais arrête de dire des bêtises, ce que t'es long !* (c'est Mamie qui rouspète)... *Allez, à bientôt !* »

Le bip s'enclenche pour annoncer l'enregistrement des messages et je raccroche aussitôt. Deux grosses gouttes s'écrasent sur mon écran. Je peine à trouver mon souffle.

En fermant les yeux pendant l'écoute, je me suis presque laissée croire que Papi était dans la pièce avec moi. Pour la première fois depuis le jour de son enterrement, ce n'est pas l'image de sa dépouille cireuse qui m'est venue à l'esprit, mais le souvenir vivifiant de l'homme qu'il était. Je me suis rappelé ses yeux sombres, ses cheveux de jais – épais et denses malgré son âge – et son éternel sourire taquin.

Je m'accorde quelques minutes pour recouvrer mes esprits et reprendre contenance. J'avale un grand verre d'eau fraîche, j'essuie les traces de mascara sous mes paupières avec un mouchoir et je respire à grandes bouffées. Quand je me sens de nouveau capable d'articuler une phrase complète sans éclater en sanglots, je presse de nouveau la touche *appel* pour parler directement à Mamie Mariette, cette fois. Nos échanges de lettres me donnent une liberté de ton et de confession que le téléphone écrase mais, si je veux éviter à Minnie de partir dans un camp de vacances où elle n'a aucune envie de mettre les pieds, je ne peux plus me cacher derrière ma plume. Il faut que j'intervienne directement.

Mes parents étant persuadés que leur choix est le meilleur, il n'y a qu'avec Mamie que je peux tenter de trouver une porte de sortie pour ma sœur.

Les tonalités résonnent de nouveau et je les écoute beaucoup plus sereinement, cette fois. Au bout de vingt secondes sans réponse, je commence cependant à m'inquiéter. Mamie Mariette laisserait-elle intentionnellement le téléphone sonner en pensant que je souhaite réécouter le message du répondeur ?

Je redeviens fébrile en contemplant les secondes s'écouler sur l'écran. *« Bonjour, vous êtes bien sur le répondeur d'Henri... et de Mariette... Nous ne sommes pas là pour le moment, ou peut-être que... »*

Je raccroche brusquement. J'aurais dû laisser un message pour que Mamie me rappelle mais c'était trop dur, d'entendre la voix de Papi une deuxième fois.

Je laisse tomber le téléphone sur le canapé et j'enfouis ma tête entre mes mains. Ces tentatives d'appel m'ont bouleversée. La voix de Papi Henri tourne en boucle dans ma tête, aussi clairement que si le répondeur était activé. Ce message vocal est tellement représentatif de sa personne… À la fois attentionné et bourré d'humour.

En revanche, le fait que Mamie n'ait pas décroché la deuxième fois me laisse sur ma faim. Il était peut-être top tôt, elle doit sûrement dormir plus tard le matin maintenant qu'elle n'a plus à accueillir les infirmières de Papi. Ou peut-être qu'elle était en train de prendre le petit-déjeuner sur la terrasse et que son locataire a échangé quelques mots avec elle avant de partir travailler, détournant son attention du téléphone. Oui, ce doit être ça. Elle aime boire son café au soleil chaque matin. Elle dit que ça réchauffe son cœur pour la journée et que, si tout le monde faisait pareil, il y aurait bien moins de grincheux autour de nous.

Tant pis, je retenterai ma chance plus tard.

Je tire mon ordinateur portable de mon sac à main et je reprends mon manuscrit là où je me suis arrêtée hier, en quittant le café Mollien. Trop submergée d'émotions, je suis incapable d'écrire une ligne ; je me contente donc de relire la vingtaine de pages existantes et d'y apporter des modifications.

Malgré toute ma bonne volonté, je ne suis bonne à rien. Le cœur y est mais la tête ne suit pas. Je surveille l'heure en permanence, guettant le moment le plus opportun pour rappeler Mamie Mariette. Je n'arrive pas à me sortir Minnie de l'esprit. Je n'ai pas eu de nouvelles depuis mon appel à la maison, et il est encore trop tôt pour aller relever le courrier et espérer trouver une lettre qui m'en apprendra plus sur cet éventuel départ en colonie. Si celui-ci s'est confirmé, elle partira demain. Elle doit être morte de trouille.

11 heures 30. Je craque. J'ignore pourquoi, mais je me suis efforcée d'attendre un compte rond. Je presse la touche

appel, j'active le haut-parleur et les tonalités résonnent pour la troisième fois. Certaines d'entre elles me donnent l'impression que Mamie va décrocher à la suivante. C'est complètement idiot, mais j'ai tellement envie de croire que je vais réussir à la joindre que mon esprit me joue des tours. Au bout d'une cinquantaine de secondes à attendre, je comprends que c'est fichu. Mamie Mariette ne décrochera pas.

Je coupe court à l'appel avant de m'infliger une nouvelle séquence d'outre-tombe qui accentuera mon spleen pour le reste de la journée.

Je referme l'écran de mon PC et je me lève pour tourner en rond dans l'appartement. Je bouillonne. Je ne sais pas si c'est la voix de Papi Henri ou le silence de Mamie Mariette qui me chiffonne de la sorte, mais j'ai les tripes en vrac.

Bien qu'indéfinissable, un drôle de sentiment m'envahit. Je ne peux m'empêcher de trouver étrange le fait que Mamie, qui ne met plus le nez dehors toute seule depuis deux ans, ne réponde pas à mes appels.

41

Jeudi 18 juillet 2019

Ma Lily,

Tu es amoureuse ! Amoureuse ! Comme c'est réjouissant de lire ça. Moi qui pensais que tu ne me parlerais jamais de garçon ! Moi qui te trouvais si secrète sur le sujet ! Alors qu'il suffisait que tu partes, que tu empruntes d'autres chemins pour y rencontrer enfin un jeune homme intéressant. Merci de m'avoir partagé toutes ces aventures. Tu n'imagines pas comme cela me fait du bien.

Ma grand-mère me répétait souvent que l'amour, c'est comme une merde de pigeon. Ça nous tombe dessus quand on s'y attend le moins, ça tache et ça nous rend plus méfiants la prochaine fois qu'on met le nez dehors. Mais bon Dieu ! Quelle aventure ! Passé l'étonnement, on finit toujours par en rire.

Ne t'attarde pas sur le peu de temps que tu as à partager avec ce jeune homme. Les jours ne comptent pas, ce sont les instants passés ensemble et les valeurs d'une personne qui importent. Chaque histoire, même la plus brève, nous forge et nous aide à grandir. Tout le reste passera à travers le tamis du temps.

Je sais que tu t'inquiètes pour Manon mais tes parents sont bien décidés. Ils ont tout arrangé pour son départ ce matin. Je leur prends beaucoup trop de temps, ta mère ne travaille déjà presque plus à cause de moi et elle n'a quand même pas la possibilité d'être à la maison comme elle le voudrait. On ne peut pas emmener Minnie aux rendez-vous avec les banquiers, les sociétés de crédit... Ce n'est pas la place d'une adolescente comme elle et tout ce monde la rend nerveuse. Elle sait se débrouiller seule, mais l'ambiance est beaucoup trop tendue et cela se répercute sur son comportement. Elle se mord les joues jusqu'au sang, elle entre en crise plus rapidement... Elle n'est pas bien à la maison. Elle clame qu'elle refuse de partir, mais je suis convaincue que l'éloigner de ce magma de chagrin, d'inquiétude et d'urgence financière lui sera bénéfique.

Comme tu t'en doutes, elle s'inquiète beaucoup. Mais les départs ont toujours quelque chose d'angoissant. Je suis désolée car c'est à cause de moi que tes parents ont pris cette décision : il y a toujours quelque chose à régler. Mais crois-moi, je suis convaincue que c'est pour le mieux...

Bien, je suis fatiguée maintenant. Mes doigts me font mal quand je tiens quelque chose trop longtemps et manier le stylo devient difficile. Je suis toujours très contente du locataire : il m'apporte des gâteaux tous les deux jours. Un vrai chef.

Je t'embrasse,

Mamie Mariette

P.-S. : Je pense que ta sœur aimerait beaucoup que tu lui ramènes une boule à neige de Paris. Ou une médaille souvenir achetée dans un musée d'histoire.

42

Vendredi 19 juillet 2019

Ma petite Mamie,

Merci d'avoir laissé le téléphone sonner ce matin. Entendre la voix de Papi Henri m'a drôlement remuée, mais j'aime l'idée de savoir qu'il reste encore un peu de lui dans une petite boîte magique et qu'il n'y a qu'à presser un bouton pour le faire surgir dans la pièce.

En revanche, j'ai essayé de te joindre plusieurs fois mais tu n'as pas répondu. J'espérais que nous puissions trouver une solution que Minnie puisse me rejoindre, mais la situation me semble désespérée, maintenant. Même avec un timbre prioritaire tu ne recevras la lettre que demain midi, et il sera déjà trop tard. Je viens à l'instant d'essayer d'appeler Maman pour tenter une dernière approche dissuasive, mais elle non plus n'a pas répondu. Est-ce que vous n'avez pas compris le concept d'un téléphone portable, dans ce maudit village ?

Je n'arrive pas à croire qu'ils l'envoient là-bas ! Elle doit en être malade.

Peux-tu m'appeler quand tu recevras cette lettre ? J'aimerais que tu me racontes tout de vive voix, que tu me dises où je peux aller récupérer ma sœur si elle se sent mal après plusieurs jours dans cette colonie. J'ai laissé un message à Maman pour lui dire que je

me porterais volontaire s'il fallait la récupérer. C'est le moins que je puisse faire.
Si tes doigts te font trop souffrir lorsque tu écris, je pourrais t'appeler plus souvent pour que tu ne te fatigues pas. J'ai bien vu que ton écriture n'était pas comme d'habitude, que tes lettres penchaient. Je ne veux pas que tu t'épuises. Mais si cela peut te réconforter, tes efforts ne sont pas vains : j'ai relu tes lettres presque chaque soir en attendant les suivantes. J'aime imaginer que tu en fais de même avec les miennes.
Avec tout mon amour,
Lily

43

En sortant poster la lettre pour Mamie Mariette, j'ai croisé une grand-mère perchée sur une bicyclette bleue, avec des fleurs dans le panier accroché au guidon et une marguerite glissée dans ses cheveux d'argent. Elle était arrêtée au feu rouge alors je l'ai prise en photo, parce qu'elle était belle et que j'ai pensé que cela méritait d'être immortalisé.

J'ai envoyé la photo à Maman en demandant :

À Paris, les grands-mères sont en fleur. Dans le Sud, comment se porte la mienne ? Je n'ai réussi à joindre aucune de vous deux, aujourd'hui. S'il te plaît, répond à mes messages. Dis-moi où vous envoyez Minnie, je te jure que je peux aller la chercher dans la seconde. Donne-moi simplement l'adresse. Elle sera mieux à Paris, avec moi, que là-bas.

Maintenant, j'attends qu'elle me réponde avec encore plus d'impatience que si j'espérais un message de Basile.

44

Je suis dans le métro en direction du XIVe arrondissement lorsque mon téléphone vibre. Trois heures après mon message, Maman m'a enfin répondu. Elle m'a envoyé une photo de la plage du Grau-du-Roi avec la légende suivante :

Mamie voulait voir la mer. Pas besoin de l'adresse du camp de vacances, tu as décidé de partir et tu dois assumer ton choix jusqu'au bout. Cela fera aussi du bien à Minnie de se changer les idées. Nous allons bien, ne t'inquiète pas.

Je range le mobile dans ma poche en pinçant les lèvres. Je n'aime pas du tout ce que je lis. Que Maman emmène Mamie voir la mer, c'est une très bonne chose. Mais pourquoi refuse-t-elle de me donner l'adresse du camp de vacances ? Elle voulait que je reste à la maison pour m'occuper de ma sœur, et maintenant que je lui offre une alternative moins stressante pour elle, voilà qu'elle la refuse ! Je n'y comprends rien.

Quand j'arrive au pied de l'immeuble des grands-parents de Basile, je suis plus nerveuse que jamais. L'apprenti prof d'anglais m'attend en fumant une cigarette. À la fin de notre pique-nique au musée, hier soir, il m'a invitée à rencontrer ses grands-parents, aujourd'hui, à l'heure du goûter.

— Ils se sont bien rendu compte que je passais mes journées dehors, alors ils ont voulu savoir ce que je faisais. Je n'avais pas le cœur de leur mentir, m'a-t-il expliqué.

Je suis nerveuse mais sûrement pas autant que lui. Après m'avoir embrassée et avoir jeté son mégot de cigarette à la poubelle, il met un moment à pianoter sur le digicode. Il sautille sur place, la pointe des pieds collée au sol, et s'égare sur différents sujets pour retarder le moment d'entrer dans le bâtiment.

— Tu as peur que je fasse mauvaise impression ? je le taquine.

Il me regarde du coin de l'œil, les mains dans les poches de son short trop grand.

— Avec ta robe rose et tes baskets à paillettes ? Tu rigoles ! T'es tout à fait leur genre.

Je baisse le visage pour dissimuler le sourire qui s'y dessine.

— Oh ! Je ne m'étonnerai donc pas s'ils me draguent.

Les lèvres de Basile s'étirent en un rictus. Il se décide enfin à ouvrir la porte de l'immeuble et nous nous dirigeons vers les ascenseurs. Je remarque que l'attente lui provoque un nouveau pic de nervosité. Il agite ses clés d'avant en arrière, engendrant un tintamarre agaçant.

— On peut prendre les escaliers, non ?

— Non, non, on a le temps.

— Dis plutôt que t'essaies d'en gagner.

Il tente de riposter mais rien ne lui vient. Je tire la main droite de sa poche et j'enroule son bras autour de moi. Il me presse contre lui et me dépose un baiser sur le sommet du crâne.

— Ce n'est pas contre toi. Je n'ai jamais présenté de fille à ma famille et commencer par mes grands-parents… C'est comme s'attaquer au big boss d'un jeu vidéo avant d'avoir gagné les niveaux précédents, tu vois ? Les membres de ma famille qui l'ont fait avant moi ont fini par épouser la fille en question.

J'étouffe un ricanement.

— Ne t'en fais pas, on n'aura qu'à s'arrêter à la bijouterie pour choisir une bague quand tu me raccompagneras.

Les portes de l'ascenseur s'ouvrent pile à l'instant où Basile manque de s'étouffer. Je m'y engouffre la première et le dévisage avec espièglerie pour le provoquer.

— Sacrée toi !

Cette fois, je n'ai pas besoin d'entrer sur la pointe des pieds dans l'appartement, mes chaussures à la main. Le grand-père de Basile, un vieil homme aux cheveux blancs, aux yeux doux et au visage parsemé de taches brunes, nous ouvre en fanfare.

— Mais entrez donc, les enfants ! Je vous attendais pour préparer mes petits sablés. Gisèle, viens donc voir la petite ! ajoute-t-il en se penchant en direction du salon, la voix bien plus forte.

Basile me lance un regard désolé, de celui que l'on a envie de servir à une vache au salon d'agriculture qui va être vendue pour sa viande, et je le suis dans le couloir en enfilade sous l'invitation de son grand-père.

Une vieille femme courbée sur son déambulateur s'avance vers nous. Elle me détaille de haut en bas en fronçant les sourcils puis, comme si je n'étais pas là, elle lance à son mari :

— Dis donc, George, elle a changé de coupe de cheveux, Louise ?

Basile m'a prévenue que sa grand-mère était atteinte d'Alzheimer et que je ne devais pas m'étonner de ses réactions. Il a également ajouté que ses remarques pouvaient s'avérer acerbes…

— Mais qu'est-ce que tu racontes ? C'est Lily, la copine de Basile !

Copine ? Je hausse un sourcil interrogateur en dévisageant l'apprenti prof d'anglais du coin de l'œil. Nos sentiments, c'est une chose. Mais notre statut… C'en est une autre ! Basile fixe la pointe de ses baskets et quelque chose me laisse penser qu'il évite intentionnellement de croiser mon regard. J'imagine que lui non plus ne doit pas savoir que penser de ce qualificatif.

Gisèle plisse les paupières, manifestement perplexe. Après quelques secondes de réflexion, elle secoue la tête et dit :

— Tu as grossi, Louise. Ça ne te réussit pas, ce nouveau travail.

Pauvre Louise ! Elle doit savourer les réunions de famille comme personne.

— Et puis ces croûtes sur les genoux, qu'est-ce que tu as bien pu trafiquer ? Les femmes bien élevées n'ont pas de croûtes, ce n'est pas élégant.

Elle fronce les sourcils en désignant du menton le résultat de mes cascades en skateboard. Rougissante, je me penche pour contempler mes genoux abîmés puis je cherche du renfort du côté de Basile. Son grand-père se montre plus rapide.

— Retourne te reposer, Mamie, nous, on va préparer le goûter.

Il nous fait signe de rebrousser chemin et nous le suivons dans le couloir. Une fois hors du champ de vision de Gisèle, il tourne son index sur la tempe en levant les yeux au ciel pour nous signifier qu'elle déraille. Je me contente de sourire poliment. Entrer dans l'intimité d'une famille est délicat ; en découvrir les dysfonctionnements d'emblée l'est encore plus.

Dans la cuisine, George nous équipe de tabliers et nous assigne à chacun une tâche. Je suis chargée d'effectuer les mesures des ingrédients et Basile, de les remuer. L'ancien pâtissier veut nous apprendre à réaliser un fraisier avec des fraises qu'il cultive sur son balcon.

— L'un de vous pourrait aller dans la chambre d'amis pour me rapporter mon carnet de recettes qui est sur le bureau ? Je voudrais vous montrer la pièce montée que j'ai réalisée pour la kermesse de la paroisse.

Comme Basile a la tête dans un placard, à la recherche des ingrédients nécessaires pour notre gâteau, je réponds machinalement :

— Bien sûr, je m'en occupe !

Puis je me dirige droit vers le couloir sous les yeux exorbités de Basile, qui a failli se refermer une porte de placard sur la tête. Sa réaction m'interpelle et je marque un temps d'arrêt. Son grand-père semble également étonné par ma détermination…

Quelle idiote ! Bien sûr qu'il est surpris ! Je ne suis pas censée avoir déjà mis les pieds dans cet appartement. L'air de rien, je me tourne vers le grand-père et demande poliment :

— Hum… La chambre d'amis qui se trouve… ?

— C'est la troisième porte à droite.

Je m'exécute aussitôt. C'était moins une ! Lorsque je reviens dans la pièce, Basile a déjà disposé une génoise dans un moule. Je donne le carnet de recettes à George puis je m'empare des emporte-pièces que me confie l'apprenti prof d'anglais. Nous montons peu à peu les étages du gâteau avec la crème et les fraises. Pendant que nous nous affairons, George nous montre les photos de ses dernières réalisations, excité d'avoir un public pour s'émerveiller de son talent. À demi-mot, il nous explique combien les journées sont longues aux côtés d'une femme qui n'a jamais été douce et que les années ont aigrie encore plus.

C'est un homme touchant. Quand je m'extasie sur le glaçage de notre œuvre, il me plante un baiser sur la joue en me félicitant. Son geste me pulvérise le cœur. Car je me rends soudain compte que mon grand-père ne s'enthousiasmera plus jamais pour l'une de mes réalisations. Papi Henri acclamait le plus petit succès, il savait transformer la moindre étincelle de joie en un brasier chaleureux.

Et maintenant, il ne me plantera plus jamais de baiser sur la joue. Il ne m'encouragera plus jamais.

Je secoue discrètement la tête pour en chasser ces pensées négatives et j'applique quelques rondelles de fraises pour finaliser la décoration du gâteau. Dès que George a le dos tourné, Basile en profite pour me voler un baiser ou me toucher les fesses en essayant d'y laisser une empreinte de farine.

L'ambiance est légère malgré mon cœur serré. J'ai l'impression de vivre un moment important, un moment qui compte pour Basile autant que pour moi. Pour la première fois, nous fusionnons les mondes où nous avons l'habitude d'évoluer, entrecroisant flirt et famille.

— Bien, je vais m'occuper de Gisèle le temps que le gâteau se saisisse au frais, annonce George.

L'ancien boulanger s'éclipse et nous nous retrouvons en tête à tête dans la cuisine. Basile en profite pour m'embrasser jusqu'à ce que nous ayons le souffle coupé. Il me semble découvrir cette insatiabilité que l'on est censé connaître à l'adolescence. Jamais avant lui je n'avais embrassé jusqu'à ne plus pouvoir respirer. Toutes ces émotions qui s'entrechoquent dans mon corps avec une force inouïe sont étrangement agréables à éprouver. C'est comme être branchée sur du 220 volts, mais sans aucun risque de disjonction.

En fait, c'est un peu comme si des superpouvoirs me poussaient dans les veines. Le combo d'adrénaline et d'endorphine qui se diffuse en moi en continu me laisse croire que je suis capable de changer le monde et de réorganiser les étoiles de toutes les constellations de l'univers. J'en viens même à comprendre Léa et Nathan, leurs rituels de couple que je trouvais autrefois idiots et leur besoin de se lier l'un à l'autre par tous les moyens. Je me surprends à éprouver le même besoin avec Basile… Et c'est sans doute encore plus fort en sachant qu'il ne nous reste que deux jours à partager. Je crois que, dans le fond, j'ai peur d'admettre que tout cela compte plus pour moi que pour lui. Sans doute a-t-il déjà connu ces sentiments tandis que je me sens grisée par la nouveauté. Alors l'envie de graver tout ça, de donner plus d'importance à notre histoire qu'elle n'en a, ça ne m'étonne finalement pas.

Assise sur le plan de travail, mon apprenti prof d'anglais planté devant moi, je le prends soudain dans mes bras et je le serre fort. Il ne dit rien, ne pose pas de question. Et c'est tant mieux, car je n'ai pas envie de lui confier tout ce qui me trotte dans la tête à cet instant. Mon besoin de mémoriser la forme de son corps, la texture de sa peau et les arômes de son parfum. Mon désir de vivre cet instant passé à préparer un gâteau aussi intensément que si nos vies en dépendaient. Simplement parce qu'il disparaîtra de ma vie dans deux jours, sans se douter une seconde de tout ce qu'il y a chamboulé en si peu de temps.

Je relâche mon emprise et je cherche un moyen de détourner l'attention de Basile pour diluer mon élan d'affection.

— On devrait peut-être ranger tout ce bazar.

Basile se tourne vers la table où se trouvent le saladier dans lequel nous avons préparé la garniture et les ustensiles posés en vrac.

— Laisse, je m'en charge.

Il fourre le tout dans l'évier et entreprend de faire la vaisselle.

— Tu peux vérifier le minuteur sur mon téléphone ? Je meurs de faim, je ne laisserai pas ce fraisier une minute de trop au réfrigérateur, demande-t-il, les mains plongées dans l'eau.

Je me contorsionne pour attraper le mobile derrière moi et je déverrouille l'écran afin d'afficher le minuteur.

Au-dessus du décompte, une seule notification attend patiemment qu'il la consulte. Une notification qui me coupe instantanément le souffle, me donnant l'impression de suffoquer :

Tinder, 8min
Hanna vous a envoyé un nouveau message
« J'ai adoré ce moment avec toi, j'espère te revoir avant que tu partes. »

Je manque de lâcher le téléphone. Mon cerveau cesse tout fonctionnement et je me contente de fixer l'écran, la bouche grande ouverte, même lorsque celui-ci s'assombrit puis replonge en veille.

— Alors, encore combien de temps avant de passer à table ?

Je tourne la tête vers lui, hébétée, et les commissures de ses lèvres retombent au ralenti. Mon expression a parlé pour moi. Il comprend immédiatement et son visage se décompose. Je saute du plan de travail, abandonnant son iPhone dessus, et je tourne en rond pour chercher mon sac à main dans la pièce. Il tente de me retenir, paniqué.

— Attends, je peux t'expliquer !

Je trouve mon sac sur une chaise et me dégage de son emprise.

— Je… Je viens de me souvenir que j'avais… j'avais des trucs de prévus, et… Et donc je dois y aller. Tu… Tu remercieras tes grands-parents.

Mais qu'est-ce qui me prend ? Mon coup de foudre hollywoodien se fichait de moi depuis le début et je prends le temps de trouver des prétextes pour fuir ? Je me suis ouverte à lui et lui passait son temps sur une application de rencontres ! Je devrais partir en claquant la porte à grand bruit, mais non, me voilà qui bredouille bêtement des excuses !

Combien de filles a-t-il vu, cette semaine ? À combien d'entre nous a-t-il servi le grand jeu, à base de cours de skateboard et de visite privée du musée d'Orsay ?

Mais quelle idiote ! Quelle naïveté !

Je traverse la cuisine et la portion de couloir qui sert d'entrée au pas de course, Basile sur les talons qui essaie de me retenir, puis je détale dans les corridors de l'immeuble. J'emprunte les escaliers et je dévale les marches quatre à quatre. Basile s'est arrêté à la porte de service, abandonnant toute idée de me rattraper.

Lorsque j'arrive dans le hall de l'immeuble, je m'arrête un instant pour recouvrer mon souffle. Je tremble. J'ai peur qu'il ait changé d'avis et qu'il fasse irruption dans le hall. Mon esprit est complètement déboussolé, mon cerveau a grillé et je ne parviens pas à assembler logiquement ni idées, ni émotions. Tout ce que je sais, c'est que je ne supporte plus la seule perspective d'avoir Basile devant les yeux.

Tout ceci n'était qu'une supercherie. Je n'étais qu'une fille parmi tant d'autres. Il m'a abordée sur cette fichue terrasse comme il aurait pu le faire avec une fille assise à la table voisine. Pour lui, ce n'était qu'un jeu. Un putain de jeu.

J'ai le cœur au bord des lèvres. Je me sens trahie. Abusée. Mais surtout, je me sens idiote.

Je pousse violemment la porte de l'immeuble, déboulant dans la rue comme une furie. Quelques passants me dévisagent étrangement mais, heureusement, nous sommes à Paris. La plupart des gens que je croise gardent les yeux rivés sur leur téléphone sans se soucier de mon allure de tueuse en série. Les autres ont l'air aussi fous que moi.

Mes yeux noyés de larmes pourraient foudroyer n'importe qui sur place, n'en laissant qu'un tas de cendres fumantes. Mon sang bouillonne. Les battements de mon cœur pulsent dans mes oreilles. Je suis une illustration vivante de l'expression « être au bord de l'explosion ».

Lorsque je m'engouffre dans le métro, les images de cette semaine en sa compagnie me reviennent en tête. Mercredi soir, dans ce maudit bar où j'ai présenté Cléo à Basile juste avant de décider de coucher avec lui, il n'écrivait certainement pas à un ami pour partager son enthousiasme. Il devait envoyer un message à l'une de ces filles dont il garde les profils comme des conserves dans un garde-manger. Et hier soir, au musée, était-ce vraiment son grand-père qui l'appelait pendant que je lui confiais un pan de ma vie dont je ne parle jamais de manière aussi intime ? Ou écrivait-il encore à l'une de ces inconnues ?

Bon sang ! Mais comment ai-je pu être aussi naïve ? Comment ai-je pu me laisser berner par ses numéros de sportif romantique ? Je pensais que j'étais une fille intelligente. Mon cœur et mon cerveau entretenaient un accord tacite qui fonctionnait jusqu'à ce lundi : m'empêcher de tomber amoureuse. J'étais parfaitement hermétique. L'ennui et l'indifférence tuaient la moindre lueur d'intérêt en un claquement de doigts.

Est-ce une punition infligée par le karma pour avoir déserté mon village et tourné le dos à ma famille ?

Non, je n'ai tout de même pas commis une erreur qui me vaille que mon cœur vole en éclats. Ce ne peut pas être le karma. Pas après la perte de mon grand-père. Je le saurais, si j'avais commis des actes ignobles dans une vie antérieure qui mériteraient une punition jusque dans cette vie. J'aurais sans doute des pulsions malsaines. Des mauvais sentiments refoulés. Je… Je ne sais pas moi, j'aurais des envies de tuer des bébés dauphins quand je suis en colère et je ne pleurerais probablement pas devant des spots publicitaires qui mettent en scène des personnes âgées isolées ! Rien de tout ça n'est mérité. Mais comment m'est-ce tombé sur la tête ?

Une douche. J'ai besoin d'une douche. Le sentiment d'avoir des superpouvoirs en train de me pousser dans les veines s'est transformé en celui d'être engloutie par une marée noire. Je me sens salie par ces mains pleines de doigts enfarinés qui m'ont touchée, ces mêmes mains qui en ont touché je ne sais combien d'autres, ces mains qui ont écrit des messages aguicheurs tout en me caressant la joue.

Je sors de la station Laumière en courant. Je ne sens plus mon corps. Tout n'est plus que suffocation.

Au pied de l'immeuble de Cléo, je trouve un couple en train de s'embrasser fougueusement devant le digicode. Des lycéens, probablement. Je me fige, en apnée. J'ai envie de leur crier de se décoller, de trouver d'autres loisirs que le sexe, parce que tout ce qu'ils pensent être beau et éternel n'est qu'une supercherie. Blondinette trompera Gringalet ou l'inverse et ils finiront par se détester, priant pour ravaler tous les je t'aime qu'ils auront gaspillés l'un pour l'autre.

— Je peux vous aider ? s'enquiert le garçon, qui vient de récupérer sa langue.

Plantée raide, je continue à fixer le couple sans parvenir à parler. Si j'ouvre la bouche, j'ai peur de vomir. Ou pire, de leur hurler au visage toutes les tristes vérités sur l'amour qui me hantent.

Blottie contre le torse de Gringalet, Blondinette se penche pour me dévisager en plissant le nez. Ses yeux me crient « tu vois pas que tu nous déranges ? » mais elle ne pipe pas un mot.

— Le digicode !

Il me faut rassembler une force monumentale pour cracher ces syllabes. Mais au fond de moi, une voix se retient de crier : *Vite ! Laissez-moi passer, trouvez-vous un autre nid d'amour, votre vue m'insupporte. Allez ! Ouste, du balai ! Laissez les apprentis adultes rentrer se cacher pour exploser en fragments de tristesse. Soyez polis, ne me laissez pas m'effondrer au beau milieu de la rue.*

— Hein ?

Gringalet fronce les sourcils comme si je lui avais parlé en mandarin et je m'emporte en désignant le boîtier derrière Blondinette…

— Le digicode ! Vous ne voyez pas que vous bloquez le passage ?

Les mots coulent hors de ma bouche comme un fleuve éclatant un barrage. Je serre les poings, rassemblant toutes mes forces pour ne pas tomber à genoux dans la rue. Je suis sûre que si ça arrivait, je ne me relèverais pas. Je resterais roulée en boule, pleurant toutes les larmes de mon corps sans parvenir à lever un orteil.

Le petit jeu de Basile, c'était la goutte de trop du tsunami qu'est mon été.

Gringalet grogne en tirant sa copine par la taille.

— Ça va, c'est pas la peine de s'énerver.

Je ne réponds pas, j'entre le code sur le boîtier et je file à toute allure dans la cage d'escalier. Une fois dans l'appartement, je laisse mon cœur s'écraser au sol, se brisant en millions d'éclats torturés.

Le deuil éclate une deuxième fois dans mon corps.

45

— Allez, lève-toi.

— Non.

— Lily, bouge tes fesses.

— J'ai pas envie !

Je grommelle en enfouissant mon nez sous la couette. Plantée à côté du lit, les poings sur les hanches, Cléo me contemple comme un piano tombé du dernier étage qui bloque le passage et dont on ne saurait que faire, ni comment le déplacer.

— Je ne te demande pas si tu as envie de bouger ou pas, je te demande de passer un après-midi avec moi, à une exposition qui me tient à cœur. Je te rappelle que je t'ai demandé de venir pour me remonter le moral après ma rupture et c'est à peine si je t'ai vue depuis que tu es ici !

Jeu. Set. Et match.

Les paroles de Cléo me parcourent tel un électrochoc. Mes yeux s'écarquillent comme si je venais de prendre un uppercut sous le menton. La réalité me revient en plein visage : Cléo avait besoin de moi et je n'ai pas été à la hauteur.

Je me redresse d'un bond et je tente d'adoucir son humeur :

— Je croyais que c'était un vernissage ?

Elle tique puis sourit.

— Habille-toi, ordonne-t-elle. Et mange quelque chose, je n'ai pas envie que tu nous fasses remarquer en tombant dans les pommes.

Je m'exécute aussitôt.

En traversant le deux-pièces, j'ai l'impression de fouler les miettes de mon cœur qui se sont écrasées au sol hier soir, lorsque je me suis effondrée après avoir découvert le double jeu de Basile.

Je me douche à l'eau brûlante malgré les trente degrés ambiants et je me frotte aussi fort et aussi scrupuleusement que je l'ai fait avant d'aller me coucher. Je me sens toujours sale – ou, devrais-je dire, *salie*.

Je me force à engloutir un reste de pâtes qui traîne dans le frigo puis je signale à Cléo que je suis prête. Il est 15 heures 30, nous avons encore un peu de temps avant que le vernissage ne débute. Elle me propose que nous y allions à pied, j'accepte aussitôt. Le Centre Pompidou ne doit être qu'à trois quarts d'heure de marche et une telle balade devrait m'aider à garder les idées claires.

En descendant les escaliers, je me risque à ôter le mode avion de mon téléphone. Le mobile se met alors à bourdonner dans ma main, saturant l'écran de notifications. Le nom de Basile monopolise l'espace et une série de messages défilent sous mes yeux. Mes doigts tremblent, je n'ose appuyer sur aucun d'entre eux. Je survole la liste des SMS en laissant mon index glisser sur le portable et, soudain, mes yeux s'arrêtent sur l'un d'entre eux. Le destinataire est différent. Il est écrit « Maman ». Je m'empresse de l'ouvrir, fébrile.

J'ai attendu jusqu'à ce que Papa me mette de force dans la voiture. J'espérais que tu viennes me kidnapper. Tu n'es pas venue. Je te déteste.

Minnie a dû trouver un prétexte pour s'approprier le téléphone de notre mère et m'envoyer un message. Ce qu'il reste de mon cœur se brise à nouveau et le néant m'engloutit. Cléo remarque mon trouble, elle s'arrête dans les escaliers, m'observe une seconde puis revient sur ses pas.

— C'est lui ? demande-t-elle, prête à s'emparer du téléphone.

Je secoue la tête, hébétée.

— Non, c'est pire…

Je tourne l'écran afin qu'elle lise les mots de ma petite sœur.

— Tu veux qu'on te trouve un train pour aller la chercher ?

Si Minnie ne veut plus entendre parler de moi, alors c'est mon Soleil qui s'effondre. J'espère de toutes mes forces que ce n'est qu'un caprice, qu'elle se défoule seulement sur moi, exprimant toute la colère et la frustration qu'elle a accumulées au cours des derniers mois. Mais je connais ma petite sœur. Avec elle, la marche arrière n'existe pas.

— Je ne sais même pas où elle va. Ma mère a refusé de me le dire.

Je range le téléphone en ignorant les messages de Basile. Je me fiche de ce qu'il a à dire. D'ailleurs, il peut bien aller le dire à une autre fille. Ce ne sont plus mes affaires. L'ont-elles été un jour ? Je me suis noyée d'illusions et maintenant je dois affronter la brutalité de la réalité. Je ferai avec. Mieux vaut une grande claque dans la figure qu'une série de coups de poignard dans le dos. Seule ma petite sœur mérite mes préoccupations.

Sur le chemin qui nous mène au Centre Pompidou, je m'efforce de garder la face. Tout au fond de moi, j'ai envie de retourner me coucher, de me rouler en boule et d'hiberner jusqu'à la fin de l'été. Je rêvais de ces deux mois de liberté et, maintenant, il me tarde de retourner à ma vie d'étudiante bien rangée, loin des mauvaises surprises qui s'enchaînent depuis que mon grand-père est tombé malade. J'ai l'impression que malgré tous mes efforts pour marcher droit en suivant un objectif précis, tout finit par aller de travers.

L'exposition consiste en une série de photographies de toits en noir et blanc et de sculptures difformes en bronze. Je n'ai pas retenu le nom de l'artiste mais sa popularité me dépasse. J'ignore s'il y a un message caché que je ne parviens pas à saisir ou si les autres visiteurs pensent secrètement comme moi, mais les œuvres exposées ne présentent pas le moindre intérêt. Des toits, sérieusement ? Et partout autour de moi, je vois des regards absorbés et des hochements de tête approbateurs. J'entends des murmures qui s'émerveillent.

Quels menteurs !

Cléo a repéré des collègues de travail et s'est éclipsée pour les saluer. Je n'ai personne avec qui partager mes critiques et ce vernissage m'apparaît soudain comme une perte de temps. Heureusement, je repère une table avec des petits-fours et des flûtes de champagne dans un coin. Je balaie la salle du regard pour déterminer s'il est socialement acceptable de piocher dans le buffet. J'aperçois alors un sexagénaire en train d'engloutir une verrine à la crevette. Ni une, ni deux, je m'empare d'une flûte et d'un toast au houmous. Quitte à m'ennuyer, autant avoir le ventre plein.

De temps à autre, je sens mon portable qui s'affole dans ma poche. J'essaie d'abord de l'ignorer puis, agacée, je finis par le mettre en mode silencieux pour ne plus percevoir la culpabilité bourdonnante de Basile. Je me dis qu'en prétendant qu'il n'a jamais existé et que nos chemins ne se sont jamais croisés, je finirai par tromper le chagrin.

Je descends la flûte de champagne d'une traite pour me mettre du baume au cœur puis je m'esquive à une autre extrémité de la salle pour attaquer les petits-fours qui s'y trouvent. Mieux vaut être stratégique et diversifier les points de ravitaillement pour ne pas devenir la source des commérages. Autant éviter de faire honte à Cléo.

Alors que j'engloutis une poignée de toasts en parcourant l'exposition, mes yeux se posent sur la photographie d'un toit couvert de fientes d'oiseaux. Je m'immobilise pour mieux détailler l'œuvre, cherchant désespérément comment un tel cliché peut être exposé dans une galerie d'art, quand une voix rauque retentit à côté de moi et me provoque un sursaut.

— Vous aimez ?

Je pivote pour faire face à mon interlocuteur et découvre un homme d'une trentaine d'années, au nez busqué et à la barbe drue. Je vérifie discrètement par-dessus mes épaules qu'il s'adresse bien à moi puis je m'approche d'un pas avant de me replanter face au cliché.

— J'imagine que c'est le moment où je suis censée répondre que c'est une merveilleuse allégorie de notre société, c'est ça ? Une métaphore du monde qui porte des êtres minables et nauséabonds sur son dos, etc., etc.

L'homme sourit en baissant les yeux, les mains dans les poches.

— C'est l'idée, oui, dit-il en haussant légèrement les épaules.

Soudain, ça percute dans mon cerveau :

— Oh mon Dieu ! Vous êtes l'artiste, je me trompe ? Je viens de faire le coup classique de la fille qui critique une œuvre en plein devant son créateur ?

Cette fois, il rit de bon cœur. Il se penche vers moi et, sur le ton de la confidence, m'avoue :

— Pire… Je suis son frère.

Mes yeux s'écarquillent sous le poids de la culpabilité. D'habitude, Minnie commet ce genre d'impair avant que je ne m'y risque. Mais cette fois, j'ai frappé fort.

— Désolée.

Je dissimule mes mains pleines de toasts dans mon dos et m'efforce d'arborer un air digne. Les petits-fours sont protégés par une serviette mais quelques-uns ont semé de la garniture sur mes doigts. J'ai rarement été aussi ridicule.

— Pour être tout à fait honnête, je ne suis pas vraiment sensible à l'art de Lisa.

— Je garderai votre secret si vous ne lui répétez pas ce que j'ai dit.

L'homme acquiesce avec un clin d'œil puis il sort la main droite de sa poche pour la tendre vers moi :

— Marché conclu. Au fait, je m'appelle Julien Lombet.

J'extrais tant bien que mal ma main droite du tas de petits-fours qu'elle soutient, je l'essuie brièvement sur mon jean puis j'empoigne fermement la sienne :

— Lily Pertet, enchantée.

— Vous n'êtes pas parisienne, je me trompe ?

— C'est exact.

Je rougis et baisse les yeux, gênée. J'imagine que les Parisiennes n'arpentent pas les vernissages en se goinfrant de toasts. Ils sont au-dessus de ça, les pique-assiette doivent être *has been*. La preuve en est : Cléo discute gaiement devant les œuvres et n'a probablement pas remarqué qu'il y avait un buffet.

— Et vous n'avez sûrement pas fait tout ce chemin pour admirer les œuvres de Lisa, devine Julien. Alors, comment avez-vous atterri ici ?

Je pointe du doigt mon amie qui divertit un petit groupe, ravie d'être au centre de l'attention.

— Pour être tout à fait honnête… Je suis venue à Paris pour soigner le cœur de cette jolie demoiselle. Entre nous, c'est une mission dans laquelle je me suis révélée médiocre. Ensuite, il y a eu quelques tragiques épisodes de cascades en skateboard puis j'ai commencé à écrire un roman. Sur ce dernier point, je pense avoir été meilleure que pour le reste.

Je préfère lui éviter la séquence du drame familial. Une lueur d'intérêt s'anime dans les yeux du barbu à l'évocation de mon manuscrit. Il croise les bras sur sa poitrine, l'air attentif.

— Un roman ?

— Oui… Enfin, j'essaie. Mon grand-père est mort récemment et j'ai trouvé un journal qu'il tenait quand il était prisonnier de guerre. Je m'en suis inspirée pour imaginer une histoire d'amour sous les bombes.

Je marque un temps d'arrêt tandis que Julien me dévisage avec intérêt.

— Vous pouvez m'expliquer pourquoi je vous dis tout cela ? Je n'ai bu qu'une flûte de champagne, donc je suis convaincue que l'alcool n'a rien à voir avec cette incontinence verbale. Pardonnez-moi. D'habitude, je n'arrive même pas à dire haut et fort que j'aspire à être écrivain.

Julien se penche vers moi, reprenant l'air complice qu'il arborait quelques minutes plus tôt, et rétorque :

— Sans doute parce que mon aura d'éditeur me poursuit.

Mes lèvres forment un « oh » de surprise et je manque de laisser tomber les toasts entassés dans mes paumes. Avant qu'un incident ne se produise, j'abandonne la nourriture sur un mange-debout à deux pas de moi puis je me plante devant Julien en frottant mes mains sur mon pantalon, toujours aussi hébétée.

— Vous… Vous êtes éditeur ? je bredouille.

Il hoche la tête en émettant un « hmm, hmm » approbateur.

— En effet, j'appartiens à cette espèce rare et convoitée.

— Vous êtes exactement la personne devant qui tout auteur rêve de se ridiculiser.

Gênée, je fixe la pointe de mes baskets à paillettes. Par chance, j'ai enfilé un jean malgré la chaleur étouffante de la ville et mes croûtes ne sont pas visibles. Seules quelques écorchures sur mes coudes peuvent témoigner de la catastrophe ambulante que je suis.

Julien replonge la main dans sa poche, fouille un instant puis en tire son portefeuille. Il en extrait une carte de visite qu'il brandit sous mon nez :

— Voici mon e-mail et mon téléphone. C'est ma ligne directe. Vous m'avez l'air d'être une jeune femme intéressante, je serais curieux de lire ce que vous avez dans les tripes.

Je saisis le carton d'une main tremblante et bredouille quelques remerciements. C'est à cet instant que Cléo se matérialise à mes côtés en s'exclamant :

— Vraiment pas mal, cette expo ! Mais je préférais celle de Glümer, le mois dernier. Là c'est quand même vu et revu.

— Cléo, je te présente le frère de l'artiste.

Je désigne Julien de la main et retiens un rire en voyant la mine de mon amie se décomposer.

— Mais dans le fond, Glümer est tellement surcoté ! Alors que les œuvres de Lisa Lombet sont authentiques et percutantes…

Je l'interromps en la poussant doucement sur le côté.

— Ça ira, je suis sûre que Julien lui fera part de ton admiration.

Je jette un dernier coup d'œil à l'éditeur en agitant sa carte de visite.

— Je ne manquerai pas de vous recontacter… Merci pour la carte.

— Oh ! C'est moi qui vous remercie de l'avoir prise. J'adore crâner en sortant mon porte-cartes.

Nous échangeons un sourire entendu puis j'attire Cléo derrière une cloison de l'exposition. En chemin, elle me rabroue :

— Tu ne pouvais pas me prévenir plus tôt qu'il était de la famille de l'artiste ? La honte !

— C'est le revers de la médaille lorsqu'on adore les entrées théâtrales ! La prochaine fois, tu t'annonceras en arrivant, histoire que j'aie le temps de faire les présentations.

Je m'empare d'une nouvelle flûte de champagne et Cléo m'imite. Elle avale quelques gorgées avant de me donner un coup de coude de connivence.

— Julien, hein ? Bon, pourquoi tu dois le recontacter, ce jeune homme ? Tu t'es encore fait draguer alors que moi, je me traîne un cœur cabossé et un carnet de rendez-vous désertique ?

— Mieux que ça !

Je sirote une gorgée de champagne pour faire durer le suspense sous le regard assassin de mon amie.

— C'est un éditeur.

À la manière dont sa mâchoire se décroche, j'ai la certitude que cette rencontre vaut tous les rendez-vous amoureux du monde.

46

Je sors du Centre Pompidou des étoiles plein les yeux. Cléo est restée dans la salle le temps de saluer ses collègues, j'en profite pour parcourir la salve de messages envoyée par Basile. Leur contenu me ramène sur terre aussitôt.

Ses excuses sont dignes d'une comédie romantique. Mais chaque mot me rappelle sa trahison. Il aurait pu être honnête dès notre premier rendez-vous ; je n'attendais rien. Je savais que cette relation ne serait, tout au mieux, qu'un amour de vacances. Je n'aurais pas discuté ses conditions, elles m'auraient simplement permis de le considérer avec le filtre adéquat. Elles auraient imposé une barrière entre nous et mes sentiments ne se seraient pas affolés pour ses beaux yeux.

Mais le problème, avec les menteurs, c'est qu'ils ne dévoilent jamais leur jeu.

J'ignore pourquoi mais j'éprouve le besoin de l'affronter en face-à-face. Sans doute parce que j'ai fui lâchement, hier. Si j'en reste là, je passerai le restant de mes jours à imaginer des scénarios de dispute sous la douche. Je finis par ouvrir son dernier message et je lui réponds :

Rendez-vous dans le square en bas de chez tes grands-parents. J'y serai dans trente minutes.

Cléo me rejoint au bas du Centre Pompidou et me signale qu'elle est prête à rentrer, toute guillerette.

— J'irais bien acheter une glace, pas toi ?

Absorbée dans mes pensées, il me faut quelques secondes avant de lui répondre :

— Je ne rentre pas avec toi.

Une ombre passe sur son visage.

— Comment ça, tu ne rentres pas avec moi ?

Sa voix s'étrangle dans sa gorge. À son regard noir, je peux lire qu'elle a deviné ce qui se trame.

— Ne me dis pas que…

Elle s'interrompt, les lèvres pincées et les poings serrés. Elle ressemble à une Cocotte-minute au bord de l'explosion. Je détourne le visage, honteuse.

— On ira manger une glace demain, tu veux bien ? Je dois régler certaines choses. Après, tout ira mieux.

Après, tout ira mieux. Je me répète cette phrase comme si c'était une formule magique capable de résoudre tous mes problèmes.

— Bien… J'espère que tu sais ce que tu fais, répond sèchement Cléo.

J'opine du chef, lui plante un baiser sur la joue et elle me serre contre elle en me demandant de promettre de faire attention à moi. Je m'exécute. Mais au fond de moi, je sais pertinemment que je n'ai pas la moindre idée de ce que je suis en train de faire.

47

Basile m'attend, assis sur le dossier d'un banc public, une main dans la poche, l'autre portant une cigarette à ses lèvres. Ses cheveux sont coupés court et je ne peux m'empêcher de songer que ça lui va bien. J'ai la gorge qui se noue lorsque je m'approche de lui et mes mains commencent à trembler quand il lève les yeux sur moi.

Un faible sourire se dessine sur ses lèvres et je regrette déjà d'être venue.

— Merci d'avoir accepté de me voir.

Je hausse les épaules et m'assieds sur le banc, si loin de lui que ma fesse droite mord le vide.

— Tu as toutes les raisons de penser que je suis le pire abruti que la Terre ait porté, mais je te jure que ce n'est pas ce que tu crois.

— Ce n'est pas ce que disent tous les menteurs ?

Mon ton n'est pas cassant, ni piquant. Je n'ai pas assez d'énergie pour cela. À quoi bon se battre ? Surtout que, maintenant qu'il est devant moi, ma colère semble s'être volatilisée pour me laisser chiffon. Me voilà qui fixe la pointe de mes baskets pour tenir le coup. De nouveau, je me sens terriblement vide. Et tout ce qui me hante l'esprit, c'est que ça pèse drôlement lourd, le vide.

Basile se laisse glisser du dossier vers l'assise et s'approche de moi.

— Tu veux bien me regarder en face ?

J'hésite puis je me tourne face à lui, les jambes ramenées contre la poitrine pour garder une barrière entre nous.

— Je te jure qu'il ne s'est rien passé, j'ai parlé avec quelques filles, mais quand je t'ai rencontrée je me suis concentré sur toi. Je ne m'attendais pas à rencontrer quelqu'un en venant à Paris, et certainement pas à m'attacher. Mais le fait est que la simple idée de partir demain sans t'avoir revue m'a miné toute la nuit.

Il essaie d'attraper ma main mais je la retire. Je laisse tomber mon front contre mes genoux, silencieuse. Il semblait sincère en débitant sa tirade. Mais comment le croire après ce que j'ai vu ?

— Je t'ai présenté mes grands-parents, renchérit-il. Je n'avais présenté aucune de mes copines à ma famille.

Son argument me fait lever le nez de ma cachette. Je me rends compte que moi non plus, je n'ai jamais présenté personne à mes proches. Papi Henri n'a pas eu la chance de se demander si le garçon à mon bras serait un jour le père de ses arrière-petits-enfants. Il était de la vieille école. Si on décidait d'introduire quelqu'un dans la famille, il fallait que ce soit sérieux. « On n'entre pas dans une famille comme on entre dans une épicerie ! » disait-il. « Ce n'est pas du libre-service. Il faut de la patience, de la dévotion et surtout… Il faut aimer le vin parce que, si on s'en tient à l'eau, des bouffées d'envie de meurtre nous montent à la tête à chaque réunion des troupes. »

Le souvenir de cette devise m'emplit de nostalgie. J'aurais tant voulu lui présenter quelqu'un que j'aimais, à Papi. J'aurais tant voulu lui donner l'opportunité de m'imaginer vieillir… Pourquoi la chimie a-t-elle mis tant de temps à opérer sur mon cœur ?

Je me dis que Basile n'est peut-être pas si malhonnête. Après tout, les règles dans sa famille semblent aussi fermes que dans la mienne. Et pourtant, il m'a présentée. Moi. L'apprentie écrivain rencontrée à la terrasse d'un café.

Oui, mais qu'est-ce qui me dit que ce n'est pas du flan, ça aussi ? Qu'est-ce qui me prouve qu'il n'y en a pas eu d'autres avant moi ?

Il pose une main sur ma cheville et cherche à capter mon regard.

— Dis quelque chose, S'il te plaît. Insulte-moi si ça te soulage, mais dis quelque chose.

— Je ne suis pas en colère contre toi. Je suis en colère contre moi. Je pensais que j'avais de la jugeote et tu m'as eue comme une bleue.

Je lève enfin les yeux vers lui et je vois bien que mes mots le blessent.

— J'ai cru déceler quelque chose de spécial en toi mais je me suis trompée. Maintenant, je vois très bien ce que tu es, Basile. Tu es un collectionneur. Et moi, je n'étais qu'un trophée.

— Arrête ! tonne-t-il en se levant d'un bond. Tu ne sais rien de moi, tu me juges de manière arbitraire et…

— Et très juste.

Je me redresse à mon tour. À l'intérieur de moi, mon sang bouillonne. Si j'étais une héroïne Marvel, je pourrais cracher des flammes par la bouche et lancer des éclairs par les yeux. Je les sens déjà qui crépitent derrière mes iris verts.

— Tu dis ces horreurs uniquement parce que tu es blessée dans ton ego.

— Je suis blessée dans mon ego et dans mon cœur, mais ne t'en fais pas : les croûtes sur mes genoux mettront plus de temps à disparaître que ces marques-là.

C'est un mensonge, bien sûr. Mais j'ai besoin de garder la face.

Si j'avais les tripes plus solides, je tournerais les talons, les cheveux au vent, et une petite voix dans ma tête s'exclamerait « *drop the mic !* ». Mais je ne parviens pas à décoller mes semelles du sol.

— Lily Pertet, je refuse de retourner à Biarritz en sachant que tu me détestes à ce point.

Mes mâchoires se serrent.

— Je ne te déteste pas.

Il s'approche d'un pas. Je peine à respirer. Il me faut mobiliser des forces surnaturelles pour achever ma phrase.

— Maintenant, tu peux disparaître de ma vie.

Basile se fige à quelques centimètres de moi. Il se pince les lèvres, l'air grave. J'aurais aimé savoir que notre baiser enfariné était le dernier que nous échangions. J'aurais aimé savoir que nous n'avions qu'une nuit pour nous découvrir. J'aurais aimé savoir que j'aurais dû garder mes écouteurs, lundi dernier, lorsque j'écrivais à cette fichue terrasse de café. Mais les crasses du destin nous tombent dessus sans bande-annonce.

— Très bien, comme tu voudras.

Son ton est sec, son regard amer. Je hoche la tête, le regard fuyant, puis je tourne enfin les talons. Alors que je m'éloigne, Basile s'écrie dans mon dos :

— Mon train part de la Gare de Lyon, demain matin, à 10 heures 37.

Je tire mes écouteurs de la poche de mon pantalon et je m'empresse de les enfiler sans répondre à son interpellation.

Il est temps que le TGV écrase notre histoire fugace sur ses rails. Combien en assassinent-ils, chaque jour ? Les contrôleurs annoncent toujours les « accidents de personnes », mais pourquoi ne prennent-ils pas le micro pour prévenir les voyageurs qu'une histoire vient de mourir ? J'imagine déjà le message. « Suite à un accident d'amour, le trafic est totalement interrompu. » Ils devraient vraiment prévoir une annonce de la sorte.

Un accident d'amour, ça mérite bien de mettre la Terre en retard, non ?

48

J'erre dans les rues un moment, jouant avec la carte de visite que Julien Lombet m'a donnée. Je la tourne entre mes doigts telle une pièce de monnaie avec laquelle on s'apprête à tirer à pile ou face. Je ne suis ni triste, ni en colère. Seulement déçue. Déçue d'avoir cru que la passion existait hors des pages rassurantes d'un roman. Déçue de m'être laissée détourner de mes objectifs. Déçue de ne pas avoir retenu mes classiques.

Après tout… Juliette est morte pour Roméo. Roméo est mort pour Juliette. La plus belle et plus célèbre histoire d'amour nous enseigne que la mort est la seule issue de la passion.

Les sentiments qui ont éclos entre Basile et moi étaient voués à faner. Croire le contraire était profondément stupide.

Je n'ai pas le cœur à rentrer chez Cléo. J'ai besoin de rester seule. Je lève le nez de la carte de visite pour inspecter la rue qui m'entoure, en quête d'un lieu où m'abriter. Il y a un bar, quelques troquets et surtout beaucoup d'immeubles. Un restaurant japonais retient mon attention. Je n'ai mangé que quelques pâtes, ce midi ; il faudrait que je me remplisse l'estomac. On ne réfléchit pas correctement avec son deuxième cerveau vide.

Je m'installe à une table isolée, dissimulée derrière un paravent, après avoir commandé des ramen. La carte de Julien Lombet est posée devant moi, à côté des baguettes, et je ne peux m'empêcher de la fixer.

Ce petit bout de papier, c'est sans doute la meilleure chose qui me soit arrivée depuis un mois. Et plus je le regarde, plus je me demande si lui aussi finira par se retourner contre moi.

Je secoue la tête. OK, ces derniers mois ont été éprouvants. Mais je n'ai pas le droit de laisser ces évènements devenir une règle de vie.

Un serveur m'apporte les ramen commandés, je casse les baguettes en bois et je m'attelle à la tâche d'avaler mon plat. Bien que ce soit l'un de mes préférés, le cœur n'y est pas. J'observe les passants qui défilent dans la rue, de l'autre côté des baies vitrées. Je me demande combien d'entre eux se sentent aussi vides que moi. Dans une ville de deux millions d'habitants, je ne dois pas être la seule, pas vrai ?

Cette idée de me rassure. C'est idiot, je ne devrais pas souhaiter à d'autres d'être tristes pour me sentir moins seule, pourtant ça me fait du bien.

Je mange lentement pour ne pas être mise à la porte. J'ai peur de retourner dans le monde. J'ai peur d'affronter le micmac d'émotions contradictoires qui patiente sournoisement dans ma gorge.

Les passants défilent et le soleil décline. Mon téléphone a rejoint la carte de Julien Lombet sur la table. Je le fixe, contrariée. Basile m'a envoyé de nouveaux messages et j'ai peur de les ouvrir.

Basile part demain et j'ai peur du chagrin qui menace de m'engloutir.

49

Basile, 18 heures 54 :

C'est dommage que ça se finisse comme ça.

Basile, 19 heures 20 :

J'aurais vraiment voulu te dire au revoir correctement.

Basile, 19 heures 22 :

Je suis un idiot. Mais un idiot qui a aimé le temps passé avec toi.

Basile, 20 heures 01 :

Ça a compté. Tu n'imagines pas combien je suis désolé. Nous deux, ça a compté.

Lily, 22 heures 40 :

Tes grands-parents sont couchés ?

50

Il est 23 heures passées quand je me faufile en silence dans l'appartement des Caseville. Personne ne peut entendre le cliquetis des miettes de mon cœur synchronisé avec le rythme de mes pas, pourtant j'ai l'impression qu'il tonne dans mes oreilles.

Comme lors de ma première venue, Basile me guide avec la lampe torche de son téléphone tandis que je porte mes chaussures à la main. Je n'arrête pas de me demander ce que je fiche ici. Même le baiser passionné que nous avons échangé à mon arrivée devant l'immeuble ne suffit pas à faire taire cette question.

La vérité, c'est que j'étais trop faible pour laisser s'enfuir mon premier élan amoureux sans le toucher une dernière fois. Assise dans ce restaurant japonais, je sentais déjà la solitude me ronger. Je savais qu'elle me dévorerait tout entière demain matin, à 10 heures 37. J'avais une chance de repousser l'échéance, alors je l'ai saisie.

Il était prévu que notre histoire se termine à un moment prévu d'avance, alors j'ai décidé de m'en tenir au plan. Peu importe le reste. Nous ne nous étions rien promis, et nous savions que toute promesse serait inutile avec si peu de temps pour nous appartenir. Et puis… après tout, c'est à moi qu'il a demandé de venir, ce soir, pas vrai ?

— Je ne pensais pas te revoir.

Basile entoure mon cou de ses bras et murmure ces mots à mon oreille. Ce sont les premiers que nous échangeons depuis mon arrivée. Plantés au milieu de la chambre d'amis, j'hésite un instant avant de poser mes mains sur sa taille.

— Moi non plus.

Il enfouit son nez dans mes cheveux et je sens un frisson me parcourir l'échine. Je ne peux m'empêcher de penser combien les réactions chimiques du cerveau sont fascinantes. Elles nous murmurent à l'oreille pendant des décennies, ignorant tous les gentils garçons qui croisent notre chemin, puis elles hurlent à nous en vriller le bon sens le jour où un joueur s'assied à la table d'à côté. Elles crient si fort qu'on ne peut pas les ignorer. Et des ailes nous poussent dans le ventre, et nos valeurs tombent de nos poches. Ce sont de véritables sirènes qui musellent la raison.

— Tu es là, c'est tout ce qui compte. Viens, installe-toi.

Il relâche son emprise et me désigne le lit défait. Je m'assieds sur le bord du matelas, timidement, sans oser le regarder. Avec toute la tension qui flotte dans la pièce, une ampoule pourrait disjoncter. Dans mon esprit, la colère que j'éprouve s'oppose à mon désir de me blottir contre l'apprenti prof d'anglais.

Il s'allonge sur le dos, près du mur, les bras croisés derrière la tête. Je me tourne de trois-quarts pour le regarder.

— J'ai rencontré un éditeur, aujourd'hui.

Il se redresse légèrement, les yeux écarquillés, le début d'un sourire étirant ses lèvres.

— C'est vrai ? Il a lu tes pages ?

Je secoue la tête.

— Non, c'était une rencontre imprévue. Mais il m'a donné sa carte.

Basile roule sur le côté et me donne une tape d'encouragement sur les reins.

— Tu vois ! Je te l'avais dit que ton travail était bon.

— Peut-être pas, il n'a encore rien lu… Je crois qu'il m'a juste trouvée assez bizarre pour me visualiser dans le rôle d'un auteur.

Ma réponse le fait sourire.

J'ignore pourquoi je lui raconte ma rencontre avec Julien Lombet. Peut-être que c'est pour paraître plus brillante à ses yeux, mieux que toutes ces filles qu'il collectionne. Ou peut-être que j'ai sincèrement envie de partager la nouvelle avec lui. Un peu des deux, j'imagine. Mais sa réaction m'apaise.

Sa main s'attarde sur mes reins et la tape amicale se transforme en caresse. Je me laisse tomber à ses côtés et nous nous dévisageons silencieusement dans l'obscurité. J'ai perdu toute notion du temps, tout sens commun. Je ne suis plus qu'une pauvre fille qui désespère de sauvegarder la flamme qui la réchauffe. Je m'accroche à chaque seconde comme une condamnée à mort. Suspendue à mon bourreau.

— Je peux t'embrasser ? chuchote Basile.

Je hoche la tête et nos nez se frôlent. Tout doucement, il se penche vers moi et nos lèvres se rencontrent.

Blottie dans ses bras, je n'ai qu'une seule certitude noyée dans un océan de doutes. Cette nuit, je veux graver dans ma chair chacune de nos dernières fois.

51

Nous nous réveillons de bonne heure et faisons l'amour une toute dernière fois. S'unir à quelqu'un en sachant que cela ne se reproduira plus est un sentiment très étrange. Un mélange de violence et d'avidité qui vous brûle de part en part.

Nous avons à peine le temps de savourer un dernier instant de silence, blottis l'un contre l'autre, quand quelqu'un s'agite dans la cuisine. Il me faut alors sortir discrètement de l'appartement pour sonner à l'interphone, au bas de l'immeuble, avant que les grands-parents de Basile ne découvrent la supercherie. L'apprenti prof d'anglais annonce mon arrivée comme si je ne venais pas de franchir le seuil en sens inverse quelques minutes auparavant.

C'est drôle comme on peut dissimuler des pans entiers de sa vie à sa famille alors même qu'on vit sous le même toit.

George sort de la cuisine, un sourire radieux éclairant son visage, et me donne une tape chaleureuse sur l'épaule.

— Te revoilà ! J'ai bien cru qu'on ne reverrait plus ton joli minois.

— Je suis vraiment désolée d'être partie comme un courant d'air, vendredi soir. C'était une urgence.

Basile presse mes doigts dans sa paume, la mine peu fière.

— C'est oublié. Ton amie va mieux ? Une chute dans les escaliers, ça peut être dramatique.

— Plus de peur que de mal !

Je décoche un regard mécontent à Basile puis je suis son grand-père dans la cuisine.

— C'est gentil de l'accompagner à la gare, nous, on est trop vieux maintenant. Les départs, c'que c'est triste ! C'est plus facile à deux.

— Au contraire Papi. C'est quand on est deux que les au revoir deviennent difficiles, intervient Basile en me fixant.

Je plonge le nez dans la tasse de thé que George vient de poser devant moi. Je suis un peu confuse quant à ce que je suis prête à accepter et à croire, venant du sportif.

Nous avalons le petit-déjeuner préparé par l'ancien boulanger puis j'aide Basile à boucler ses valises. Quand vient l'heure de partir, je laisse un instant d'intimité à la famille et je l'attends au bas de l'immeuble, mes écouteurs vissés dans les oreilles.

Pendant ces quelques minutes d'attente, une décision se concrétise dans mon esprit. Je comprends enfin comment je veux faire mes adieux à Basile et à notre histoire éphémère.

La porte de l'immeuble s'ouvre et il apparaît, la mine renfrognée.

— Tu es prête ?

Il rajuste la sangle de son sac à dos, s'acharne dessus comme si cela pouvait nous détourner de la séparation à venir.

— C'est à toi qu'il faut le demander.

Le grand brun abandonne la sangle et passe un bras autour de mes épaules. Nous rejoignons le métro. Nous partageons ma paire d'écouteurs comme deux lycéens assis dans le bus scolaire et nous nous taquinons entre deux baisers, nos mains se pressant plus fermement au fil du décompte des stations.

À la station Châtelet, nous quittons la rame pour changer de ligne de métro. La foule nous bouscule, Basile m'entraîne dans un dédale de couloirs. Ma respiration se hache.

Je m'immobilise à l'embranchement des divers tunnels, retenant mon apprenti prof d'anglais par la main.

— Je m'arrête ici.

Ma voix n'est qu'un souffle. Des voyageurs nous font tanguer d'avant en arrière. Je me presse contre son torse pour que personne ne s'immisce entre nos corps.

— Comment ça ? Non, il faut prendre la ligne quatorze.

Son front se plisse et ses sourcils se froncent. Mon cœur tambourine à mes oreilles. Bon sang ! Mais qu'est-ce qu'il fait là ? Allez, retourne dans ma poitrine, laisse-moi penser comme il faut !

— Toi, oui. Moi, je vais prendre la ligne quatre.

— Mais Lily… Tu devais m'accompagner.

Ses yeux s'humidifient et je dois lutter pour ne pas céder. J'ai décidé que nos chemins se séparaient ici. J'ai besoin de contrôler le couperet qui va me tomber sur le cœur.

Je secoue la tête en retenant les larmes qui me brûlent la cornée.

— Écris-moi quand tu es bien arrivé. Et prends soin de toi, Basile. Tu… Tu vas me manquer. Tu m'as fait beaucoup de peine, mais je suis contente d'avoir croisé ta route. Je n'avais jamais osé m'ouvrir à quelqu'un, j'avais construit une véritable forteresse autour de mon cœur, et je ne me rendais pas compte de tout ce que je manquais à cause de ça. Alors, merci de m'avoir appris que ce n'est pas si terrible, de baisser la garde.

Il acquiesce et pose son front contre le mien. L'espace de quelques secondes, nous oublions la foule qui nous enveloppe.

— Toi aussi, tu vas me manquer.

Nous nous embrassons jusqu'à manquer d'air puis je m'extrais de ses bras. Je recule de quelques pas sous son regard triste. Nous nous fixons seulement un instant avant que le flot de passagers ne m'absorbe. Et soudain, je ne le vois plus.

Je m'enfonce dans les couloirs en cherchant ma respiration. Un bruit de tirelire brisé retentit dans ma poitrine à chacun de mes pas. Mon cœur est en miettes. J'accélère petit à petit, courant presque. Je manque d'air. J'étouffe dans ces tunnels. Je veux sentir le soleil. Je veux respirer la ville.

Je m'engage vers une sortie et je m'apaise dès que la lumière naturelle m'enveloppe. Je m'immobilise dans un escalier pour reprendre mes esprits et humer l'air étouffant de chaleur et de pollution qui m'entoure. Une grosse larme roule sur ma joue.

Basile est parti. L'idylle éphémère s'arrête ici.

Mais en finir ainsi était la meilleure option. Je ne voulais pas vivre de rupture déchirante sur les quais de la gare et éprouver un désagréable pincement au cœur à chaque fois que j'apercevrais un train. Nous devions nous quitter comme nous nous sommes rencontrés. De manière inattendue.

Je visse de nouveau mes écouteurs sur mes oreilles en regagnant la surface et mes pensées se figent sous l'afflux des premières notes qui résonnent. La playlist est en train de jouer *Non je ne regrette rien* d'Édith Piaf. Le deuxième couplet débute à peine.

Avec mes souvenirs
J'ai allumé le feu
Mes chagrins, mes plaisirs
Je n'ai plus besoin d'eux !
Balayés les amours...

Lorsque le célèbre refrain retentit, je songe que moi non plus, je ne regrette rien. Même si des cendres volettent partout dans ma tête et que mon cœur est en miettes.

Mais tout ira mieux. Je n'ai pas oublié la raison qui m'a poussée à venir à Paris. J'ai un roman à finir.

Cendres

52

— Ça va ?

Cléo me couve d'un regard inquiet alors que j'entre dans le salon. Elle pose son ordinateur portable à côté d'elle, sur le canapé, et replie ses jambes sous ses fesses. Je me contente de hocher la tête en ôtant mon sac en bandoulière.

— On peut sortir boire un verre, si tu veux, propose-t-elle.

Je secoue la tête pour refuser.

— Il est 11 heures du matin, Cléo. C'est un peu tôt pour un verre.

Elle hausse les épaules.

— Pas si tu en as besoin.

— J'ai déjà la gueule de bois. Je ne préfère pas en rajouter.

Je me laisse tomber à ses côtés sur le canapé. Oui, j'ai la gueule de bois amoureuse. Ça tambourine dans ma tête et dans mon cœur. J'y vois un peu trouble. Et je sens qu'il va falloir plusieurs kilos de sucre et de gras pour apaiser tout ça.

Cléo pose sa tête sur mon épaule et je ferme les yeux. Je me demande si elle perçoit le bruit de tirelire brisée qu'émet mon cœur à chaque battement. Peut-être que ce n'est que dans ma tête. Peut-être que les chagrins d'amour ne brisent rien, qu'ils se contentent d'insinuer un embryon de folie dans notre esprit. Et soudain, tout fait mal. Et soudain, tout sonne faux.

Je pense au TGV qui ramène Basile dans le sud-ouest de la France à toute allure. Aux kilomètres qui enterrent notre histoire. Je l'ai à peine quitté que j'ai déjà le sentiment que rien de ce que nous avons vécu n'a jamais existé. Je pourrais tout aussi bien me réveiller d'un drôle de rêve. L'un de ceux, si réalistes, dont on peine à s'extirper lorsqu'on ouvre les yeux. Et les protagonistes qui nous ont offensés dans les limbes ont beau n'avoir rien fait de mal dans cette dimension, on garde une rancœur inexplicable à leur encontre.

Puis je pense à Cléo, qui se trimballe deux ans de souvenirs collés aux baskets. Comment parvient-elle à mettre un pied devant l'autre ? Tout ça doit peser si lourd sur son corps frêle ! Je ne l'ai vue craquer qu'une fois depuis mon arrivée. Comment garde-t-elle le sourire ? Comment a-t-elle pu se réjouir de ma rencontre et parler de se remettre en selle ? Je ne plaisantais pas, quand je parlais de panneaux d'avertissement contre les chagrins d'amour. Je ne comprends pas qu'on ne nous prévienne pas à quel point on ramasse ses dents, quand on tombe du septième ciel.

J'ai l'impression d'avoir le cœur qui s'est consumé d'amour, et que plus rien d'aussi exaltant n'y renaîtra. Après tout, les tas de cendres n'enfantent pas de bourgeons de roses.

Je fais la moue, tentant de me ressaisir. L'été commence à peine et je m'inquiète déjà de savoir quand renaîtra le printemps…

— Si on allait manger une glace, comme promis, au lieu de noyer notre chagrin dans l'alcool ?

Cléo se redresse, un sourire se dessine sur son visage.

— J'ai une folle envie de chocolat ! approuve-t-elle en bondissant sur ses pieds.

« Du chocolat » je songe en souriant. Ma mère a toujours dit que ça guérissait tout.

53

Lundi matin, 11 heures 20. Les effets de ma gueule de bois amoureuse persistent. J'ai l'impression que la petite bulle dans laquelle je m'étais glissée cette semaine avait soigneusement tenu à distance la réalité que j'ai fuie en venant à Paris. Et maintenant que Basile est parti, le deuil, la culpabilité et le poids des responsabilités m'a éclaté en pleine figure. Comme un élastique qui lâche après qu'on ait trop joué avec ses limites. Les cernes qui creusent mes yeux me donnent un air de panda triste. J'ai vérifié sur Google si la métaphore était possible : le résultat n'est vraiment pas beau à voir.

Je me traîne dans l'appartement de Cléo tel un zombie en culotte bleu ciel. OK, c'est très loin de la version *Walking Dead* et compagnie, mais je jure qu'on ne trouve pas de morte vivante plus crédible que moi en ce jour. Je m'efforce de ne penser à rien, d'ignorer mon téléphone autant que possible – c'est-à-dire au moins quinze minutes d'affilée – et je relis inlassablement le journal de Papi Henri. Surtout la page 32, celle où il songe à son évasion :

On m'a accordé une permission, je vais enfin revoir mon Sud, mon village, mes sœurs et ma mère. Renatta me supplie de ne pas revenir, de trouver un ami pour me cacher. Il paraît qu'ils font de faux papiers plus vrais que les vrais, chez les maquisards. Mais si on me prend, on me fusillera. Une salve de balles dans le dos, dans la tête, et tout sera fini. Et puis je l'aime, ma

Renatta. Je ne supporte pas l'idée de ne plus jamais la revoir.
J'ai peur de déserter car je serai complètement seul. Au camp, j'ai Marcel et Maigroulet. Dans mon Sud, j'ai ma famille. Mais si je fuis, je ne pourrai pas rentrer chez ma mère. Je devrais me cacher dans des granges, changer régulièrement de village. Je veux seulement retrouver mon lit. Je veux seulement m'endormir sans m'inquiéter qu'une bombe me pleuve sur la tête.

Basile m'a écrit pour m'informer de son arrivée à Biarritz. Il a joint une photo de l'océan à son message et c'est une mer de larmes qui a coulé de mon côté de l'écran. Pour être totalement honnête, je ne suis pas certaine de le pleurer lui. Je crois que c'est surtout le réconfort qu'il m'a apporté pendant quelques jours auquel je me raccroche désespérément.

Du coin de l'œil, j'observe régulièrement mon ordinateur qui dort sur la table basse. Il contient tout un monde qui attend que je l'éveille, des personnages inspirés des proches de mon grand-père, tous impatients de se rencontrer pour s'aimer à la vie, à la mort ; des évasions grandioses dont les plans méritent d'être menés à terme. Mais je me sens trop vide pour écrire. Comment donner vie à ce microcosme si je suis éteinte à l'intérieur ?

Perdue dans les mots de mon grand-père, je sursaute lorsque j'entends la porte d'entrée de l'immeuble claquer. Je me penche à la fenêtre et je remarque le vélo jaune du facteur qui attend docilement devant les marches. Le courrier ! C'est l'heure du courrier !

Ni une, ni deux, j'enfile un short et je dévale les escaliers pour accéder aux boîtes aux lettres. J'ai besoin d'une lettre de Mamie Mariette. De ses mots. De sa douceur. J'ai besoin de me sentir comme une toute petite fille que l'on enveloppe de bienveillance.

J'ouvre la boîte métallique comme une dératée. Je jette les publicités, les prospectus, je trie les courriers destinés à Cléo. Soudain, mon cœur s'arrête quand je découvre une enveloppe blanche où mon nom est écrit en lettres rondes et penchées. J'ai aussitôt l'impression de perdre une enclume lestée de chagrin.

54

Samedi 20 juillet 2019

Ma Lily,

Ta sœur est bien arrivée en Ardèche. Elle a téléphoné à la maison dès son arrivée dans le chalet qu'elle partage avec deux autres filles. L'une d'elles a bien voulu lui prêter son mobile et la première chose qu'a faite Manon lorsque ta mère a décroché, c'est de râler parce qu'elle n'a toujours pas de téléphone à son âge. C'est bon signe ! Si elle se plaint, c'est que tout va bien. Peut-être qu'elle passera un excellent séjour, finalement.

Je suis désolée de ne pas avoir répondu au téléphone. Il faut dire qu'entre les rendez-vous avec les banques et les organismes de crédit, je suis bien occupée, et ta mère aussi. Alors, dès que nous avons un moment de répit, nous prenons le large. Je ne m'étais encore jamais rendu compte que j'aimais la mer à ce point, mais elle m'apaise considérablement. C'est une bonne chose que tu m'écrives, au moins je suis sûre de ne jamais manquer tes nouvelles !

Dans ta prochaine lettre, parle-moi de ton Basile, s'il te plaît. Les journées sont longues et monotones. J'ai besoin d'une belle histoire pour me faire rêver. Et tu sais si bien les raconter... Ce n'en sera que plus beau en sachant que tout ce que tu m'écris est vrai.

Je t'embrasse,

Mamie Mariette

55

Lundi 22 juillet 2019

Ma petite Mamie,

Basile est parti. Je savais depuis le premier jour que ce moment arriverait et, pourtant, je n'en suis pas moins blessée. J'ai l'impression d'avoir glissé de mon nuage et dégringolé mille mètres d'altitude en chute libre pour finir écrasée sous le train qui l'a ramené à Biarritz. Oui, c'est douloureux à ce point-là.

Trouver une enveloppe avec ton écriture dans la boîte aux lettres ce matin a été un véritable rayon de soleil au milieu des orages qui grondent dans mon esprit. Même si elle était courte. Tes doigts te font-ils toujours souffrir ?

Quand j'ai lu que tu attendais de lire mes récits amoureux, j'ai d'abord envisagé de te monter une histoire de toutes pièces. De t'écrire de jolies scènes pour égayer ta tristesse. Mais je n'en suis pas capable, ma petite Mamie. J'ai jeté deux brouillons avant de me résoudre à accoucher de la vérité nue. Le fait est que ma vie m'échappe. Elle me glisse entre les doigts comme une coulée de lave. Tout me brûle et me transperce. Et quand je me couche, chaque soir, j'ai des pierres volcaniques qui me pèsent sur le cœur. C'est lourd, Mamie. Si tu savais comme c'est lourd !

J'ai le sentiment que tout ce qui m'est cher peut disparaître à tout instant. Papi me manque terri-

blement. Je suis tombée amoureuse d'un éclair qui m'a foudroyée avant de repartir aussi vite qu'il était apparu. Minnie m'en veut. J'ai déçu mes parents... Je suis sur le qui-vive, guettant le prochain boulet de canon qui me sera tiré dans l'estomac.
Je ne peux pas te raconter de belles histoires. Avoir le cœur brisé, c'est moche. Et le départ de Basile me heurte bien plus que je ne l'aurais pensé.
Le son de ta voix me manque. Celui de mes parents aussi. Heureusement qu'il y a tes lettres, ma petite Mamie. Si tu savais comme tes mots me font du bien ! Mais j'aimerais que quelqu'un décroche, car je n'en peux plus d'avoir affaire à vos répondeurs. Tu es sûre que mon départ a été pardonné ?
Je vais me concentrer encore plus fort sur l'écriture du roman pour me remettre d'aplomb. Je m'accorde encore une journée pour me morfondre, puis j'enfilerai à nouveau mes baskets à paillettes pour me mettre un bon coup de pied aux fesses. Je ne supporte pas de me sentir aussi vulnérable.
Avec tout mon amour,
Lily

56

En début d'après-midi, je m'installe face à mon ordinateur, un fichier Word affiché à l'écran, et j'attends. Je fixe le curseur qui clignote sur la feuille blanche comme s'il écrivait en morse la suite de mon histoire. Comme s'il pouvait se substituer à mes doigts.

Les muses qui se sont penchées sur mon cerveau doivent être en arrêt maladie, ou parties aux Maldives pour se dorer la pilule, car l'inspiration reste bloquée dans la stratosphère de ma bulle créative. J'ai beau froncer les sourcils, plisser du nez et me gratter l'occiput, rien n'y fait. Les idées restent bloquées à la lisière de mon esprit.

Je me lève, tourne et retourne dans l'appartement, remplis la théière deux fois. J'ai envie de balancer mon ordinateur par la fenêtre dans un accès de colère, mais je me souviens que je n'ai pas les moyens d'en acheter un nouveau et je me rassieds sagement sur le canapé.

Je tape du pied sur le parquet, m'affale dans des positions loufoques, noue mes cheveux en une dizaine de chignons négligés, cherchant la moindre variable dans mon environnement susceptible de m'apporter l'illumination tant attendue.

Cléo rentre du travail et me trouve les jambes en l'air sur le canapé. Elle ne s'en formalise pas, me dépose un baiser sur le front et m'informe qu'elle repart dans la minute.

— J'ai un rencard. Enfin !

Je me redresse et j'incline la tête comme un chiot qui cherche à traduire en langage canin les mots doux que son humain lui prodigue.

— Un rencard ? Avec qui ?

Cléo passe la tête par l'encadrement de la porte de la salle de bains tout en se tortillant dans une jupe beige pour lui faire franchir la courbure de ses fesses.

— Te moque pas…

Ses joues se teintent de rose et je réponds à sa mise en garde par un hochement de tête positif.

— Avec un ami de Jean-Jérôme.

Elle se pince les lèvres, se retenant de pouffer face à sa propre hérésie.

— Mais je te jure que, lui, il est sympa. C'est le jour et la nuit. Je ne comprends même pas comment ils peuvent être amis. D'ailleurs, je me dis que c'est peut-être juste une mise en scène de l'univers pour qu'il atterrisse sur mon chemin.

Je pousse un soupir en replongeant la tête en bas du canapé, mes jambes toujours appuyées contre le dossier.

— Mouais… Ou alors, c'est juste qu'il cache bien son jeu.

Le souvenir de ma rencontre avec JJ est loin de m'enchanter. Cléo réapparaît dans le salon, perchée sur des talons, et retourne la pièce à la recherche de ses boucles d'oreilles.

— On verra ! En attendant, moi aussi je veux vivre une histoire hollywoodienne. Et vu le désert que je traverse, ce rencard est ce qui s'en rapproche le plus !

— Mais tu es sûre de te sentir prête pour un rendez-vous ? Je veux dire… Cela fait à peine deux semaines qu'Alex et toi avez rompu.

Mon amie hausse les épaules, feignant le détachement.

— Il faut bien se remettre en selle, pas vrai ? Et si Alex poste déjà des photos avec d'autres filles, c'est qu'il doit mener la belle vie. Alors je ne vais pas rester sous ma couette à me morfondre. Et puis ce garçon a l'air vraiment sympa. Et mignon. Je serai idiote de louper le coche !

Elle récupère son sac et ses clés puis détale vers la porte d'entrée. Je décide de ne pas semer le doute dans son esprit et de m'abstenir de tout commentaire. Après tout, Cléo est libre de gérer son deuil amoureux à sa manière. Si pour cela elle a besoin de se confronter à d'autres hommes, mon seul rôle est de la soutenir et de répondre présente lorsqu'elle laissera enfin sa douleur éclater.

— Bon voyage à Hollywood, du coup ? je m'écrie juste avant qu'elle ne disparaisse dans la cage d'escalier.

Je reste la tête à l'envers quelques minutes quand, soudain, une décharge électrique me parcourt le corps. Je me redresse d'un coup et je m'empare de mon ordinateur avec fébrilité. L'histoire d'amour de Cléo a dû émouvoir les muses et raviver leur intérêt pour les modestes destinées humaines qui se tissent sous le toit de cet appartement.

J'ignore ce que la tornade Cléo a bouleversé pour me rendre les auspices favorables mais j'écris six cents mots dans l'heure. À ce rythme, je devrais pouvoir terminer un premier jet d'ici la fin de semaine. Cette perspective m'excite.

Au milieu des cendres qui jonchent mes entrailles, je sens une nouvelle braise se raviver.

57

Mardi 23 juillet 2019

Ma chérie,

Voici une recette pour soigner les chagrins d'amour que m'a transmise ma propre mère, et que j'ai perfectionnée avec la tienne au fil du temps :

– 1 kg de chocolat ;

– 1 poignée de copains ;

– 3 sachets de guimauves ;

– 1 collection de comédies romantiques (plus comiques que romantiques, d'ailleurs) ;

– du temps ;

– du temps ;

– et encore du temps ;

– et peut-être 1 kg supplémentaire de chocolat.

Je suis désolée de savoir que tu te traînes un cœur cabossé, mais je te promets que les jours qui défilent sont les meilleurs carrossiers de tous les temps.

Investis-toi corps et âme dans ce roman qui te porte si haut. Si tu as tout abandonné pour vivre ton rêve cet été, ce n'est pas pour autoriser un chagrin d'amour à t'enfoncer six pieds sous terre.

D'ailleurs, j'ai un secret à te confier. En rangeant des affaires qui appartenaient à ton grand-père, ce week-end, j'ai déniché un nouveau carnet. Pour être honnête, ce n'est rien d'autre qu'un vieil agenda dans lequel il a griffonné quelques pensées, quand il était à

l'hôpital. À peine une vingtaine de lignes mises bout à bout. Mais le passage suivant devrait t'insuffler l'énergie nécessaire pour écrire tout un roman en une nuit seulement :
« Fichu cancer. Plus faim. Plus de force. Plus humain. Je compte sur les graines que j'ai semées pour ne pas m'effacer lorsque les machines ne suffiront plus. Paul sera un avocat au poil. Minnie soignera les cancers ou les robots. Mais Lily défendra mon héritage. »
Il a toujours cru en toi, ma chérie. Alors ne baisse pas les bras. Si la tâche te semble trop dure, rappelle-toi que Papi Henri aurait misé tout ce qu'il avait sur toi. Tu sais, je ne crois pas qu'il ait dit de telles choses de ses filles un jour. En tout cas, je n'ai rien lu d'aussi glorieux à leur sujet.
Profite de ton séjour à Paris. La vie est courte. Elle peut nous claquer entre les doigts à tout instant... Rien ne sert de vouloir tout contrôler, de réfléchir à comment éviter chaque tracas, chaque conflit. La vérité, c'est que ce qui doit arriver, arrive. Alors si mon grand âge peut t'apprendre quelque chose, c'est de fermer les yeux et de te laisser guider. Le vent te portera là où tu es censée être. Pour l'instant, c'est Paris, et tu as rendez-vous avec ton rêve de devenir écrivain. Qui sait où tu seras demain ?
Quant à Minnie, tu n'as pas à t'en faire. Les moniteurs diffusent un message sur une boîte vocale tous les soirs et les nouvelles sont bonnes. Hier, ils ont visité un château qui se trouve à une vingtaine de minutes du camp. Ta sœur doit être ravie comme tout !
Moi, je me sens un peu mieux. Mes doigts me font toujours souffrir et mon écriture empire, j'espère que tu parviens tout de même à me lire. Ta mère m'emmène à la mer dès que possible. J'ignore quelle magie se cache dans l'iode et dans le sable, mais ces balades

chassent les pensées sombres de mon esprit. Ton père a une présentation importante devant ses supérieurs, mercredi midi. Je pense qu'il apprécierait que tu lui envoies un petit mot d'encouragement. Et voilà pour les nouvelles dont tu es si friande. La tranquillité de notre petit village ne m'offre pas plus de péripéties à te rapporter.

Je t'aime,

Mamie Mariette

58

Mercredi 24 juillet 2019

Ma petite Mamie,

Quel bonheur de lire ces lignes enthousiastes ! Quel plaisir de savoir que l'écume de la Méditerranée panse tes blessures ! Ne t'en fais pas pour ton écriture de travers : tes mots n'en sont pas moins puissants et je les relis régulièrement.

Je suis complètement chamboulée par les lignes de Papi que tu m'as transmises. Ses mots ont été le carburant de tout ce que j'ai entrepris ces dernières semaines, mais cette nouvelle découverte va sans doute me booster pour la vie. Ce que j'aimerais le serrer dans mes bras…

Mais parlons de sujets plus légers, sinon je vais inonder le papier de larmes. Depuis ta dernière lettre, je remarque que tu utilises le diminutif de Manon et je suis ravie de constater que tu l'adoptes pleinement. Je ne t'avais encore jamais surprise à l'employer ! J'aime l'idée de fondre mes manies dans les tiennes. Après tout, c'est bien là le sens d'une famille, non ? Les aînés forment les plus jeunes et les plus jeunes les gardent au fait des nouveaux usages. Ce n'est qu'un perpétuel transfert de connaissances.

Je dois t'avouer que j'applique déjà ta recette contre les chagrins d'amour à la lettre. Maman et toi aviez dû souffler avec précision sur mon berceau car mes

réflexes de survie sont au point : j'ai déjà mangé tellement de chocolat que je crains de ne plus pouvoir fermer mes shorts d'ici deux semaines !
Quant à mon rêve, ne t'en fais pas, je n'abandonne pas. Depuis que Basile est parti, je ne pense plus qu'à mon roman. Et maintenant que j'ai connaissance des pensées de Papi, je brûle de le terminer. Pour ne rien te cacher, j'ai rencontré un éditeur, samedi dernier. Je ne t'en ai pas parlé plus tôt car je ne sais que penser de cet événement. Si l'opportunité de confier mon manuscrit à un professionnel est incroyable, rien ne me garantit qu'il sera apprécié. Je préfère rester sur mes gardes car, si je m'emporte, la chute risque de faire très mal... Mais je pense que c'est une nouvelle qui peut accrocher un immense sourire sur ton visage, alors ça vaut le coup de trahir le secret. Mais s'il te plaît, si je ne te reparle pas de cette rencontre, ne l'évoque pas ! Je préfère laisser le soin à mon ego de gérer les échecs en solitaire, dans son coin.
Tendresse et baisers caramélisés,
Ta Lily qui t'aime
P.-S. : Puisque tu as changé tes formules de politesse, j'innove à mon tour !
P.P.-S. : J'ai encore essayé de te joindre hier, as-tu oublié de rebrancher ton téléphone après un orage ou un coup d'aspirateur ? Je sais que tu es occupée, mais j'aimerais t'entendre.

59

Lily, 12 heures 25

Paps,
Désolée d'écrire tardivement, je viens juste d'apprendre que tu devais réaliser une grande présentation ce midi. Évite de chanter les lacs du Connemara comme tu le fais aux réunions de famille et tout va bien se passer.
Ton aînée préférée qui s'excuse pour tous les soucis qu'elle vous a causés.

Papa, 13 heures 10

Merci ma fille. J'ai suivi tes conseils, ça a eu l'air de fonctionner.
Ton papa.

60

— Mademoiselle Pertet ?

— Oui ?

La voix qui résonne à l'autre bout de la ligne m'est totalement inconnue, tout comme le numéro qui s'est affiché sur l'écran de mon téléphone. Je fronce les sourcils et délaisse le clavier de mon ordinateur pour m'enfoncer dans la chaise du café où je suis en train d'écrire.

— Bonjour, je suis madame Jolimont, la directrice du camp des Loups gris où se trouve votre sœur. Je suis en compagnie de monsieur Fréjean, l'infirmier de l'établissement et…

Mon cœur loupe un battement, je coupe aussitôt la directrice dans sa tirade, affolée par la mention d'un membre du corps médical à ses côtés.

— Oh mon Dieu ! Minnie va bien ? Est-ce qu'elle est blessée ? Un gamin lui a fait quelque chose, c'est ça ?

— Non, au contraire. C'est elle qui a posé problème. La procédure veut que nous contactions les parents dans un tel cas de figure, mais nous connaissons bien la situation actuelle de votre famille et comme vous êtes majeure… Manon a insisté pour que nous vous contactions en priorité. Votre numéro est également indiqué sur la fiche de renseignements.

— Elle a posé problème ? Quel problème ? C'est grave ?

— Votre sœur a empoisonné l'intégralité des pensionnaires de notre colonie, moniteurs compris. Nous sommes malheureusement obligés de l'exclure.

— Mais par empoisonné, vous voulez dire…

— Tout le monde s'en remettra, ne vous inquiétez pas. Nous vous expliquerons tout en détail lorsque vous viendrez la récupérer. D'ici combien de temps pouvez-vous vous libérer ?

Je ne réponds pas, dubitative. Minnie qui empoisonne toute une colonie ? Je peine à y croire. Elle est plutôt du genre à s'enfermer dans son chalet ou à se cacher quelque part pendant des heures jusqu'à ce que l'on soit obligé de déployer des équipes de recherche. Mais après tout, elle m'avait prévenue qu'elle trouverait un moyen de se faire la malle si on l'envoyait bel et bien en Ardèche. Avec une expulsion sur le dos, elle était sûre de nous coincer. Impossible de la renvoyer sur place. Mais je ne comprends pas pourquoi la directrice m'appelle, moi, au lieu de mes parents. Jusque-là, tout laissait à penser que Maman voulait me garder à l'écart de sa décision. Mon aide est-elle de nouveau la bienvenue au sein de notre famille ?

Je reporte mon attention sur le fichier Word qui patiente docilement devant moi. Mon travail a porté ses fruits, ces derniers jours. La lettre de Mamie a débloqué quelque chose dans mon cerveau. De la pure sorcellerie. Les mots coulent de mon cœur au clavier. Les pages s'enchaînent et je suis plutôt fière du résultat, même si ce n'est qu'un premier jet.

Suis-je prête à tout plaquer pour me substituer à mes parents ?

— Vous m'avez appelée directement, si j'ai bien compris ? Aucun membre de ma famille n'a été prévenu ?

— Non, Mademoiselle. Comme je vous l'ai dit, votre mère nous a longuement expliqué les épreuves que votre famille traverse et combien elle et votre père étaient débordés par tous ces bouleversements. Elle nous a aussi expliqué que vous deviez la suppléer cet été mais que vous aviez eu un empêchement de dernière minute. Votre sœur nous ayant assurés que vous étiez désormais disponible, et votre numéro étant listé sur la fiche, j'imagine que vous pouvez venir récupérer votre sœur ?

— Oui, oui, avec la mort de mon grand-père et les ajustements concernant ma grand-mère… Je comprends. Je vais venir.

— Les ajustements ? Oui, oui, si l'on peut dire.

Elle est bizarre, cette directrice. Je veux bien que notre situation familiale soit houleuse mais tout de même… À l'écouter, on croirait que c'est elle qui a perdu son grand-père !

— Du coup, reprend-elle d'une voix hésitante, quand pensez-vous pouvoir récupérer votre sœur ? C'est-à-dire que nous avons eu plusieurs coups de fil furieux des autres parents, et les moniteurs sont très remontés… Il vaudrait mieux ne pas tarder.

Je m'accorde un nouvel instant de réflexion. Je viens de passer les deux semaines les plus intenses de ma vie. J'ai connu la passion et ses affres, j'ai appris à faire du skateboard, ma meilleure amie et moi avons traversé ensemble de sales moments et je me balade avec la carte d'un éditeur renommé dans mon sac à main. Je suis venue ici pour vivre pleinement et je peux affirmer sans rougir que l'objectif est rempli. Une centaine de pages tapuscrites et quelques croûtes sur mes genoux en témoignent. Papi Henri serait fier de moi. Mais la famille, c'était ce qu'il y avait de plus important pour lui. J'ai eu le droit à mon temps de pause, maintenant je me dois de récupérer mon statut d'aînée.

Paris est une fête et il est temps pour moi de la quitter.

Je prends une profonde inspiration et je rétorque :

— Hum… Voyons voir… Le temps de réserver un train puis de trouver une voiture de location… Je peux être là en début de soirée.

— Entendu. Nous vous attendons. À tout à l'heure, mademoiselle Pertet.

La directrice raccroche et je m'essuie le front du plat de la paume, à la fois curieuse et anxieuse de ce que Minnie a bien pu faire pour s'attirer de tels ennuis.

Je rassemble mes affaires et je quitte le café au pas de course, direction le travail de Cléo. Elle va me tuer de filer aussi vite, sans même un soirée d'adieux ! Dans le métro, je m'occupe de réserver des billets de train et une auberge pour la nuit. Il est hors de question que je débarque à une heure du matin chez mes parents avec ma petite sœur sous le bras. Ce n'est pas le moment d'ajouter une double crise cardiaque à nos soucis.

À bout de souffle, je grimpe les marches qui séparent la salle principale du café Lys de l'*open space* où travaille Cléo. Mon amie n'a répondu à aucun de mes messages et elle sursaute lorsqu'elle me voit débouler dans les bureaux. Je salue l'équipe d'une voix timide, évitant le regard interloqué du gros barbu qui doit être le patron. Jean-Jérôme sort de la kitchenette au moment où je m'accroupis aux côtés de Cléo pour lui demander de me suivre dans le couloir. Et dire qu'à une minute près, j'aurais pu l'esquiver… C'est bien ma veine, ça !

— Les gars, il faut vraiment me prévenir lorsque c'est la journée où on doit emmener ses enfants au travail. Deux fois en deux semaines, ça devient redondant. Moi aussi j'ai des amis que je voudrais emmener partout, plaisante-t-il avec un rictus sarcastique.

— Comment ça, deux fois ? s'étonne le gros barbu.

Je ravale le chapelet d'injures qui s'enfile sur ma langue et je me contente de lui adresser un signe de tête agacé. Ma meilleure amie, elle, adresse une moue surprise à son patron, prétendant ne pas comprendre où JJ veut en venir.

— Cléo, tu peux me suivre une minute, s'il te plaît ?

La petite blonde ôte aussitôt son casque audio, prévient l'équipe qu'elle sera de retour dans une minute puis m'entraîne vers la sortie.

— Bon sang ! Mais tu veux me faire virer ou quoi ? Avec cet imbécile de JJ dans les pattes, je ne peux pas bouger une oreille sans me prendre une remarque, et voilà que tu débarques comme une furie dans les bureaux !

Je jette un bref coup d'œil à ma montre, sautillant d'un pied sur l'autre, prête à reprendre ma course dans la minute. Je n'ai qu'une heure dix pour repasser à l'appartement de Cléo, boucler mes valises et sauter dans le TGV que je viens de réserver. Je n'ai malheureusement pas le temps d'essuyer ses remontrances. À mon air de biche aux aguets, Cléo se radoucit immédiatement, pose une main sur mon bras et m'inspecte minutieusement :

— Qu'est-ce qui se passe ? Tu as des soucis ?

— Moi, non. Mais Minnie vient d'être expulsée de son camp de vacances. Je dois la récupérer ce soir, mon train part dans une heure.

Les yeux de mon amie s'écarquillent et deviennent ronds comme deux Flamby. Ses lèvres s'entrouvrent mais aucun son ne s'en échappe.

— Minnie ? Expulsée ?

Elle bredouille ces mots sans parvenir à y croire. Je hoche la tête, dépassée par les événements.

— Une histoire d'empoisonnement, j'imagine qu'elle a joué les apprenties chimistes. J'en saurai plus une fois que je serai sur place.

Le début d'un sourire se dessine sur le visage de mon amie. Elle incline la tête, semblant se demander si elle a bien compris mes paroles.

— Mais par empoisonné, tu veux dire… ? On est d'accord que c'est seulement une mauvaise blague, qu'elle leur a fait boire du bleu de méthylène ou une bêtise du genre, pas du cyanure ?

— Je doute qu'on la vire parce que tous les membres du camp se sont mis à pisser comme des Schtroumpfs… Quoique… Je crois que ce truc est super dangereux, en vrai !

Mais non, il n'y a pas de blessé grave. Je n'en sais vraiment pas plus. Je dois me dépêcher, sinon je vais rater mon train.

Cléo se retient de pouffer mais je décèle tout de même une lueur admirative dans ses yeux. J'admets que j'éprouverais sûrement le même sentiment si les méfaits de Minnie ne tombaient pas à un aussi mauvais moment…

Mon amie m'étreint puis me plante un baiser sur la joue.

— File ! Et tiens-moi au courant. Si tu décides de revenir à Paris une fois que tout sera réglé, n'oublie pas que mon canapé convertible t'attend. Tu me dois une fête de départ.

— Promis !

Nous nous enlaçons une dernière fois et je tourne les talons. Alors que je pose un pied sur la première marche des escaliers, je me ravise et j'interpelle Cléo d'un chuintement de langue assez discret pour ne pas déranger ses collègues.

— Au fait ! Vas-y mollo avec l'ami de JJ. Je n'ai aucune envie de croiser cet imbécile à ton mariage.

Cléo glousse doucement, guettant du coin de l'œil les mouvements de ses collaborateurs.

— Ne t'en fais pas, j'ai coupé court dès que j'ai su qu'il habitait à Saint-Cloud ! Je n'ai vraiment pas le temps pour une relation longue distance.

Elle m'adresse un clin d'œil amusé, je lui rends un regard bienveillant.

— Prends soin de toi. Et puis prends le temps, tout court. Tu sais, le temps… d'oublier.

Elle hoche doucement la tête, puis disparaît derrière la cloison qui délimite son *open space*. Je savoure les dernières secondes de mon séjour à ses côtés avant de m'élancer dans les escaliers, dévalant les marches quatre à quatre.

Il ne me reste que cinquante-cinq minutes pour attraper mon train.

61

Il est plus de 18 heures lorsque je débarque sur le quai de la gare, à Valence. Je me précipite vers le hall d'accueil où sont implantées les agences de location de voitures, mon sac de sport juché sur le dos. Mon choix s'effectue rapidement : seule une vitrine est encore éclairée.

L'employé au comptoir me détaille d'un drôle d'air. J'abandonne mes sacs sur une chaise de l'espace d'attente puis je me présente à lui, essoufflée.

— Bienvenue, Mademoiselle. Puis-je vous offrir un café en attendant le conducteur pour remplir les papiers de location ?

Je hausse un sourcil et me retourne machinalement, comme si un acolyte surprise allait débarquer. Pourtant, je le sais bien, que je voyage seule !

— Le conducteur ?

— Nous ne louons pas de véhicule aux personnes âgées de moins de vingt et un ans.

C'est donc ça… Je tire mon portefeuille de mon petit sac à main et je lui présente mon permis de conduire.

— C'est parfait, puisque j'ai vingt-trois ans.

L'homme s'empare du petit carton rose et le colle sous son nez pour le détailler. Certes, on me pense souvent plus jeune que je ne le suis, mais tout de même… De là à faire tout un cirque ! Comme si j'allais présenter de faux papiers pour louer une Clio.

— Toutes mes excuses, Mademoiselle. Je vais consulter les véhicules disponibles. Vous avez une date et un lieu de retour ?

Je m'accorde un instant de réflexion. Si tout se passe comme prévu, Minnie et moi devrions rentrer à la maison demain. Mais comme Papa et Maman ignorent encore tout de ses frasques, je ferais mieux de prévoir un peu plus large. Je n'ai pas envie d'assister à l'exécution de ma petite sœur en direct. D'une voix hésitante, je réponds :

— Dans deux jours, à Nîmes.

L'employé hoche la tête d'un air entendu et pianote sur le clavier de son ordinateur. Face à mon air mal assuré, il ajoute :

— Si vous veniez à changer vos projets, il vous suffira de nous joindre par téléphone et nous prolongerons le contrat.

Je m'empare d'un prospectus trônant sur un présentoir et consulte la grille tarifaire pendant qu'il finalise les documents de location. Je me retiens de fulminer en constatant que les tarifs sont deux fois plus chers lorsqu'on est âgé de vingt-trois ans ou moins. Cette mission sauvetage va me coûter un rein et du crin de licorne.

— Bien, il ne nous reste qu'une Fiat 500. C'est bon pour vous ?

« Ai-je le choix ? » ai-je envie de lui répondre. Je suis dans une ville dont je ne connais rien, ma petite sœur attend mon arrivée à environ trente minutes de route, dans un coin perdu, et aucune autre agence de location n'est ouverte. Et puis, ce n'est pas comme si je n'avais pas l'habitude de conduire une cacahuète, avec ma vieille Twingo mal en point.

— Il y a la clim ?

— Bien sûr, nous sommes en 2018 ! plaisante-t-il.

Je pince les lèvres. Sans antenne et sans clim, ma Twingo lui semblerait être un cube tout droit sorti de la casse. J'accepte son offre d'un hochement de tête et il imprime une liasse de formulaires. Quelques minutes plus tard, je me trouve au volant d'une coque de noix vert menthe.

Le GPS me conduit dans des bourgades aux noms plus excentriques les uns que les autres. Après quarante minutes de routes sinueuses, je finis par arriver à Saint-Barthélemy-le-Plain et la machine m'invite à m'enfoncer dans la nature, loin de tout quartier résidentiel. J'atterris finalement sur un petit chemin de terre où la Fiat cahote à m'en donner la nausée. Au milieu des bosquets, je décèle un panneau en bois annonçant « Camp des Loups gris ». Je pousse un soupir de soulagement, bien décidée à récupérer ma sœur puis à rebrousser chemin le plus vite possible.

Je me gare devant une butte de terre et trouve une monitrice rassemblant des gamins d'une dizaine d'années devant un totem.

— Allez les p'tits loups, on se dépêche !

Un petit blond joufflu traîne la patte en râlant.

— Monique, j'ai encore mal au ventre.

Je fronce les sourcils en claquant la portière puis je m'avance de quelques pas.

— Retourne aux toilettes, Danny. S'il y en a d'autres qui doivent y aller, dépêchez-vous, nous commencerons la veillée dans dix minutes.

— Il m'en faudra au moins quinze, garantit le garçon en se dandinant jusqu'à un petit bâtiment derrière le totem.

La monitrice pose alors les yeux sur moi.

— Je peux vous aider ?

— Bonsoir, je suis Lily Pertet, la sœur de Manon. On m'a convoquée ce matin.

La femme blêmit et les gamins échangent des chuchotements horrifiés. Avant que je n'aie le temps de demander où je suis attendue, une petite rousse pointe un doigt accusateur dans ma direction et s'écrie :

— Tous aux abris, elle va nous empoisonner comme sa sœur !

— Du calme, il ne va rien se passer du… Joëline ! Reviens ici tout de suite !

Les enfants se dispersent et la monitrice ne me prête plus la moindre attention, s'efforçant de rassembler son troupeau. Je m'applique à esquiver les électrons libres et je me dirige vers les bâtiments. Dans mon dos, la voix de la monitrice retentit :

— Deuxième chalet sur la droite !

— Merci !

Je presse le pas et je toque à la porte de la maisonnette indiquée. Une cinquantenaire en polo bleu cyan m'ouvre en souriant.

— Vous êtes mademoiselle Pertet, je suppose ?

J'acquiesce et je m'empare de la main qu'elle me tend. Elle m'invite à prendre place à son bureau d'un signe du menton puis se concentre sur un téléphone posé au sommet d'une pile de dossiers. Après avoir pressé quelques touches, elle demande :

— Luc, pouvez-vous amener notre jeune scientifique, je vous prie ?

— Dieu merci ! Je n'en peux plus d'entendre parler de mythologie nordique. Comment voulez-vous que l'on y comprenne quelque chose avec des noms pareils ?

Madame Jolimont raccroche et se laisse tomber dans son fauteuil. Elle joint ses mains sur le bureau et me regarde d'un air désolé.

— Bien… Ce n'est vraiment pas dans notre politique d'exclure des pensionnaires, mais nous ne pouvons pas mettre la santé des autres enfants en danger. Je suis navrée.

Elle semble sincère. Je peine à accepter l'idée que ma petite sœur, qui a toujours appliqué les règlements avec une minutie effrayante, ait pu commettre un acte si grave qu'elle soit virée d'un camp de vacances. Je prends mon courage à deux mains et pose enfin la question qui me brûle les lèvres depuis que la directrice m'a téléphoné, en début d'après-midi.

— Et… Hum… Du coup, de quoi est-elle coupable ?

La quinquagénaire se pince les lèvres en joignant les mains. Elle s'apprête à me répondre au moment où la porte du chalet s'ouvre timidement. Un homme entre en premier puis je découvre Minnie, les yeux rivés sur la pointe de ses baskets. Elle n'en mène pas large.

— Prenez place, je vous en prie.

Minnie se dirige vers le fauteuil à ma gauche, hésite un instant puis se fige. Sans un mot, elle se rue à mon cou et me serre fort dans ses bras. Je ne peux m'empêcher de lui rendre son étreinte et de déposer une série de baisers sur ses joues. Après quelques secondes d'effusion, ma sœur relâche d'elle-même sa prise et obéit aux ordres de madame Jolimont.

— Pour répondre à votre question, reprend la directrice, votre sœur a déversé des boîtes entières de laxatif dans les marmites du repas commun. Tous les membres du camp ont eu droit à un lavement de premier choix. Il est seulement dommage que nous n'ayons pas autant de sanitaires que de résidents.

Je n'en crois pas mes oreilles. Mon regard passe de Minnie à la directrice puis de la directrice à Minnie. Mes lèvres gobent l'air comme une carpe.

— Mais… Mais comment as-tu pu te procurer ces médicaments ?

C'est la première question qui me vient à l'esprit. Je n'arrive pas à croire que Minnie ait pu élaborer un tel plan.

— C'est Christine, la mono des huit-douze ans. Je la voyais en prendre après chaque repas du soir, alors je suis allée me servir dans son chalet.

Je suis déconcertée par le naturel avec lequel elle me répond, à tel point que je suis incapable de la gronder ou d'enquêter plus en profondeur sur son crime. Les mots me manquent.

— Compte tenu de la situation familiale délicate que vous connaissez dernièrement, nous avons décidé de ne pas parler de l'incident sur la boîte vocale du centre, mais plusieurs enfants ont des téléphones et certains parents ont été avertis. Vous comprenez que nous ne pouvons pas garder Manon avec nous.

J'approuve du bout des lèvres. Le dénommé Luc me désigne la valise de Minnie et j'emprunte le chemin de la sortie dans un état second. Les gamins détalent à notre passage. Les plus courageux adressent des grimaces ou des malédictions à ma petite sœur. Je la pousse avec empressement vers la voiture, fourre sa valise dans le coffre puis enclenche le contact sans un regard en arrière.

Je n'ai pas la moindre idée de ce qu'il convient de faire dans une telle situation. Mais j'ai lu *Sa Majesté des Mouches*, et je n'ai aucune envie d'expérimenter ce qu'une bande de gamins en colère peut imaginer pour vous punir. Mieux vaut lever le camp !

62

L'auberge que j'ai réservée se trouve à une dizaine de kilomètres du camp des Loups gris. Nous effectuons les premières minutes du trajet en silence. Derrière la mine renfrognée que je m'efforce d'adopter se cachent en réalité des dizaines de questions. Je n'ai pas la moindre compétence parentale. Mon expérience avec Minnie s'est toujours résumée au rôle de grande sœur, et voilà que je dois gérer une situation de crise. J'imagine que je suis censée la sermonner mais, tout ce dont j'ai envie, c'est la serrer contre moi. Sa bouille ronde m'a manqué pendant ces deux semaines à Paris.

Finalement, c'est Minnie qui rompt le silence en premier. Le regard tourné vers la vitre, elle demande :

— On rentre à la maison ?

— Non, j'ai réservé une auberge.

— Où ça ?

— À Boucieu-le-Roi.

Je l'observe du coin de l'œil. Elle fait la moue en reportant son attention droit devant elle.

— J'ai pas envie d'aller là-bas.

— Moi non plus. Mais crois-moi, tu auras encore moins envie d'affronter nos parents lorsqu'ils sauront ce que tu as fait.

— Mais j'connais pas Boucieu-le-Roi. J'en ai marre que tout change tout le temps.

Je pousse un soupir las. Le moment est venu d'adopter un rôle de composition.

— Dans ce cas-là, il ne fallait pas te faire virer du camp de vacances. Tu vas déverser du laxatif dans ma nourriture pour te défouler, là aussi ?

Je lui adresse un regard noir. Comme si, moi, je mourais d'envie d'aller à Boucieu-le-Roi ! Rien que le nom me déprime.

Minnie se renferme en elle-même quelques secondes, tournant ma pique dans tous les sens. Elle finit par répondre d'un ton égal :

— Non. Je pense que je t'ai assez emmerdée en t'obligeant à quitter Paris.

— Eh ! Surveille ton langage, jeune fille.

Je la réprimande pour la forme mais, intérieurement, son jeu de mots m'arrache un sourire. Elle tourne à nouveau la tête vers la vitre et je reporte mon attention sur la route. Bien qu'il ne soit pas encore 20 heures 30, le jour décline sérieusement et les tronçons de route qui traversent les bosquets nécessitent l'usage des phares. Je suis impatiente d'arriver à l'auberge pour engloutir un repas d'ogresse et m'écrouler dans un vrai lit. Toute cette route et ce cocktail d'émotions m'ont épuisée.

— Merci d'être venue, souffle Minnie.

Je hoche la tête pour toute réponse et rétrograde en troisième vitesse pour pousser notre coque de noix dans une côte. Une fois au sommet, je demande :

— Pourquoi des laxatifs ?

Minnie aurait pu se faire exclure de mille manières. Sa méthode me semble quelque peu… brutale. Même si j'imagine que nous en rirons aux larmes quand nous raconterons l'anecdote aux prochains repas de famille, une fois tous nos tracas tassés.

Elle hausse les épaules d'un air égal.

— À cause de Catherine de Médicis.

Je gobe à nouveau l'air. Cette gamine a le don de me laisser à court de mots !

— Catherine de Médicis ? La Catherine de Nostradamus, des fioles de poison, de Diane de Poitiers, etc. ?

L'avantage d'avoir une sœur passionnée par les monarques des temps jadis, c'est qu'on retient quelques infos au passage. Minnie acquiesce en poussant des « han, han » en signe d'évidence.

— Catherine de Médicis n'hésitait pas à éliminer ses opposants pour parvenir à ses fins. Je me suis contentée de suivre l'exemple d'une des femmes les plus influentes de l'histoire.

— Bien sûr…

Là, je jette l'éponge. Que répondre à cela ? Ma sœur est une science-fiction à elle seule. Personne n'est prêt pour les plans qu'invente son esprit. Si on lui confiait un royaume, je suis convaincue que cela virerait à un savant dosage entre la Terre du Milieu, l'URSS et Narnia. Son peuple n'aurait qu'à bien se tenir dans la société idyllique qu'elle organiserait.

Nous arrivons dans les rues pavées du petit village où j'ai réservé notre auberge. Des maisonnettes en pierres apparentes se dressent le long des rues étroites et je suis bien contente de n'avoir qu'une petite Fiat à piloter dans ces coupe-gorge. Après quelques minutes d'exploration à dix kilomètres heure, le GPS émet une sonnerie agaçante et la voix robotique m'annonce que nous sommes arrivées. Minnie passe la tête par la fenêtre pour mieux jauger notre hébergement.

— C'est… vieux, décrète-t-elle en faisant la moue.

J'entre sur le petit parking attenant à l'auberge et coupe le contact.

— Eh bien, tu n'auras qu'à imaginer que c'est un château médiéval.

Minnie ouvre la portière et je l'imite. Alors que je sors nos affaires du coffre, elle détaille le bâtiment, les poings sur les hanches.

— Ni douves, ni meurtrières, on n'est vraiment pas sur le même niveau de divertissement.

Je pose nonchalamment sa valise à ses pieds, mon sac de sport sur l'épaule.

— Chère petite sœur, il va sérieusement falloir que tu révises ta définition du divertissement. Allez ! En route, mauvaise troupe.

Je me mords la langue aussitôt cette phrase prononcée. Le souvenir de Basile me convainquant de le suivre chez ses grands-parents avant notre première nuit ensemble me gifle de plein fouet. Je secoue la tête et m'efforce de rassembler mes esprits. Ce n'est pas le moment de laisser libre cours à la nostalgie. Le passé doit rester à sa place : loin du présent. Pour le moment, la priorité est de nous mettre à l'abri pour la nuit et de trouver comment annoncer à nos parents que Minnie s'est fait exclure du Camp des loups Gris.

La nuit ne sera sûrement pas aussi reposante que je le voudrais…

63

Un petit bout de femme aux cheveux argentés nous accueille chaleureusement à l'entrée de l'auberge Moulinet. Elle nous guide jusqu'à la chambre qui nous est réservée en fantasmant sur les raisons de notre venue.

— Vacances entre sœurs ? suppose-t-elle en nous souriant de toutes ses dents. C'est merveilleux de cultiver les liens familiaux de la sorte. Merveilleux !

Je pose une main ferme sur le bras de Minnie pour l'empêcher de répondre. Je suis trop fatiguée pour expliquer à une inconnue que notre grand-père vient de mourir, que j'ai tout plaqué pour suivre mes rêves littéraires à Paris et que j'ai été brutalement ramenée sur Terre lorsque ma petite sœur a déversé des quantités astronomiques de laxatif dans les marmites prévues pour le dîner de tout un camp de vacances. Je me contente de rendre son sourire à notre hôte et de récupérer la clé accrochée à un bouchon de liège qu'elle nous tend.

— Si vous avez faim, nous servons le dîner jusqu'à 21 heures.

Un simple coup d'œil en direction de Minnie me confirme qu'elle est aussi affamée que moi. Nous nous empressons d'abandonner nos affaires dans la chambre rustique puis de filer en direction de la salle à manger.

Un couple dîne au bout de la grande table commune. Minnie et moi prenons place à l'autre extrémité après les avoir gratifiés d'un vague signe de tête. Nous commandons le plat unique et attaquons sévèrement les petits pains dispersés sur la table en attendant nos assiettes.

— Tu ne te plaisais vraiment pas, chez les Loups gris ?

Minnie mord goulûment dans une miche et secoue la tête de gauche à droite.

— Pourtant vous avez visité un château, d'après ce que m'a raconté Mamie.

Elle fronce les sourcils en déglutissant puis ses lèvres se tordent en signe de mépris.

— Des pierres sans intérêt, balaie-t-elle d'un revers de main. C'est une propriété privée, complètement retapée, et on ne peut même pas voir l'intérieur. Du décor de cinéma ! Rien d'autre.

Je pince les lèvres, désolée que ma petite sœur ne retienne pas la moindre note positive de son séjour. L'aubergiste arrive avec deux assiettes fumantes qu'elle pose devant nous, interrompant mes questions.

— Et voilà pour vous, mes jolies. Si vous avez besoin de quoi que ce soit, je serai dans la cuisine. Vous n'aurez qu'à crier « Anne ! » et j'apparaîtrai, nous informe-t-elle en imitant la scène, sa main en porte-voix.

— Ça semble délicieux, merci.

Mon compliment accroche un immense sourire sur son visage. Elle me tapote gentiment l'épaule, adresse quelques mots au couple en bout de table puis disparaît dans la cuisine. Je lève les yeux sur Minnie et je constate qu'elle s'applique déjà à séparer les divers aliments de son assiette. Elle entasse les fagots de haricots verts en une pyramide parfaite, dispose la tranche de gigot à seize heures, juste à la lisière du liseré doré qui parcourt la faïence, et s'évertue à racler minutieusement les morceaux de gratin dauphinois qui ont touché la viande. J'ai déjà englouti ma portion de légumes lorsque son œuvre est achevée.

— Il n'y avait vraiment rien pour relever le niveau de ces vacances ?

Minnie mâche longuement, tapotant bruyamment le milieu de son assiette avec la pointe de son couteau. Le couple en bout de table nous lance des regards mi-agacés, mi-interrogateurs.

— Hum… Il y avait bien Thibaut.

Je hausse un sourcil interrogateur en enfournant un bout de gigot dans ma bouche.

— Thibaut ? Qui est ce jeune homme ?

Elle hausse les épaules, égale.

— Un garçon. Il était sympa mais il parlait beaucoup trop de *Star Wars*.

— Oh ! Je vois. Et ça ne te laissait pas assez de place pour parler d'Histoire, j'imagine ?

Minnie arrête sa fourchette à l'entrée de sa bouche, les yeux levés comme si la réponse à ma question se trouvait au plafond.

— Exact.

Elle enfourne sa fourchetée et déglutit rapidement.

— Du coup, j'ai décidé que je ne voulais plus être amoureuse de lui.

Je manque de m'étouffer avec une gorgée d'eau.

— Am… amoureuse ?

Je n'aurais pas cru que ce moment arriverait si tôt. Jusqu'alors, Minnie n'avait jamais manifesté le moindre intérêt pour les garçons. Au mieux, ils la toléraient. Au pire, ils la martyrisaient. Elle n'avait, à ma connaissance, que deux amis : Noémie et Ilhan. Mais à aucun moment elle n'avait considéré Ilhan comme un amoureux potentiel. Ni Noémie, d'ailleurs.

Une bouffée de chaleur m'envahit. Je crois que c'est de la fierté. Oui, je suis fière d'être la première personne au courant de cette grande nouvelle. Minnie a éprouvé des battements d'ailes dans le ventre ! Ma petite sœur si différente, dont on craignait qu'elle peine à se trouver une place dans la jungle sociale, a été suffisamment proche d'un autre être humain pour développer des sentiments amoureux à son égard. Même si ceux-ci ont été sabotés à coups de sabre laser…

— C'est bien comme ça qu'on dit, quand on a envie que quelqu'un nous embrasse, non ?

J'acquiesce du bout des lèvres.

— Mais Minnie… On ne décide pas d'arrêter d'aimer quelqu'un ! Ce serait trop facile. Les psys n'auraient plus un seul patient, l'industrie du chocolat s'effondrerait et les actions de Kleenex ne vaudraient plus rien.

Elle fronce les sourcils, dubitative.

— C'est idiot. C'est mon cerveau ! C'est moi qui décide de qui a le droit d'occuper ses pensées.

— Bien, si tu le dis…

Je baisse les yeux sur le contenu de mon assiette, triturant les filaments de haricots verts collés sur la faïence. Peut-être qu'elle n'a éprouvé que des balbutiements de battements d'ailes et que celles-ci n'ont pas réussi à se déployer, finalement.

— Mais c'est vrai que ça ne me dérangeait pas tellement, qu'il parle autant de ses trucs de science-fiction, souffle-t-elle.

Je souris, songeant à l'instant catastrophique où j'ai essayé de monter sur une planche de skateboard pour plaire à Basile, et à toutes les fois où je l'ai écouté commenter les marches des bâtiments publics et les bacs de fleurs. « Tiens, il y a des skaters dans le coin ! Tu vois les traces noires ? C'est de la wax pour améliorer la glisse. » Ou encore : « Regarde les plaquettes métalliques, la mairie a placé ça pour empêcher qu'on skate ici. » Moi, je n'en avais rien à faire, des planches à roulettes, des rampes pour handicapés parfaites pour réaliser des figures et des dispositifs antiriders. Mais quand c'était lui qui en parlait, j'avais l'impression de découvrir Paris à travers un prisme tout nouveau. Et c'était bizarrement excitant.

Je suis sûre que Minnie, qui a toujours préféré les personnages historiques aux héros fictifs, a développé malgré tout un intérêt pour les Sith et les Jedi.

— Félicitations, ma grande ! C'est exactement ce que fait l'amour : il t'apprend à écouter pendant des heures des sujets qui ne t'ont jamais intéressée plus d'une minute.

— L'amour, c'est un peu comme une leçon en fait ?

Je m'accorde quelques secondes pour réfléchir, le coude posé sur la table et le visage appuyé contre mon poing.

— Oui. Quand tu le vis ou quand il te quitte, l'amour t'apprend toujours quelque chose…

64

Je m'éveille de bonne heure, chatouillée par les rayons du soleil qui filtrent à travers les rideaux ocre de la chambre. Minnie dort paisiblement contre moi, ses pieds étalés sur mes jambes. J'étire doucement mes bras et je savoure les jeux de lumière qui dansent autour de la fenêtre.

Sans un bruit, je m'extrais du lit en m'efforçant de ne pas réveiller ma petite sœur. Elle grogne un peu et se roule en boule lorsque je me redresse complètement mais ses yeux restent clos. J'enfile une robe, j'attrape mon téléphone et je descends dans la salle à manger. Après un grand bol de chocolat chaud, j'appellerai Mamie Mariette pour l'informer des frasques de Minnie et de notre retour imminent. Elle saura préparer le terrain auprès de nos parents, et nous pourrons rentrer sans trop de casse en début de soirée.

Lorsque j'entre dans la pièce, Anne lève les yeux sur moi et m'accueille d'un grand sourire.

— Vous avez bien dormi, ma jolie ?

Elle est en train de disposer des pots de confiture sur la table. Des pains au lait, du miel, des toasts et des bocaux de céréales s'y trouvent déjà.

— À merveille, j'ai l'impression d'avoir rattrapé un an de sommeil !

Je me laisse tomber sur le banc en bois et je m'empare de l'assiette de pain au lait, après avoir pressé le bouton de mon téléphone pour l'allumer. Pendant ce temps, Anne apporte des carafes en inox fumantes.

— Le couvercle bleu, c'est le café. Le noir, c'est le chocolat chaud !

Je tape joyeusement des mains et m'empare du pichet noir.

— Oh ! Vous lisez dans mes pensées.

Je verse le liquide brun dans un bol et Anne s'assied en face de moi.

— Vous permettez que je vous tienne compagnie un instant ?

— Faites donc !

Sur la table, mon téléphone s'éveille à son tour et une série de notifications le secouent de vibrations. Je m'empresse de le passer en mode silencieux et de le tourner face contre table. Le bref coup d'œil accordé à mon écran ne m'a rien appris d'intéressant : aucun message de ma famille, ni de Basile, ne m'attend.

— Dites-moi, ma jolie… Vous avez des ennuis ?

Mes yeux s'écarquillent et je manque de faire tomber mon bol de chocolat.

— Je vous demande pardon ?

— Ça fait trente ans que j'ai cette auberge. Des têtes, je peux vous dire que j'en ai vu passer ! Des familles, des amoureux, des infidèles, des cocus, des citadins en mal de vert… Mais des bouts comme vous deux, ça, jamais. Le voyage entre sœurs, je veux bien y croire. Mais il y a un truc dans vos yeux, ma jolie. Un truc qui sent le chagrin.

Je pose le bol sur la table, tremblante.

— Je peux me tromper, reprend Anne en levant les mains comme pour accueillir l'erreur. Mais j'en doute. Et si vous avez des ennuis, je préfère vous donner une chance de demander de l'aide plutôt que de vous laisser reprendre la route en prétendant n'avoir rien remarqué d'étrange. C'est pas le genre de la maison.

Soudain, c'est comme si ses mots avaient appuyé sur un énorme bouton de commande « ouverture des vannes ».

Mes yeux s'embuent, mes narines se liquéfient et je fonds en larmes. C'est l'Aqualand des émotions. Tous les sentiments que j'ai refoulés depuis des semaines se font la malle sur les toboggans de mes sinus et de mes joues.

Anne s'empare d'un petit tas de serviettes et le pose devant moi en murmurant « Allons, allons ».

— Qu'est-ce qui vous met dans cet état, mon chou ?

Alors je lui raconte tout. La mort de mon grand-père, le besoin vital d'honorer sa mémoire, de ne pas rester dans un lieu où je me sens dépérir. Le grand brun qui m'a brisé le cœur tout en me faisant découvrir qu'il était là, fonctionnel et prêt à l'amour. Et ma petite sœur qui m'a rappelée à mes obligations familiales.

— Et maintenant, je suis terrifiée à l'idée de rentrer. Je sais que nos parents nous aiment, mais j'ai l'impression d'être une fille indigne. Et après le coup d'éclat de Minnie, vous imaginez ? À quoi nous allons ressembler, en passant la porte ? On sera loin du retour des enfants prodigues…

Anne croise ses mains sous son menton.

— Bon, déjà je suis rassurée de ne pas avoir à appeler la police. Je ne vous cache pas que je vous imaginais déjà braqueuses de banque… Mais votre petite Fiat m'a mis le doute.

J'émets un gloussement entre deux reniflements.

— Mais il y a une chose que j'aimerais savoir… Pourquoi êtes-vous si effrayée à l'idée de déborder ? Fille modèle, sœur parfaite, petite-fille irréprochable… Bon sang ! Mais qu'est-ce que *vous*, vous voulez vraiment ? On s'en fiche de ce que les autres attendent. Sortez du moule, débordez… Tenez, prenez Picasso. Tout le monde s'en fout, de ce qu'il a fait de beau. Ce sont les nez de travers et les pieds sur la tête qui l'ont rendu célèbre. Et les gens paient des millions pour ça.

J'enfouis mon visage dans une petite serviette en papier et me mouche bruyamment. Quand je pose à nouveau les yeux sur Anne, je la trouve en train de me couver d'un regard bienveillant, des fossettes au coin des lèvres. Cette femme est un pain au chocolat. J'ignore comment c'est possible, mais je jure sur le journal de mon grand-père qu'elle est la fille du dieu des pâtissiers !

— Eh bien… J'imagine que je ne suis pas assez souple pour un pied sur la tête, je souffle en souriant timidement.

— Ma jolie, la souplesse, c'est comme tout ! Ça se travaille.

Anne s'empare de mon bol et y verse une nouvelle lichée de chocolat chaud, bien décidée à s'assurer de mon confort.

— Maintenant, faites-moi plaisir… Quand vous rentrerez chez vous, embrassez vos parents. La vie est trop courte pour se demander si on est assez bien. Vous êtes. C'est déjà merveilleux.

J'entoure le bol de mes mains pour laisser sa chaleur m'envahir et calmer mes nerfs.

— Promis.

Anne sourit en hochant la tête d'un air entendu puis quitte la table pour me laisser déjeuner en paix. L'auberge est délicieusement calme. Seul le gazouillis des oiseaux enchante les lieux d'une mélodie apaisante. Je m'accorde le temps de manger tranquillement, dégustant chaque bouchée de pain au lait trempé dans le chocolat. J'ai l'impression d'avoir huit ans et d'être en vacances chez mes grands-parents, lorsqu'ils habitaient encore à la campagne. Quand je ferme les yeux, j'entends presque Papi Henri regarder les dessins animés dans le salon en commentant les frasques de Tom et Jerry.

Il doit être 10 heures moins le quart quand je termine mon petit-déjeuner. Minnie n'a pas donné signe de vie ; j'imagine qu'elle a beaucoup de sommeil à rattraper après toutes ces émotions. Je m'empare de mon téléphone, d'une viennoiserie pour ma sœur puis je sors dans la cour de l'auberge dans l'espoir de joindre Mamie Mariette. Un petit chat roux se balade sur les gravillons, il m'observe d'un air curieux avant de se laisser tomber dans un rayon de soleil qui balaie la cour. Je m'accroupis à ses côtés, caressant son pelage pendant que les tonalités de l'appel résonnent dans mon oreille.

Dix secondes. Quinze. Puis vingt. Puis…

« Bonjour, vous êtes bien sur le répondeur d'Henri… et de Mariette… Nous ne sommes pas… »

Je raccroche, frustrée. Le chat sursaute et miaule, l'air de dire « Laisse-moi dormir tranquillement ! ». Je l'ignore et me laisse tomber en tailleur sur les graviers, la viennoiserie pour Minnie sur mes genoux. Pourquoi Mamie Mariette est-elle si difficile à joindre ? Depuis ma tentative la semaine dernière, je n'ai pas réussi à la contacter autrement que par la poste. Je veux bien qu'elle soit *old school*, mais tout de même, le vintage a ses limites ! La situation est beaucoup trop pressante pour que je lui écrive une lettre. Qu'est-ce que je suis censée faire, avec une ado de quinze ans accro à la routine sur les bras et aucun sou en poche ?

J'attends quelques minutes, jouant avec le chat. Peut-être que Mamie était sous la douche. Ou en pleine tentative de sauvetage des fleurs de Papi. J'appâte le petit roux avec un bout de bois, lui faisant faire des roulades, un œil rivé sur l'horloge du téléphone. J'ignore qui, du chat ou de moi, se lasse en premier mais il finit par m'ignorer et je me remets debout aussitôt.

Nouvelle tentative d'appel. Nouvel échec.

À ce stade, il ne me reste qu'une seule option. Celle que je redoute plus que tout. Celle qui me terrifie depuis deux semaines. Appeler mes parents directement. Je tourne en rond devant la porte de l'auberge, fébrile. Même le gazouillis des oiseaux n'arrive plus à m'apaiser. Mais je me rassure avec les paroles qu'Anne vient d'énoncer. Après tout, elle a raison. Je suis trop vieille pour avoir peur de mettre mes parents en colère. Si j'ai été capable de partir, je dois être capable de revenir la tête haute.

Puis… sans vouloir balancer, c'est quand même Minnie qui a fait la plus grosse bêtise.

Allez ma grande, t'as pas le choix. T'as tué personne. T'as pas braqué de banque. Minnie a besoin de sa maison et de ses parents.

Je prends une grande inspiration.

Et toi aussi.

Waouh. C'est difficile à reconnaître à voix haute, même sans public pour entendre mes aveux.

Je presse le bouton d'appel et je patiente en trépignant sur place. Mes mains tremblent. Mon souffle est court. Je n'ai pas parlé à Maman de vive voix depuis son appel pour me remonter les bretelles, le lendemain de mon départ. J'ai bien tenté de l'appeler plusieurs fois, mais chaque fois je suis tombée sur le répondeur, et je dois dire que cette distance avait quelque chose de confortable.

Je me demande si elle sera contente de m'entendre ou si nos premiers échanges seront froids. Oh ! Et si Papa décrochait ? Il ne prend quasiment jamais les appels, prétextant ne pas savoir quoi raconter à ceux qui souhaitent nous joindre. Mais cette fois, je suis sûre qu'il aurait des tas de choses à dire.

Les tonalités se succèdent et l'appréhension cède totalement la place à l'excitation. J'ai envie d'entendre mes parents. J'ai envie que notre famille soit réunie. J'ai envie que…

« Bonjour, vous êtes bien sur le répondeur des Pertet… »

Je coupe l'appel comme il a coupé mon élan d'enthousiasme. Bon sang ! Les membres de ma famille sont-ils tous devenus des ministres ? Quand je vais bien, on me harcèle de messages et de coups de fil. Mais quand je dois tout plaquer pour aller récupérer mon apprentie-toxicochimiste de petite sœur dans un camp perdu en Ardèche, là, il n'y a plus personne.

Je retente ma chance en composant le numéro de portable de Maman. Si elle ne décroche pas, je n'ai pas la moindre idée de ce que je suis censée faire de Minnie. Rouler tout droit vers notre petit village ? Débarquer sans s'annoncer ?

— Allô ?

La voix étouffée de Maman me surprend tellement que je manque de lâcher le téléphone.

— Ah ! Bonjour, je suis contente de t'entendre. J'ai bien cru que Mamie et toi aviez coupé vos lignes fixes.

— Tu as appelé Mamie ? Qu'est-ce qu'il y a ? Tu vas bien ?

— Oui, cela fait une semaine que j'essaie de la joindre, mais elle ne décroche jamais. C'est à vous qu'il faut demander si tout va bien.

— Elle n'est pas beaucoup chez elle, nous avons beaucoup de choses à régler, dit Maman.

C'est si compliqué à gérer que ça, la mort ? Combien de formulaires faut-il remplir pour informer la Terre que l'on rompt son bail de location en surface ? À moins que ce ne soient toutes ces histoires de dettes qui encombrent la tête et les journées des femmes Douvier...

— Tu as besoin de quelque chose ? reprend-elle.

— Hum... Oui. Non... Enfin... Comment dire... Bon, il n'y a pas de bonne manière d'annoncer ça alors je vais faire simple : Minnie a été exclue de son camp de vacances. On m'a appelée hier pour que je vienne la récupérer au plus vite...

— Quoi ? éructe Maman sans me laisser le temps de finir mes explications. Comment ça, Minnie a été exclue ? Où es-tu ? Elle va bien ?

— Du calme, Minnie va bien. Tes deux filles vont bien. J'ai pris le premier train pour venir la chercher et nous avons dormi dans une auberge. Je prévois de rentrer à la maison avec elle dans la journée. Je voulais juste te prévenir.

Silence au bout du fil. Drôle d'ascenseur émotionnel, je m'attendais plutôt à ce que Maman continue à m'assommer de questions. À moins qu'elle ne soit tombée dans les pommes. Oh mon…

— Non, ne rentrez pas.

Ai-je mal entendu ? Celle-là, je ne l'avais pas vue venir.

— Pardon ?

— C'est la folie, ici. Je passe mon temps à jongler entre le travail et les rendez-vous de Mamie. Ton père prend le relais dès qu'il peut mais il est débordé, lui aussi. C'est peut-être une bonne chose que vous soyez toutes les deux. Que vous preniez quelques jours de vacances. Je ne peux vraiment pas m'occuper de vous, tu me sauverais la mise en restant en Ardèche. Ou ailleurs, si tu préfères. Papa te fera un virement ce soir pour payer vos frais.

S'occuper de nous ? Mais j'ai vingt-trois ans, et Minnie m'a tout l'air de s'avérer très créative par ses propres moyens. Je ne sais pas si elle se rend compte qu'elle s'inquiète pour rien…

— Payer nos frais ? je répète, incrédule. Mais on n'est pas en séminaire d'horticulture, là. Qu'est-ce que je suis censée faire avec Minnie, moi ? Jusqu'à quand je dois jouer les monitrices de colo ?

J'ignore pourquoi j'ai pensé à l'horticulture en premier. Les situations stressantes placent toujours d'étranges idées dans mes argumentations. Toujours est-il que je ne comprends pas le raisonnement de Maman. D'abord, elle est scandalisée parce que je décide de ne pas rester à la maison pour m'occuper de ma sœur. Maintenant, elle ne veut plus que je suive son plan initial et que je rentre au bercail.

— Donne-moi trois jours. Trois jours pour tout mettre en ordre et pouvoir renfiler ma casquette de Maman. Tu veux bien ?

— Il ferait bien de joindre un guide touristique de l'Ardèche à son virement, Papa. Parce qu'on est loin d'un Club Med, ici.

J'entends Maman émettre un soupir de soulagement. Que peut-elle redouter au point de se mettre dans des états pareils ?

— Merci, ma chérie. Merci pour tout. Tu as fait ce qu'il fallait.

— J'imagine que je suis pardonnée ?

— Tu n'as commis aucun crime pendant ces deux semaines ? demande-t-elle, un sourire dans la voix.

— J'ai oublié de composter un ticket de métro, un soir. Hormis cela, non, aucun.

— Alors il n'y a rien à pardonner. J'ai hâte que toute la famille soit réunie. Tu n'imagines même pas !

J'acquiesce mais une petite voix dans ma tête se demande pourquoi elle repousse notre arrivée, si elle est si pressée que les Pertet soient réunis. Que se passe-t-il qu'on ne me dit pas ?

65

Je remonte dans la chambre et trouve Minnie assise sur le lit, un roman sobrement intitulé *Cléopâtre* dans les mains. Je me laisse tomber à ses côtés et lui tends la viennoiserie quelque peu écrasée dans sa serviette en papier.

— Je ne peux pas manger ça.

Elle observe le croissant abîmé d'un œil dédaigneux.

— Mais si, il te suffit de l'enfourner dans ta bouche et de mâcher avant d'avaler. Un jeu d'enfant.

Je pose un bras sur mes yeux, complètement dépassée par la tournure que prennent les événements. Je me suis souvent occupée de Minnie, mais pas comme ça. Pas H24, pendant plusieurs jours. Pas loin d'un environnement où elle se sent en sécurité. Comment jouer à la baby-sitter modèle alors qu'à deux heures de route, nos parents semblent s'efforcer de cacher quelques secrets sous le tapis ? Je n'ai pas la tête à ça. Devrais-je désobéir à Maman et rentrer dans la journée ?

— Non, les croissants doivent avoir la forme d'un croissant de lune avec une croûte croustillante. Ils ne sont pas plats et effrités.

— Celui-là, si !

Ma voix s'est manifestée bien plus violemment que je ne le pensais. Minnie a un mouvement de recul et je pousse un soupir las. Ma tête est une Cocotte-minute sur le point d'exploser.

— Désolée, je ne voulais pas m'emporter.

Ma sœur pose la viennoiserie sur la table de chevet, referme soigneusement son livre puis se tourne enfin vers moi, l'air grave.

— On rentre à la maison aujourd'hui ?

Je pince les lèvres, démunie. Maman a tellement insisté pour que nous restions… Si je romps ma promesse, que va-t-il nous tomber sur la tête ? D'un autre côté, je brûle d'aller soulever le tapis et d'agiter tout ce qui peut bien se cacher au-dessous. Les secrets, moi, ça me donne des démangeaisons. Je peux difficilement rester sagement assise dans cette auberge sans avoir envie de me gratter !

Minnie me fixe, attendant ma réponse de pied ferme. Si je suis tentée de répondre par l'affirmative, je me ressaisis et je décide d'honorer ma promesse envers Maman. Trois jours, ce n'est pas si long. Une fois ce délai passé, quoi qu'il advienne, je mettrai le cap vers notre maison.

— Non. Pas tout de suite. Maman doit encore régler beaucoup de choses.

Étrangement, ma réponse ne l'étonne pas. Elle se contente de hocher légèrement la tête, songeuse.

— Quand alors ?

— Dans trois jours.

— Bien, répond-elle laconiquement avant de reprendre son livre.

Je m'attendais plutôt à la demande expresse d'un argumentaire en trois parties pour justifier le fait que nous ne rentrions pas. Sa docilité me surprend mais je ne vais pas m'en plaindre. Pourvu qu'elle la conserve tout au long de notre séjour !

66

Après avoir prolongé notre réservation dans l'auberge d'Anne et la location de notre coque de noix, je décide d'emmener Minnie manger un morceau. Nous nous arrêtons dans un gril familial en zone commerciale. L'horreur esthétique incarnée, mais bien pratique.

Ma sœur commande une double ration de frites avec sa viande et se plonge dans son livre pendant que nous attendons nos plats. Je profite de son tête-à-tête avec Cléopâtre pour consulter des brochures touristiques présentées à l'entrée du restaurant. Autant dire que ce n'est pas folichon. Des lacs, des monts, une ferme… Aucune activité susceptible de nous intéresser, ni l'une, ni l'autre. Je commence à penser que je ne parviendrai jamais à rendre ces trois jours intéressants lorsque mes yeux se posent sur le prospectus d'un château. Un vrai de vrai, pas un décor de cinéma ! Je m'empresse de googler l'adresse et je retiens un cri de joie en découvrant que l'édifice n'est qu'à une vingtaine de minutes de nous !

Cette escapade ne s'annonce pas si désastreuse, finalement…

— Pourquoi tu souris bêtement ?

Je hausse les sourcils, toujours charmée par le tact de ma petite sœur. Mais je compte bien lui réserver une surprise avec la visite du château.

— Pour rien, j'élude sur un haussement d'épaules. J'apprécie simplement ta compagnie.

Minnie me scrute pour déterminer si je suis sarcastique ou non. Je dois lui paraître sincère car elle soupire avant de replonger dans sa lecture. Je range les prospectus dans mon sac et m'enfonce dans la banquette en sky, balayant la salle du regard dans l'espoir de repérer notre serveur avec nos plats. Il y a beaucoup de familles, avec des gamins bruyants qui pleurent parce qu'ils ont mis trop de ketchup sur leurs frites ou parce qu'ils voulaient un steak haché au lieu d'un steak tout court. Çà et là, des yeux sont rivés sur des tablettes ou des téléphones. Des gamins qui oublient de manger en regardant Tchoupi. Des adultes qui avalent leurs frites molles en regardant des youtubeurs visiter des pays où ils ne mettront jamais les pieds et déguster par procuration des plats bien meilleurs que ce qui se trouve dans leur assiette. Mon cœur se serre en pensant que ces personnes sont probablement les mêmes que celles qui se moquent de ma petite sœur à cause de ses lacunes en communication.

Mais quand mes yeux se posent sur elle, ils rencontrent un livre. Ils rencontrent une gamine absorbée dans un monde qui la rassure et lui est nécessaire pour affronter la réalité. En aucune façon ils ne se heurtent à l'indifférence d'un cerveau lobotomisé. Cette pensée agrandit mon sourire. J'en viens à songer que nous allons passer trois jours merveilleux. Si l'on omet que Maman nous cache manifestement quelque chose et que ce mystère me parasite l'esprit… Mais après tout, je suis la spécialiste de la politique de l'autruche, n'est-ce pas ?

67

Le château de Tournon-sur-Rhône est un gigantesque monument en pierre qui surplombe le Rhône. La vue depuis la terrasse nord est splendide : on y perçoit le fleuve qui découpe les collines en créant un contraste étonnant. Minnie s'attarde sur chaque détail, mémorisant le moindre brin d'herbe, le moindre courant. Quand nous reprenons le cours de la visite à l'intérieur, elle s'extasie avec la même intensité devant chaque salle. Les armures. Les pierres des façades. Les gravures. Tout l'emballe.

— Tu es réconciliée avec les châteaux ardéchois ?

Absorbée dans la contemplation d'une fresque médiévale, elle ne me répond pas tout de suite, laissant les couleurs éclater dans ses iris. Quand ses sens s'apaisent, elle se tourne vers moi, béate, les yeux vitreux comme si elle s'éveillait d'une longue sieste.

— Ça ne vaut pas la Loire, mais tu as sauvé la réputation d'un département, je l'admets. J'écrirai à la préfecture pour qu'ils te remercient en personne.

Je sais qu'elle le fera. La mairie de notre village, le magasin de bricolage et sa marque de céréales préférées peuvent en témoigner.

Nous achevons notre visite par une exploration des alentours puis nous nous offrons une halte dans une crêperie.

— Ces vacances sont meilleures que celles chez les Loups gris, décrète Minnie entre deux bouchées de sa crêpe à la confiture de myrtille.

— C'est vrai ? Je n'aurai pas à rester près des toilettes demain ?

Elle secoue la tête et je croque dans ma crêpe sucre-citron – un choix aberrant aux dires de ma petite sœur.

— Tu n'aurais pas dû partir, on aurait pu faire ça plus tôt.

Je pose ma fourchette et concentre mon attention sur mes sandales, afin de distraire ma langue de toute lubie argumentaire. Quand je pose les yeux sur le visage rond de ma cadette, je constate qu'il s'est assombri.

— C'était… vraiment difficile, sans toi, articule-t-elle en étirant des traînées de confiture dans son assiette.

— Pour une raison particulière ?

Minnie saurait-elle ce que Maman me cache ? Y a-t-il une chance pour que je comprenne enfin ce qui pousse mes proches à se comporter de manière si étrange et à ne pas répondre au téléphone ?

Elle hausse les épaules mais je devine qu'elle se mord les joues. Quelque chose la taraude. Ce n'est peut-être que le souvenir des tensions liées à mon départ. Mais c'est peut-être plus…

— Il s'est passé quelque chose en mon absence ?

— Non non, rien de particulier. Tu m'as seulement manqué.

Elle s'empresse d'enfourner une nouvelle bouchée de crêpe, le regard fuyant. J'abandonne mon costume de détective. Si je dois découvrir un secret, cela viendra en temps voulu. Pour l'instant, c'est mon rôle de grande sœur qui importe. Jamais Minnie et moi n'avions été si complices et je refuse de prendre le risque d'entamer ce lien naissant.

68

Nous rentrons à l'auberge en début de soirée. Minnie repère le chat roux dès que nous descendons de la voiture et s'éclipse pour le carresser.

— Sois prête pour le dîner dans trente minutes. Et reste dans les parages, s'il te plaît !

J'effectue quelques pas inutiles à sa suite en m'efforçant d'adopter un ton autoritaire, puis j'entre dans le petit salon d'accueil, impatiente de me laisser tomber dans un fauteuil. Si j'étais seule, j'irais directement dans la chambre pour jouir d'une sieste plus que nécessaire. Mais je peine à m'éloigner de Minnie alors qu'elle s'aventure seule à l'extérieur, dans un lieu qu'elle ne connaît pas. Malgré son âge, son autonomie n'est pas toujours au point…

— Alors, vous n'avez pas réussi à passer votre coup de fil ? s'enquiert Anne en apparaissant derrière le comptoir.

— Je vous demande pardon ?

— Votre réservation, dit-elle à voix basse, guettant Minnie par la fenêtre. Vous deviez partir aujourd'hui pour rejoindre votre famille.

— Oh ! Si, si. J'ai réussi à joindre ma mère. Mais elle m'a demandé d'attendre trois jours avant de rentrer.

Anne pose les poings sur les hanches, les yeux écarquillés. Je me rends compte que je suis en train de malaxer nerveusement un coussin.

— Comment ça, elle vous a demandé d'attendre ?

Je lève les mains en signe d'ignorance.

— J'imagine que les affaires de ma grand-mère ne se sont pas arrangées, mais je n'ai pas pu grappiller plus d'informations.

Je quitte le fauteuil rococo où je m'étais installée et vais me planter devant le comptoir de la réception.

— Dites… Je suis désolée de vous demander ça mais vous pourriez surveiller ma sœur pendant un petit quart d'heure ? J'aurais vraiment besoin de prendre une douche. Et quand elle voit un chat, impossible de la rappeler à la raison.

Le visage d'Anne s'illumine et un sourire s'y dessine. Qu'est-ce que je disais ! Un vrai pain au chocolat, cette femme.

— Mais bien sûr, ma jolie ! Faites donc. Je serai même ravie d'aller jouer avec elle.

Je la remercie et elle gagne la sortie d'un pas guilleret. Alors que je m'apprête à filer dans le couloir pour rejoindre ma chambre, un article de journal qui dépasse d'un cahier posé sur le comptoir attire mon attention. Je vérifie rapidement par-dessus mon épaule que personne ne m'observe puis je me penche pour voir de plus près.

Au-dessus de la photo d'une voiture disloquée, l'article titre « Accident mortel à Boucieu-le-Roi : un homme de vingt-cinq ans perd la vie ». Je me penche un peu plus pour déchiffrer les grandes lignes. « Le véhicule a été percuté de plein fouet aux alentours de 2 heures du matin. » « Le chauffard roulait quarante kilomètres heure au-dessus de la limitation autorisée. » « 2,3 grammes d'alcool dans le sang. » « Nicolas Moulinet est décédé sur le coup. »

Mes yeux s'écarquillent. Moulinet. C'est le nom de l'auberge. Je porte le regard sur une photo accrochée au mur dans un cadre rouge. Il s'agit du portrait d'un jeune homme d'environ mon âge. Il a les mêmes yeux noisette qu'Anne. Le même air bienveillant.

Je comprends mieux l'implication de l'aubergiste dans ma relation avec mes parents ! L'envie de sortir et de la prendre dans mes bras m'envahit mais je suppose que ce serait déplacé. Je jette un regard humide vers la fenêtre puis je file en direction de ma chambre, le cœur lourd.

69

— Réveille-toi, Minnie. Allez, debout !

Je secoue doucement ma sœur en lui chuchotant mes ordres à l'oreille. Elle gigote mollement, grogne, puis se redresse sur un coude en entendant :

— J'ai une surprise pour toi.

— J'aime pas les surprises !

— Mais celle-là est aussi bien que celle d'hier.

Elle pose ses yeux endormis sur moi, le front plissé, et se gratte le nez négligemment.

— On part dans la Loire ?

— Non. Et oublie toute idée de château, on a fait le tour, là. Mais je ne peux pas t'en dire plus, sinon ce ne serait plus une surprise.

Déjà habillée, je prépare le sac à dos de Minnie pendant qu'elle file sous la douche. J'embarque les prospectus récoltés la veille au restaurant, son casque antibruit pour que ma surprise ne lui suscite pas une crise de panique, puis nous descendons prendre le petit-déjeuner dès qu'elle est habillée.

Le couple qui était présent le soir de notre arrivée contemple Minnie trier les viennoiseries par ordre alphabétique et par degré de perfection d'un air interloqué et je me retiens d'éclater de rire. Heureusement qu'elle utilise des pinces à petit pain, sinon je crois bien qu'ils recracheraient leur déjeuner sur la table !

Après un tour au marché du village pour acheter de quoi préparer des sandwiches, nous grimpons dans la Fiat couleur menthe, direction Tournon-Saint-Jean.

— C'est où, ça ? demande Minnie en regardant l'adresse entrée dans le GPS.

— À très exactement quinze kilomètres et neuf cents mètres de ce parking.

Elle fronce les sourcils.

— Si c'est de l'humour, sache que je trouve cette blague très déplaisante.

— Tu as remarqué ? C'est désagréable quand quelqu'un joue au maître incontesté de la précision.

Ma pique lui passe complètement au-dessus de la tête. Mais je ne désespère pas de lui apprendre le concept du sarcasme et de l'ironie, un jour.

— Boucle ta ceinture, on y va.

J'enclenche la marche arrière et je l'entends grommeler entre ses dents :

— Si j'avais un téléphone, comme tout le monde, je pourrais trouver toute seule.

J'ai eu mon premier téléphone avant d'entrer au lycée. On pourrait penser que Minnie aurait eu le droit d'en avoir un plus jeune, compte tenu de la vitesse à laquelle les générations évoluent, mais pour l'instant, le lycée est à seulement quelques rues de la maison et nos parents sont quasiment toujours présents quand elle rentre de l'école. Papa avait peur que Minnie passe ses nuits sur Internet si on glissait une encyclopédie infinie dans sa poche. Maman craignait que les moqueries qu'elle subit à l'école passent désormais le pas de la porte et rompent la bulle de sécurité que nous nous efforçons d'entretenir autour d'elle. Résultat des courses : Minnie est sans doute l'une des dernières ados de quinze ans à ne pas avoir de téléphone portable.

— Ne t'inquiète pas, tu entres en première en septembre. Tu ne tarderas pas à en recevoir un.

Alors que nous nous élançons sur la route, je lui lance un regard malicieux :

— D'ailleurs, je crois me souvenir que j'ai changé de téléphone il y a quelques mois seulement... Et que j'ai laissé l'ancien dans un tiroir de ma chambre spécialement pour toi.

Son regard s'illumine et elle passe les vingt minutes de trajet à s'extasier sur tous les sites qu'elle pourra consulter sans le contrôle de nos parents une fois qu'elle aura un téléphone. Elle envisage même de créer un compte Facebook de critique sur les adaptations cinématographiques et littéraires des grands événements historiques. Sa copine Noémie en a un sur les séries à la mode, elle pourra l'aider.

Minnie ne s'interrompt que lorsque je me gare sur un petit parking gravillonné. La foule qui se profile à quelques mètres de nous coupe son enthousiasme aussitôt. Je m'empresse d'attraper le sac à dos qui trône sur la banquette arrière et d'en tirer son casque antibruit. Sa seule vue la rassure un peu. Mais sa respiration se hache et son regard devient anxieux.

— Je vais t'expliquer ce qui nous attend. Nous allons emprunter le train des Gorges, c'est un train qui va nous faire visiter la région pendant une heure et demie. Je te prêterai mon téléphone pour que tu puisses prendre des photos. Il y a un peu de monde parce que nous sommes en pleine saison touristique, mais tout va bien se passer. Tu pourras porter ton casque autant que tu le voudras pour que leurs bavardages ne t'embêtent pas. OK ?

La mention des paysages à découvrir et de la possibilité de prendre des photos toute seule l'apaise. Elle acquiesce sans dire un mot, le regard toujours en alerte, et je sais que nous pouvons sortir de la voiture sans risquer de crise.

Une vingtaine de minutes plus tard, nous grimpons à bord du train à vapeur, entourées d'une foule enthousiaste. Minnie porte son casque et se colle contre ma hanche pour éviter les bousculades. Je lui laisse le siège côté fenêtre et elle s'apaise instantanément en passant la tête à l'extérieur. La locomotive joue de son sifflet et les machines se mettent en branle dans un étrange concert. L'excitation me gagne. J'ai l'impression que nous allons terminer ce voyage au château de Poudlard !

Comme promis, je confie mon téléphone à Minnie et elle s'empresse de jouer à la photographe devant le moindre buisson. À ce rythme, la carte SD va saturer avant la fin du trajet. De mon côté, je me contente de savourer la balade. Au sein de ces wagons boisés et de ces banquettes moelleuses, on a l'impression d'évoluer dans un autre espace-temps. Hercule Poirot pourrait tout aussi bien se trouver sur la rangée d'à côté qu'il ne dénoterait pas dans le décor.

Nous roulons sur d'immenses viaducs surplombant les gorges de l'Ardèche et la vue est à couper le souffle. Des pans entiers de forêts s'érigent autour de nous, avalant nos wagons pour les recracher quelques minutes plus tard au bord du fleuve. Partout les couleurs éclatent et accrochent des étoiles dans les yeux des passagers. J'en oublie tous les tracas qui ont pu me hanter ces dernières semaines. Seul le sourire figé sur les lèvres de Minnie m'importe.

Quand nous revenons en gare, ma petite sœur est une véritable pile électrique. Elle ressasse les paysages que nous avons vus, commente ses meilleures photos et les tirages qu'elle projette de commander pour décorer sa chambre. Je sens que cette escapade nous a rapprochées et c'est délicieusement gratifiant.

Au moment de remonter dans la voiture, Minnie me rend mon téléphone et commente :

— Au fait, un certain Basile t'a envoyé un message pendant le voyage.

Je manque de m'étouffer.

— Qu… quoi ? Mais tu ne pouvais pas me le dire avant ?

Elle hausse les épaules nonchalamment.

— J'ai bien failli rater ma meilleure photo du viaduc à cause de lui.

Je me glisse sur le siège conducteur et j'ouvre le message d'une main tremblante. Après près d'une semaine de silence, je pensais que notre histoire était bel et bien morte et enterrée, quelque part dans une gare entre l'Ile-de-France et les Pyrénées-Atlantiques.

Qu'est-ce qu'un fantôme peut bien avoir à me raconter ?

70

J'ai accompagné ma mère chez Picard, aujourd'hui. Je me suis dit que les courses de surgelés n'avaient quand même pas la même saveur sans toi. J'espère que tu manges tes cinq fruits et légumes par jour, et surtout des carottes 😉.

Jamais je n'aurais cru qu'un émoji carotte soit en mesure de me susciter une telle vague de nostalgie. Et pourtant, lorsque j'enclenche le contact de la coque de noix, mes yeux piquent un peu.

Côté passager, Minnie palabre sur notre excursion, mais ses mots se transforment en yaourt dans mon pavillon. Il y a déjà trop de bruit dans ma tête. Trop de souvenirs. Je ne peux m'empêcher de songer que l'amour est une drôle de bestiole. On croit l'endormir en s'occupant l'esprit, on se convainc que le chagrin est dompté après quelques jours de répit, puis tout s'agite à la première piqûre de rappel.

Était-ce plus facile de tourner la page à l'époque où les réseaux sociaux et les portables n'existaient pas ? Pouvait-on prétendre que rien n'avait jamais existé sans application pour nous rappeler une date, sans photos sauvegardées par dizaines sur le Cloud et sans messagerie instantanée ? Les lettres des amants maudits pouvaient se perdre, les histoires n'avaient pas besoin de déménager avec les protagonistes. Il devait être si simple de tout laisser derrière soi…

J'aimerais avoir la fibre scientifique pour élaborer un remède contre la gueule de bois amoureuse. Une potion qui réduirait à néant la pointe qui me lacère la poitrine. Un comprimé miraculeux qui effacerait de ma mémoire le souvenir de ces yeux qui m'ont transpercée, de ces mains qui ont laissé leur empreinte sur ma chair, de cette langue qui a déroulé des mensonges entre deux baisers.

J'essaie de chasser ces images de ma tête, mais elles reviennent par flash. Je me répète qu'une fois arrivée à l'auberge, je devrai impérativement supprimer le numéro de Basile et toute trace de son existence. Mais des idées de réponse à son message émergent et piétinent toute ma résolution. Le fait est que je ne veux pas tirer un trait sur lui. Je ne suis pas prête à renoncer à la chaleur qui m'envahissait quand j'étais à ses côtés, aux frissons qui me parcouraient lorsqu'il me prenait dans ses bras. Je veux revivre tout cela. J'ignore comment ce pourrait être possible avec les kilomètres qui nous séparent, mais j'ai envie d'y croire.

Je n'y peux rien. La folie fait tout simplement partie du package. On aime et on sombre. C'est sûrement pour cela qu'on dit qu'on tombe amoureux. Un regard croise le nôtre et, soudain, on glisse dans un abîme dont il est cruellement difficile de s'échapper.

71

De retour à l'auberge, je décide d'appeler Mamie Mariette pour tirer mes idées au clair. J'ai besoin d'évacuer toutes les pensées qui se bousculent dans mon esprit et ma grand-mère est plus attentive qu'un psy.

J'envoie Minnie lire dans notre chambre et je fais les cent pas sur le parking pendant que les tonalités de l'appel résonnent sur haut-parleur. Je sens la colère monter en moi à mesure que les bips se succèdent et menacent d'aboutir à un échec quand, soudain, un signal retentit et j'entends des bruissements de l'autre côté de la ligne. Mon cœur bondit d'excitation. Je vais enfin entendre la voix de Mamie Mariette après toutes ces vaines tentatives !

— Allô ?

Je me fige aussitôt.

La voix grave et chevrotante qui m'a répondu n'est pas celle de ma grand-mère. C'est une voix d'homme.

— Hum… Oui ? Bonjour… Je suis la petite-fille de Mariette, j'aimerais lui parler, je vous prie.

Un raclement de gorge répond à mes bafouillages. J'insiste.

— C'est important.

Pourquoi un homme répond-il à la place de Mamie ? Serait-ce son locataire ? À moins que… Non, les cambrioleurs ne s'embêtent pas à répondre au téléphone. Pas vrai ?

— Vous devez être Lily, devine l'inconnu. Je suis Joseph, le locataire de madame Douvier. Malheureusement, votre maman est passée la chercher il y a une trentaine de minutes pour un rendez-vous. Madame Douvier me demande souvent de prendre ses messages, je peux peut-être lui transmettre…

— Un rendez-vous ? Mais il est plus de 18 heures, quel service est encore ouvert à cette heure ? La mafia ?

Joseph émet un rire gêné.

— Je ne suis que le locataire, j'ignore comment votre grand-mère occupe ses journées. Le mieux que je puisse vous offrir, c'est de transmettre un message.

Je soupire. Soit mes proches ont rejoint les rangs d'une ligue de superhéros sans m'en informer, soit ils sont tous devenus des figures politiques superoccupées. Sans cela, ce n'est pas possible d'être aussi difficile à joindre.

— Dites-lui simplement que Lily a appelé. Pour la cent vingt-huitième fois. Merci.

Et je raccroche en me retenant de jeter mon téléphone sur le sol. Peu importe mon niveau de frustration, je n'ai pas les moyens de le remplacer. Et je dois apprendre à gérer ma colère sans vouloir casser tout ce qui se trouve dans mes mains.

Je me contente d'un coup de pied dans un caillou, découragée.

Maman m'a demandé trois jours de délai avant de rentrer. Mais elle n'avait pas précisé que je devrais renoncer à tout espoir de communication avec ma grand-mère pendant ce laps de temps.

Si seulement quelqu'un daignait m'expliquer ce qui se trame une bonne fois pour toutes ! Tous ces non-dits vont finir par me rendre folle.

72

— Tu as le regard vitreux et les joues rouges, remarque Manon à mon arrivée dans la chambre. Quelque chose ne va pas ?

Je me laisse tomber sur le lit, complètement découragée. J'ignore toujours comment réagir suite au message de Basile et les conseils de ma grand-mère me manquent. Je me sens comme une petite fille privée de son doudou avant d'affronter la nuit et les cauchemars qui l'habitent.

— Je n'arrive pas à joindre Mamie par téléphone.

Minnie fronce les sourcils et rive ses yeux sur la biographie de Cléopâtre. Elle semble vouloir fuir la discussion.

— Maman était souvent en rendez-vous avec elle, quand tu étais encore à la maison ? Je sais que nous rentrons après-demain, mais j'aimerais vraiment lui parler. J'ai l'impression d'avoir essayé tous les créneaux horaires pour la saisir au vol, en vain.

Elle pince les lèvres et, à la manière dont elle s'agrippe à son roman, je devine que ma sœur est en pleine concentration. Je me redresse sur les coudes pour étudier son visage. Je connais bien l'expression qui y figure. Elle arborait la même lorsque nous étions petites et que je lui demandais de mentir pour couvrir une bêtise.

— Toi, tu sais quelque chose que j'ignore.

Ses yeux s'écarquillent et ses lèvres s'entrouvrent, incapables de prononcer la moindre syllabe.

— Manon, qu'est-ce que tu me caches ?

Cette fois, je ne joue plus. Je bous intérieurement. J'exige la vérité et je compte bien l'obtenir. J'en ai assez, des mensonges et des cachotteries ! J'en ai assez de m'enterrer la tête dans le sable. Je dois savoir ce qui se passe.

— C'est normal que Mamie ne réponde pas au téléphone, murmure-t-elle en évitant mon regard inquisiteur.

Je bondis du lit, au bord de l'explosion. Manon ramène ses jambes contre sa poitrine et m'adresse un regard empli de chagrin.

— Pourquoi ? Que se passe-t-il ?

— Parce qu'elle est à l'hôpital.

Soudain, mon sang se retire dans mes pieds et la nausée monte en sens inverse. Des bulles noires dansent devant mes yeux. Mon corps devient coton. Toute colère me quitte et je titube. Alors que je peine à trouver l'emplacement du lit, j'entends la voix lointaine de ma petite sœur annoncer :

— Elle a fait un AVC le dimanche après ton départ.

Je me laisse tomber sur le matelas, fébrile.

— Non… ce n'est pas… Ce n'est pas possible. Les lettres…

Minnie détourne le visage, ignorant quel comportement adopter.

Je pose mon front dans mes paumes, haletante. Les mots de Minnie semblent s'incruster dans ma chair. Mon corps brûle. La pièce paraît s'être renversée. C'est ce que font les phrases comme celle qui vient de claquer dans l'air. Les phrases qui vous heurtent de plein fouet. Qui vous crèvent l'estomac et qui vous coupent les jambes. Elles effacent la rationalité du monde. Elles vous laissent fou. Fou et abattu. Et soudain, le ciel devient la terre et la terre devient le ciel.

C'est exactement ce qui éclate en moi à cet instant. La pièce se retourne et je sais qu'une parcelle de mon âme se rompt dans la secousse. Comme après la mort de Papi Henri. Il n'y a pas de retour en arrière possible.

— Fais tes valises, je souffle, tremblante. On rentre à la maison.

— Mais…

— Tout de suite !

73

— Tu roules trop vite.

— Je suis à soixante-treize kilomètres heure au lieu de soixante-dix, on devrait survivre.

— Tu roules quand même trop vite.

Minnie fixe le tableau de bord de la coque de noix, contrariée. J'ignore son rappel à l'ordre et je poursuis sur ma lancée. Nous ne sommes plus qu'à une dizaine de minutes de la maison de santé où est internée Mamie Mariette, je suis pressée d'arriver.

Les mains crispées sur le volant, je ne cesse de ruminer depuis le début du trajet. Je n'arrive pas à croire que toute ma famille m'ait menti pendant tout ce temps. C'est de l'escroquerie en bande organisée. Je me demande s'il existe une possibilité de porter plainte quand tous ses proches se la jouent *Truman Show*.

J'ai à peine eu le temps de faire mes adieux à Anne. J'aurais voulu trouver les mots pour lui prouver que j'avais compris l'enjeu qui se cachait derrière ses conseils. Prendre le temps de la remercier comme il se devait. Mais c'est tout juste si j'ai pu l'enlacer avant qu'elle ne m'oblige à accepter un pot de confiture maison et des petits sablés. « Pour la route », a-t-elle dit. Alors que moi, j'avais des remerciements à lui offrir pour la vie.

— C'est la deuxième à droite, m'indique Minnie alors que nous approchons de la plage.

Je repense aux messages de Maman qui me racontait ses balades en bord de mer avec Mamie et j'ai envie de hurler à pleins poumons. Des larmes de rage me brûlent la cornée tandis que je plisse le nez pour les empêcher de couler. Si je dois éclater, ce sera à grand bruit. J'en ai assez, des Kleenex. J'en ai assez, de n'être qu'un petit être morveux. Je ne laisserai plus mon monde tomber en ruine sans me battre pour sauver les murs encore debout.

Un grand bâtiment blanc se dresse devant nous. Il ressemble à toutes les résidences pour vacanciers qui bordent les plages du Grau-du-Roi, à la différence qu'on vient s'y requinquer après avoir frôlé la mort. Ou en l'attendant. Sur un côté de la façade, des lettres en fer forgé dessinent le nom : « Maison du Soleil couchant ». Au rez-de-chaussée, des jardinets s'étalent devant les baies vitrées. Sur les niveaux supérieurs, des balconnets soulignent les fenêtres. Çà et là, on aperçoit des petits vieux qui lisent ou qui contemplent le ciel. Tous semblent patienter. Pour quoi ? Je l'ignore. Peut-être qu'ils guettent un sursaut d'action dans leur routine ennuyeuse. Peut-être qu'ils laissent la fin se frayer un chemin jusqu'à eux, docilement. À moins que ce ne soit l'heure du dîner qui les préoccupe. Ou tout cela à la fois.

— Maman va vraiment être fâchée contre moi.

Minnie s'accoude à la vitre, l'air contrariée.

— Maman n'avait qu'à pas me mentir. Et toi non plus, d'ailleurs.

Les dents serrées, je m'accroche à mon volant comme si je pouvais le tordre. C'est quand même dingue, que ma petite sœur de quinze ans en sache plus sur l'état de notre grand-mère que moi ! Heureusement qu'elle a accompagné Maman pour aller chercher les formulaires d'inscription, sinon je n'aurais même pas su où trouver Mamie. Et dire que pendant ce temps, je roucoulais sous la tour Eiffel sans imaginer une seule seconde le drame qui se déroulait à l'autre bout du pays ! Si on m'avait prévenue, je serais rentrée par le premier train.

Je ne parviens pas à assembler tous les éléments de ce puzzle ahurissant. Les éléments se juxtaposent sans s'imbriquer. C'est à s'en arracher les cheveux ! Je ressasse le film de ces dernières semaines en boucle. Les lettres de Mamie. Les mots de la directrice du camp des Loups gris. Mon air idiot lorsqu'elle évoquait notre situation familiale. Le délai requis par Maman avant que nous puissions rentrer. Je sentais que quelque chose clochait, mais j'étais si loin d'imaginer un tel scénario... Des soucis d'argent, c'était le plus grave que je pouvais concevoir !

Nous entrons dans le bâtiment au pas de course. Il est bientôt 19 heures et les visites vont se terminer. Il est hors de question que nous repartions sans avoir vu Mamie Mariette.

Je bondis jusqu'au comptoir du réceptionniste dès que je l'aperçois. Le jeune homme écarquille les yeux avec étonnement. Il m'étudie d'un air perplexe avant de porter son attention sur Minnie. La vision de notre duo ne semble pas lui faire bonne impression car il se désintéresse complètement de nous et lance d'un ton blasé :

— Je l'ai déjà dit à vos camarades ce matin, nous ne donnons pas de goûter aux visiteurs, et encore moins aux vacanciers des résidences voisines. C'est une maison de santé, ici, pas un Flunch.

— Bonjour monsieur, ça tombe à point puisque nous venons voir notre grand-mère, Mariette Douvier.

Il pose le dossier qu'il était en train de consulter et fronce les sourcils.

— Nous n'acceptons plus de nouveaux arrivants après 18 heures 30 pour éviter les débordements sur le créneau des visites.

— Sur la porte d'entrée, il est bien indiqué que les visites s'achèvent à 19 heures. Pas avant.

Je pose les poings sur le guichet de l'homme en blouse blanche, prête à en découdre. Je ne partirai pas sans avoir serré ma grand-mère dans mes bras. Manon n'en sait pas beaucoup plus que moi, si ce n'est que Maman avait prévu de placer notre grand-mère ici dès sa sortie de l'hôpital. A-t-elle des séquelles ? Peut-elle marcher ? Nous parler ? Je ne peux pas rester sans réponse, alors il est hors de question que je lâche le morceau. Je lui rendrai visite, de gré ou de force.

— Désolé, c'est le règlement.

— Pouvons-nous le lire quelque part ?

Minnie intervient avec autant de détermination que moi. Avec un peu de chance, sa rigueur et son respect maladif des règlements pourraient nous être utiles.

— Non, mais vous pouvez l'entendre de ma bouche. Plus de nouveaux arrivants après 18 heures 30.

Je fusille le réceptionniste du regard et, soudain, je me surprends à vouloir lui enfoncer ses lunettes rectangulaires dans ses orbites. Les poings et la mâchoire serrés, je me retiens d'exploser. Je sais qu'on obtient plus facilement ce que l'on veut avec de grands sourires qu'avec des menaces. Mais c'est plus fort que moi. Ça bouillonne à l'intérieur.

— Écoutez-moi bien sale petit c…

— Lily ?

Mes insultes se transforment en hoquet de surprise et l'index accusateur pointé droit vers l'homme fléchit. Je pivote au ralenti, incrédule.

— Maman ! s'exclame Minnie.

Alors que je peine à rassembler mes esprits, ma petite sœur s'élance vers notre mère, qui se tient à l'entrée d'un couloir, un gobelet de café à la main. Elle se penche pour étreindre Manon mais ses yeux ne me quittent pas. Elle est aussi incrédule que moi.

— Mais… Mais qu'est-ce que vous faites là ? Vous ne deviez…

— Revenir qu'après-demain, oui.

Mon ton est sec. Cassant. Je veux que chaque syllabe résonne comme une malédiction. Que chaque mot signe la rupture définitive de la confiance que je lui accordais.

— Je suis navrée d'avoir contrarié tes mensonges.

À son bureau, le réceptionniste semble plus intéressé par notre arrivée que jamais. Il ne lui manque qu'un sachet de pop-corn et on pourrait le croire au cinéma.

— Non, Lily, ce n'est pas ce que tu penses.

— Ça ne l'est jamais, n'est-ce pas ?

Que Basile s'essaie à m'amadouer, passe encore. Mais ma propre mère ? Là, la pilule est difficile à avaler.

— Suivez-moi. Allons nous mettre au calme.

Elle caresse les cheveux de Manon et nous invite à lui emboîter le pas d'un signe de tête. Le réceptionniste, lui, semble n'en avoir plus rien à faire, que nous entrions finalement dans le bâtiment ou non. Alors je m'exécute, muette. Nous nous arrêtons devant une porte gravée du chiffre 83 et Maman pose la main sur la poignée, hésitante. Elle cherche du soutien dans mon regard mais je reste fermée. Elle soupire puis se décide à nous laisser entrer.

— Maman ? J'ai une surprise pour toi.

Elle annonce cela depuis le seuil. Minnie et moi restons en retrait, craignant de trouver notre grand-mère métamorphosée.

— Bon sang, Karen ! Je ne suis plus une gamine, tu peux me donner ces fichus médicaments sans inventer un nouveau numéro tous les soirs. Je ne l'ai pas aimé, ton mik… mike-shake. Verse ça dans un verre d'eau et…

OK, elle a l'air d'aller bien.

— C'est une surprise un peu plus sympa, ce soir.

Au soin de ma voix, Mamie Mariette pousse un couinement de souris. Je m'avance dans la pièce, Minnie sur les talons.

— Oh mon Dieu ! C'est le deuxième round ? Mon cerveau me couillonne encore ?

Mamie se redresse péniblement dans son lit. Mes yeux sont embués mais un sourire étire mes lèvres. J'ai délesté dix kilos d'inquiétude sur le pas de la porte. Entendre Mamie pester est le meilleur indicateur de sa bonne santé.

Nous nous empressons de la serrer dans nos bras et de la couvrir de baisers tandis qu'elle éclate de rire et verse quelques larmes de joie.

— Mes petites, mes bijoux, souffle-t-elle en nous embrassant. Quand je vous ai vues, j'ai bien cru que j'étais encore plongée dans ce maudit coma. Mais je peux vous toucher. Mon Dieu ! Comme c'est merveilleux de toucher.

— Coma ?

Je m'étrangle en décochant un regard assassin à Maman.

— Au sens médical ? renchérit Minnie. Ou comme lorsque Lily dort trop le dimanche matin ?

Je lui donne un coup de coude.

— Juste une petite bande-annonce de ce qui nous attend tous, de toute façon.

— Maman ! Ne leur mets pas de telles idées dans la tête !

Minnie se laisse tomber sur un fauteuil médical, moi sur une chaise pliante. Mamie râle et rejette les paroles de Maman d'un signe de main.

— Si vous le voulez bien, je préférerais que nous parlions de sujets plus agréables, maintenant que vous êtes là. Racontez-moi vos vacances, les filles !

— Les colonies, c'est encore plus horrible que ce que je pensais, commence Minnie.

Je la laisse chercher ses mots, partager ses histoires. Mon attention passe de notre grand-mère à notre mère. Du soulagement à la colère. Mon cerveau est en erreur 404. Sa quête de sens l'a fait planter. J'ignore si mon esprit se refuse à accepter la supercherie ou si celle-ci est bien trop ubuesque pour s'y imprimer.

Tandis que ma sœur se montre étonnamment loquace, Maman me demande de la suivre à l'extérieur. J'hésite, soucieuse de rattraper le temps perdu auprès de Mamie Mariette, mais le besoin d'explications s'avère plus puissant. Les jambes cotonneuses et les mains moites, je gagne le couloir à la déco aseptisée.

Tout ce blanc, ça a le don de m'angoisser.

74

Nous nous installons dans une petite cafétéria. Maman me demande si je veux quelque chose, je refuse sans entrouvrir mes lèvres. Je n'arrive pas à la regarder dans les yeux. Je fixe sans arrêt mes ongles qui torturent mes cuticules, comme si c'était un spectacle indépendant de mon corps et que je ne disposais pas de la moindre autorité sur cet acharnement cutané.

— Tu vas bien ?

Mon regard assassin répond pour mes cordes vocales.

— Je suis désolée…

Sa bouche remue comme si d'autres mots allaient en sortir mais elle se ravise et saute de sa chaise. Elle décrète avoir besoin d'un autre café pour affronter cette discussion. Je l'ignore et tourne mon visage vers les grandes fenêtres qui illuminent la pièce. Le ronronnement de la machine à café ne tarde pas à retentir et l'odeur qui se répand me rappelle les petits-déjeuners à la maison. Mon cœur se serre mais ma colère ne s'amoindrit pas. Quand Maman revient s'installer face à moi, je me décide enfin à ouvrir la soupape.

— Si tu n'as rien dit pour me punir d'être partie, c'est vraiment cruel. Imagine si elle était…

Ma voix se brise. Non, je n'ose penser à ce cas de figure.

— J'imagine que tu as besoin d'explications.

— Tu crois ? je m'étrangle.

Maman baisse les yeux sur son café, penaude.

— Mamie n'allait pas très bien, elle était fatiguée. On pensait que c'était le contrecoup de l'enterrement et des mois passés à l'hôpital à soutenir ton grand-père. Le dimanche après ton départ, je lui ai rendu visite dans l'après-midi et elle n'était pas en grande forme. Elle m'a demandé de poster une lettre pour toi et j'ai pensé que si elle avait l'énergie d'écrire, malgré son arthrose, elle devait quand même aller bien. Mais dans la nuit… elle a fait un AVC. Dieu merci, Joseph l'a entendue tomber et il a prévenu les secours. Mais quand nous sommes arrivés à l'hôpital, elle était dans le coma. Pers… personne…

Elle détourne les yeux et renifle doucement. Elle fixe son regard au loin pour contrôler ses larmes.

— Personne ne savait si elle s'en sortirait, ni quelles séquelles elle garderait, se reprend-elle. Après deux jours, les médecins ont décidé de la réveiller, mais cela n'a pas fonctionné. Entre-temps, nous avions décidé d'envoyer ta sœur en camp de vacances pour de bon, à cause de toutes les démarches administratives et des rendez-vous qui nous accaparaient, ton père et moi. Alors j'ai prévenu madame Jolimont de notre situation. Je t'ai inscrite en deuxième numéro d'urgence, au cas où le pire surviendrait. Mais dans l'espoir que tout s'arrange, j'ai aussi récupéré un formulaire d'inscription pour cet établissement. Et le week-end suivant, les médecins ont réussi à la sortir du coma. Alors j'ai tout arrangé pour qu'elle vienne se reposer ici.

— Un coma, maman ! Tu te rends compte ? Un putain de coma et vous ne m'avez rien dit !

Elle ferme les paupières et prend une profonde inspiration. La fatigue est inscrite sur ses traits. De nouvelles rides ont éclos aux commissures de ses yeux.

Elle semble si fragile. Si minuscule…

— J'étais tellement convaincue qu'elle allait guérir que je ne pensais pas créer un mensonge aussi énorme… explique-t-elle entre deux reniflements. C'était juste… C'était trop !

D'abord la mort de mon père, puis toi qui fuis à l'autre bout du pays… Je ne pouvais pas l'accepter. Je n'y croyais pas, je ne pensais pas à mal. Ce n'est qu'une fois que les médecins ont échoué à la réveiller, lors de la première tentative, que j'ai compris que je ne pouvais pas revenir en arrière.

Elle sirote une gorgée de café, les mains tremblantes. Soudain, j'ai l'impression d'être assise face à une petite fille. Apeurée. Prise au piège. L'image de ma mère a disparu. Je sais qu'elle est humaine, qu'elle n'est pas infaillible. Mais je croyais en elle. Je lui accordais une confiance aveugle. Et je tombe des nues qu'elle ait pu mentir de la sorte.

— Et Papa, qu'est-ce qu'il en dit ?

Elle fait la moue.

— Il pense que je t'ai prévenue le lendemain de son AVC.

Je manque de m'étouffer avec ma salive. Alors il a passé tout ce temps à croire que je pouvais rester tranquillement à Paris, malgré tout ce qui se jouait ici ?

— Et les lettres ? Qui répondait à mes lettres ?

Je suis fébrile. J'appréhende sa réponse autant que je l'attends. J'ai besoin d'entendre de sa bouche l'ampleur de cette mascarade.

— C'est moi. Pas au début, bien sûr. Au début, je me contentais de les poster pour elle, mais jamais je n'aurais osé lire ce que vous échangiez. Et puis il y a eu l'AVC… Depuis le 14 juillet, c'était moi.

Sa réponse n'est qu'un souffle. Elle lève ses yeux tristes sur moi, quémandant mon pardon, mais c'en est trop. Ses explications font sens, mais là, tout de suite, je n'arrive pas à encaisser la nouvelle.

— Je ne suis plus une petite fille, tu pouvais me parler. Pourquoi on ne se dit jamais rien, dans cette famille ? Tu as préféré trahir ma confiance que décrocher un fichu téléphone !

Elle pince les lèvres.

— Je suis désolée de t'avoir menti. J'ai essayé d'utiliser ces lettres pour garder un lien avec toi, pour te prodiguer les meilleurs conseils possibles pour que tu ailles bien. Je ne t'en veux pas d'être partie, Lily. Les premiers jours ont été difficiles, c'est vrai, mais je comprends. Je sais à quel point Papi a été présent pour toi, qu'il t'a donné une place que Manon t'a toujours volée auprès de nous. J'ai toujours fait au mieux, pourtant, mais tu sais... Les enfants ne sont pas livrés avec un mode d'emploi. Je n'ai jamais été fâchée contre toi. Toi aussi, tu avais un deuil à mener, et je n'avais pas le droit de t'en priver.

Elle cherche un signe d'encouragement mais je suis abasourdie par toutes ses paroles. Je n'arrive pas à articuler le moindre mot.

— Je suis profondément désolée de t'avoir trahie, d'avoir volé des bouts de toi que tu n'aurais peut-être jamais été prête à me donner. Mais nous ne nous étions jamais si bien entendues... C'était plus fort que moi, il fallait que je réponde à tes lettres. J'étais simplement prête à tout pour garder le contact avec ma fille... Tu semblais si bouleversée, si perdue... J'ai compris que j'avais commis de sacrées erreurs. J'essayais désespérément de les rectifier... Et tes lettres étaient si réconfortantes à lire, lorsque j'étais au chevet de ta grand-mère, que je ne pouvais pas me résoudre à tout arrêter.

J'essuie les larmes qui roulent sur mes joues. Ma jambe s'agite nerveusement sur la chaise.

— Il suffisait de m'appeler. Il suffisait de me dire la vérité. Je serais revenue. Je sais que je râle beaucoup, mais je ne serais jamais restée aussi loin si j'avais su.

— Mais je ne voulais pas que tu reviennes ! Pas aussi vite. Tu n'avais pas le pouvoir de réveiller Mamie, le départ de Manon était déjà arrangé... Ça n'aurait servi à rien. Je vois bien que tu ne me crois pas quand je te dis que je ne suis pas fâchée que tu sois partie, mais c'est vrai. Je suis contente que tu aies pu connaître un peu de normalité au milieu de toutes ces mauvaises nouvelles. Tu es partie au bon moment. Ça m'a permis d'éloigner un peu Minnie sans culpabiliser, de prendre le temps d'affronter mon propre chagrin tout en gérant la situation de Mamie. Je n'aurais pas pu me laisser aller de la sorte, si vous aviez été là, toutes les deux. Et… tes lettres m'ont fait beaucoup de bien. Tu te confiais tellement, nous étions si proches ! Je n'étais pas prête à briser ce lien. C'est égoïste, je sais…

Je bondis de ma chaise et elle s'interrompt. Je ne peux pas supporter d'en entendre plus.

— Si proches ? Maman, tu ne m'as pas donné la moindre chance d'être proche de toi !

Son visage se plisse et des larmes s'échappent enfin de ses paupières. Elle reste muette. Je m'apprête à tourner les talons quand un dernier élément me vient :

— Pourquoi m'as-tu demandé un délai ? Tu pensais qu'elle rentrerait chez elle à temps et que vous pourriez prétendre que tout cela ne s'était jamais passé ?

Maman secoue la tête d'un signe négatif.

— Je voulais tout te dire. Je te le jure. J'avais juste besoin de temps. Quelques jours après son réveil, Mamie a voulu prendre une douche seule. Comme il n'y avait pas de sèche-cheveux dans la salle de bains de l'hôpital, elle a mis une couche en papier sur ses cheveux mouillés pour ne pas prendre froid. Alors quand l'infirmier l'a vue, il a tout de suite averti la psychologue pour réaliser un bilan des séquelles. Je t'ai demandé trois jours pour que nous soyons totalement fixés sur son état avant de vous l'annoncer, à Minnie et à toi. Et pour avoir le temps de la transférer ici. J'ai pensé que ce serait mieux de la revoir dans une maison de santé que branchée sur des machines à l'hôpital. Vous venez de perdre votre grand-père, je ne voulais pas que vous subissiez une telle image.

Je peine à digérer toutes ces informations. Tant pis. Je les garderai sur l'estomac. J'imagine que le citrate de bétaïne version choc émotionnel n'existe pas, il me faudra composer sans potion magique. Naturellement. Douloureusement. Pour l'instant, ce qui compte, c'est de savourer chaque seconde passée aux côtés de Mamie.

Je me dirige vers la sortie, abandonnant Maman à son café, quand je l'entends s'exclamer dans mon dos :

— Je suis contente que tu sois là, Lily. Je suis désolée de t'avoir menti pendant tout ce temps. Je voulais juste vous protéger, ta sœur et toi. Je reconnais mes erreurs, mais sur le moment, je n'ai pas su faire autrement.

Je laisse ses mots se perdre dans l'air. J'ai besoin de temps. Je ne suis pas capable de raisonner clairement après qu'elle m'a donné tant de pièces à replacer dans le puzzle de ces dernières semaines.

75

Ma chambre paraît plus petite. J'ai l'impression d'entrer en terre inconnue, pourtant rien n'a bougé. Les murs arborent les mêmes tableaux impersonnels qu'il y a trois semaines, le lit est enrobé de la même couverture grise, mes pantoufles m'attendent dans la même position.

J'abandonne mon sac de voyage au pied de la penderie et je me laisse tomber sur le lit. Il n'est pas encore 22 heures mais je suis épuisée. Je veux dormir. Fuir le monde conscient. Fuir les mensonges.

Alors que je somnole, on toque à ma porte. Je ne prends pas la peine de lever mon visage enfoui dans un oreiller pour demander :

— C'est qui ?

J'ai vraiment envie qu'on me fiche la paix, qu'on me laisse tranquille.

— C'est Papa.

J'hésite.

Il était heureux comme un gosse en nous voyant franchir le seuil. Il connaissait pourtant les raisons qui avaient valu à Minnie une exclusion du camp de vacances. Mais il n'était pas fâché. Ni contre elle, ni contre moi. Il a insisté pour nous cuisiner des pâtes au pesto mais je me suis défilée pour me réfugier dans ma chambre. « Maman et toi avez sûrement beaucoup de choses à vous dire », ai-je lâché avant de monter les escaliers.

J'imagine qu'il vient me livrer le compte rendu de leur discussion.

Je délaisse mon oreiller pour tourner la clé dans la serrure.

— Entre.

Il s'assied au bord du lit, timidement. Je referme la porte puis je l'imite.

— Tu vas bien ? s'enquiert-il.

Il m'offre le même regard que le jour de l'enterrement. Celui que l'on sert aux personnes au bord de la rupture. Un mélange de compassion et d'inquiétude.

— À ton avis ?

Je viens d'une famille où l'on ne doit pas parler quand la télé s'exprime. Où les repas sont expédiés en quinze minutes, montre en main. Communiquer, on ne sait pas faire. Le comportement de Maman en est la preuve la plus éloquente. Alors c'est difficile de regarder son père dans les yeux et de dire : « Non, Papa, ça ne va pas. Mon grand-père est mort. J'ai décidé de vous abandonner pour suivre mes rêves parce que je me suis sentie encouragée par le peu qu'il me restait de lui, soit quelques lignes à demi effacées sur du papier jauni. Je suis tombée amoureuse pour la première fois. Et maintenant mon cœur fait un bruit de tirelire cassée. Tu aurais détesté ce garçon, avec son skateboard et ses cheveux mal coiffés. Mais moi je l'ai aimé très fort. Je sais que c'était idiot, éphémère, mais c'est ce que j'ai ressenti. Et il s'est moqué de moi. Pourtant, je pense encore à lui, Papa. Parce que c'est plus facile de fermer les yeux. Parce que c'est plus facile de se raccrocher aux miettes pour se donner l'impression qu'on a eu quelque chose à nous, un jour. Puis j'ai cru passer de bons moments avec ma petite sœur. Mais pendant ce temps, ma grand-mère était aux portes de la mort. Et vous ne m'avez rien dit. Et ma propre mère m'a menti pendant deux semaines. Pas un petit mensonge, hein ! Non, le gros. L'énorme. L'impardonnable. Non seulement elle ne m'a pas prévenue que je risquais de perdre la dernière de mes grands-mères mais, en outre, elle m'a laissée lui confier lettre après lettre mes secrets les plus intimes. Alors tu vois, Papa, j'ai plutôt le cœur à dormir pendant huit jours, enfermée dans le noir, qu'à chanter du Mike Brandt en saupoudrant des paillettes autour de moi. »

Papa serre les doigts sur la couverture grise et plisse le nez.

— Ta mère m'a tout raconté, souffle-t-il. J'imagine que tu es en colère…

J'émets un soupir moqueur et je me recule à la tête du lit pour me rouler en boule contre mes jambes.

— Tu es bien en deçà de la réalité.

— Je ne suis pas d'accord avec la manière dont elle a géré la situation… Mais…

— Mais ? Tu oses me servir un « mais » ?

Je bouillonne. Je me souviens des paroles d'Anne, lors du petit-déjeuner dans son auberge. Il est temps de déborder du moule.

— Je viens tout juste d'enterrer mon grand-père. Ma grand-mère a failli y passer également et personne n'a daigné me prévenir. Et si elle était morte, Papa ? Et si je n'avais jamais pu lui dire au revoir, est-ce que tu penses que je pourrais encore regarder ma mère dans les yeux ?

Il ferme les paupières, pince les lèvres.

— Je sais… Mais je te demande de lui pardonner, souffle-t-il.

Je manque de m'étrangler.

— Lui pardonner ? C'est une blague, j'espère ? Maman m'a menti. On ne parle pas d'une simple omission, elle s'est fait passer pour ma grand-mère en répondant à mes lettres. Mais quel degré de folie faut-il se coltiner pour imaginer un truc pareil ?

Papa reste silencieux quelques secondes. Il n'est pas à l'aise. Son truc, ce sont les pâtes au pesto. Les balades à vélo. La logistique des vacances. Mais les discussions, ça, il ne sait pas faire.

— Je sais que tu es bouleversée. Tu viens de perdre ton grand-père et tu n'es pas prête à renoncer à ta grand-mère. C'est normal. Mais je te demande de réfléchir à une chose : là où tu as perdu ton grand-père, ta mère a perdu son père. Il en va de même en ce qui concerne Mariette. Je ne te demande pas de passer l'éponge en une nuit. Mais si tu pouvais seulement te glisser dans ses chaussures, juste quelques minutes, et imaginer combien elle doit être chamboulée également, et combien elle a dû tenir son chagrin très, très à l'écart pour régler ces histoires de dettes et veiller sur notre famille, je pense que ça t'aiderait à t'éclaircir les idées.

Je resserre l'étau de mes bras sur mes genoux et je pose mon menton sur le dos de mes mains, songeuse. Il a raison, c'est indéniable. Je le sais depuis la minute où Maman a fait ses aveux. Mais là, c'est trop tôt.

— On verra.

C'est mon égo qui parle, bien sûr. Mais je ne peux rien promettre. J'ai besoin de temps pour que l'émotion retombe.

— Essaie d'y réfléchir.

Il sourit d'un air fatigué, me secoue doucement le pied, puis me dépose un baiser sur le sommet du crâne avant de quitter la chambre. Je détends mes membres et je pousse un soupir. Je ne peux pas rester ici. J'ai besoin de prendre l'air. On étouffe, dans cette chambre.

J'enfile un short et un sweat, je glisse mon téléphone dans ma poche arrière puis je sors en douce de la maison. Une fois dans la rue, j'envoie un message à Félix :

Tu es chez toi ?

Des épaules amicales. C'est tout ce à quoi je veux penser maintenant.

76

Je grimpe gauchement sur le couvercle d'une benne à ordures pour atteindre le toit du garage des Guimond. L'étage de la maison de Félix a été rajouté sur le tard, si bien qu'on peut facilement escalader la façade pour atteindre les chambres. Un pied instablement appuyé contre la gouttière, j'élance mon autre jambe sur les tuiles puis je me hisse tout entière dessus. Je tire un petit caillou de ma poche et le lance contre la vitre de mon ami. Il passe la tête par la fenêtre quelques secondes plus tard et chuchote :

— Donne-moi une minute, je m'habille.

— Arrête de dormir à poil !

— Arrête de te pointer à toutes les heures !

Je souris et m'assieds en tailleur. Alors que je parcours différents fils d'actualité sur mon téléphone d'un œil distrait, je me souviens que je n'ai toujours pas répondu à Basile. Ni supprimé son message. Je devrais probablement l'ignorer, mais la vague de chaleur qui m'envahit dès que je pense à lui m'est des plus agréables après tous ces rebondissements. Et puis de toute façon, qu'est-ce que je risque ? Ce n'est qu'un peu de réconfort virtuel.

J'ouvre notre conversation et je pianote :

En manque de fruits et légumes.
Quand est-ce que tu viens cuisiner pour moi ?

Au moment de presser la touche *envoyer*, Félix apparaît de nouveau à la fenêtre.

— Ramène tes fesses.

J'envoie le message, je range mon téléphone puis j'effectue le grand écart jusqu'au balconnet qui borde la chambre de Félix. Il m'aide à entrer puis s'éloigne de moi pour m'étudier des pieds à la tête.

— Lily, la caissière en cavale ! s'exclame-t-il. Si on m'avait dit ça un jour…

— Oh ! Tais-toi.

Je me laisse tomber à l'envers sur sa chaise de bureau en soupirant. Les bras enroulés autour du dossier, je le mets en garde contre toute plaisanterie d'un regard. Il lève les mains en signe de reddition et s'assied sur un lit simple, face à moi.

— Rassure-moi, ce ne sont pas Léa et Nathan qui t'ont poussée à fuir ?

Je me penche en avant, empruntant un air étonné :

— Qui ?

Félix rit de bon cœur. Je suis soulagée qu'il ne conserve aucune rancune contre moi après mon coup d'éclat auprès de ses amis.

— Trêve de plaisanterie. Qu'est-ce qui t'amène ici ?

— J'avais envie de te voir.

Il place ses mains derrière la nuque et me jauge.

— On ne me la fait pas, à moi, petite. Tu n'es jamais ici par hasard. Et par *ici*, je parle autant de cette pièce que du village.

J'abandonne la chaise et viens me placer à ses côtés, hésitante. Il m'encourage d'un geste du menton. Je finis par lui raconter les événements des dernières semaines.

Je lui dis tout. Basile, l'éditeur, les lettres, les laxatifs de Minnie, l'Ardèche, la découverte du secret de Maman et comment j'ai bien failli perdre Mamie Mariette. À la fin de mon récit, j'ai la bouche sèche et le nez humide.

— Eh bah ! Sacrée histoire ! Tu ne fais jamais les choses à moitié, toi, hein ? Enfin, là, c'est carrément toute la famille qui se l'est jouée télénovela mexicaine !

Je hausse les sourcils d'un air approbateur.

— Ça, tu l'as dit…

— Mais tu as eu raison de partir, si tu veux mon avis. Et tu le veux, n'est-ce pas ? Sinon tu ne serais pas ici.

Il me donne un coup de coude complice, fier de son rôle de confident.

— Maintenant, tu dois apprendre à lâcher prise. Toute cette histoire de mensonge et de trahison maternelle, il te faudra du temps pour la digérer. Mais ta grand-mère est en vie. Alors, est-ce que tu veux perdre les quelques semaines qu'il te reste à ses côtés à pleurnicher, avant de retourner finir tes études à Toulouse ? Ou est-ce que tu veux ressouder ta famille ? Vous avez tous traversé les mêmes épreuves. Vous êtes dans la même équipe, pas les uns contre les autres.

Je sais que ses mots sont sages, mais c'est si difficile de lâcher prise… Si difficile de pardonner à la personne que l'on pensait sacrée.

— Je suppose que tu as raison. Mais je ne sais pas par où commencer.

À la fin du mois d'août, je retournerai à ma vie étudiante et je ne serai plus aux côtés de mes proches pour les aider à se reconstruire. Si je ne veux pas que ma famille parte en fumée, je dois prendre sur moi. Mais cette boule de colère, au fond de moi, comment l'étouffer ?

— Tu devrais dormir, tu as encaissé beaucoup d'émotions en une journée. Prends mon lit, je dormirai dans la chambre d'amis.

Je me glisse dans ses bras et presse son torse fort contre moi. Surpris, il m'enlace gauchement avant de se détendre et de laisser aller son menton contre mon crâne.

— C'est gentil, mais je vais dormir chez moi. Je veux arriver tôt à la maison de santé, demain matin.

Il acquiesce d'un hochement de tête et je lui demande de me parler de son été, de tout ce que j'ai manqué. Il me raconte les soirées en terrasse, les balades à la mer, son stage d'aide-soignant dans une maison de retraite. Les heures défilent et, après un énième baillement, il me propose à nouveau son lit. Je secoue la tête, l'embrasse sur la joue puis romps notre étreinte.

— Tu as toujours rendu ce village plus vivable, je murmure. J'espère qu'on se reverra bientôt.

Alors que je me faufile à nouveau par la fenêtre, Félix m'interpelle :

— Au fait, pour cette histoire de garçon…

À cheval sur le rebord de la fenêtre, je me fige, attendant son jugement avec inquiétude.

— Tu devrais vraiment apprendre à mieux choisir ceux que tu laisses entrer dans ta vie.

Les mains dans les poches, raide au milieu de la pièce, il m'adresse un regard lourd de sous-entendus. J'accepte ses paroles en me mordant les lèvres puis je file hors de la pièce, agrippée à la gouttière.

Au loin, les cigales chantent, enveloppées dans le manteau de la nuit. Leur mélodie familière me berce pendant ma descente vers le sol. Elle me rappelle que je suis à la maison. Elle me rappelle que la tour Eiffel joue de bien moins jolies chansons.

77

Mamie est allongée dans un lit médicalisé. Un téléviseur diffuse la messe en direct et les psaumes résonnent dans la pièce. Quand elle m'aperçoit dans le hall de sa chambre, elle se redresse d'un bond et son visage s'illumine.

— Enfin un peu de vie dans cet ennui ! s'exclame-t-elle en pressant le bouton *off* de la télécommande.

L'écran s'éteint et le silence tranquille de la résidence s'installe à la place des chants chrétiens. Je pose un sachet de viennoiseries sur sa table de chevet puis je me plante au bord du lit, les poings sur les hanches.

— Je suis là pour embellir ta journée, jeune demoiselle. Qu'est-ce qui te ferait plaisir ?

Elle s'accorde un instant de réflexion, remuant les lèvres comme si elle se parlait intérieurement. Soudain, un éclair traverse son regard et un air malicieux apparaît sur son visage.

— Je sais ! Je voudrais aller manger une glace au petit kiosque près du port.

— Parfait, allons-y !

Je tends la main pour l'aider à sortir du lit, mais Mamie secoue la tête en la repoussant. Elle se penche en avant et m'explique, sur le ton de la confidence :

— Je n'ai pas le droit de sortir… Il y a un petit bout de plage privée, derrière le bâtiment. On peut s'y promener dans l'après-midi. Mais c'est tout.

En somme, j'ai le choix entre un tête-à-tête dans cette chambre aseptisée et une fugue chez un marchand de glace.

Je réfléchis quelques secondes, songeant qu'il faudrait peut-être que je cesse de mener des cavales à tout va. Mais ma décision s'arrête tout de même sur la deuxième option.

— Je suis sûre qu'on peut arranger ça…

Séduite par mon clin d'œil assuré, Mamie Mariette attrape finalement ma main et parvient à s'extraire du lit. Je l'aide à passer une blouse bleue, je rougis ses lèvres avec un peu de maquillage puis je dépose mes lunettes de soleil sur son nez. Elle enfile un gros gilet en laine par-dessus ses vêtements et je me moque d'elle parce qu'elle a toujours froid.

— Tu verras quand tu seras un fossile, grommèle-t-elle. Les vieilles pierres sont froides, c'est comme ça.

J'entrouvre la porte de la chambre pour inspecter le couloir. RAS.

— Attends-moi ici.

Je m'élance dans l'établissement à l'aveuglette, cherchant un fauteuil roulant pour embarquer Mamie jusqu'à la voiture. Une infirmière me croise et demande si elle peut m'aider, je prétends me dégourdir les jambes entre deux parties de cartes et elle reprend sa route en m'oubliant aussitôt.

Après quelques minutes de recherche, je déniche enfin le bien tant convoité. Je m'empresse de le ramener à la chambre 83 et d'y installer Mamie. Elle rit. D'une mélodie franche et cristalline qui efface tous mes tracas en quelques notes.

— En mobylette, Mariette !

Je referme la porte puis je m'élance à toute allure dans les couloirs.

— Dis, on ne va pas faire de la moto, quand même ? rit-elle un peu plus fort alors que je cours comme une dératée.

— Je vais te conduire en Fiat 500, c'est pas beaucoup plus gros, tu sais.

J'avais prolongé le contrat, alors autant en profiter jusqu'à la dernière heure. Au moins, elle, elle a la clim !

Je fuse dans les couloirs, haletante. Nous approchons d'une porte de sortie quand un infirmier sort d'une chambre pour vérifier d'où vient tout ce chahut. Je l'ignore royalement et fonce jusqu'à la baie vitrée. On peut voir le parking et la coque de noix vert menthe à travers. Je ne vais certainement pas renoncer si près du but.

— Où allez-vous comme ça ? s'écrie l'homme en blouse blanche. Revenez ! Mademoiselle !

— On ne m'avait pas appelée Mademoiselle depuis des siècles, s'esclaffe Mamie alors que j'ouvre la portière passager pour l'aider à s'y asseoir.

À travers les grandes vitres du bâtiment, je repère une armée d'infirmiers et d'infirmières qui se précipitent à nos trousses. J'abandonne le fauteuil sur le parking et je saute derrière le volant, tâtonnant nerveusement pour enclencher le contact. Dans le rétroviseur, j'aperçois une grosse infirmière à quelques pas de la voiture. Je verrouille les portières puis je passe enfin la première alors que le sosie médical de Maïté s'énerve sur la vitre.

— Attention ! Si on blesse quelqu'un, on va devoir s'arrêter, me prévient Mamie.

Tandis que je parviens à me débarrasser de notre passagère clandestine et que je m'engage sur la route, je décoche un regard en coin à ma grand-mère.

— C'est vraiment tout ce qui t'inquiète si je renverse quelqu'un ? Qu'on ne mange pas de glace aujourd'hui ?

Décidément, elle m'étonnera toujours ! Elle s'esclaffe en m'informant que ce ne sont pas n'importe quelles glaces, mais les meilleures de tout le sud de la France. Je me laisse aller à son hilarité une fois la maison de santé hors de notre champ de vision.

Mon cœur bat à tout rompre et mes mains tremblent sur le volant. Même à Paris, je ne me suis jamais sentie aussi vivante. C'est drôle de vivre une telle sensation en compagnie d'une femme de quatre-vingt-neuf ans.

Je me gare tout près du kiosque qui a déclenché toutes ces péripéties et Mamie me raconte les souvenirs d'enfance dont il a été le théâtre. Elle m'explique qu'elle pédalait jusqu'ici chaque été avec ses frères et sœurs, et leur rigoureux partage d'argent de poche pour que chacun puisse manger au moins deux boules dans son cornet. Les longues heures passées à paresser sur le sable chaud. Les vignes qu'on pouvait apercevoir avant que les immeubles ne poussent à la place du raisin.

Nous nous installons à une table exposée en plein soleil et passons commande.

— Tu peux prendre autant de boules que tu le souhaites, c'est moi qui t'invite.

— Seulement deux, comme autrefois. Pistache et noisette, demande-t-elle.

Dans le regard qu'elle adresse au serveur, on peut voir le film de ses dégustations passées.

— Alors, Paris ?

Elle pose ses mains sur la table et m'observe attentivement, un sourire fendant son visage.

— C'était bien. Je n'imagine pas y vivre, mais c'est un beau décor pour écrire un roman.

Elle hoche la tête d'un air entendu puis demande à en savoir plus. Je lui livre alors une version édulcorée de mon séjour. J'omets les soirées dans les bars, mon intrusion dans l'appartement des grands-parents de Basile et la découverte de ses messages Tinder. Je ne veux pas qu'elle pense que j'enchaîne les mauvais choix. Et puis, ça ne fait pas de mal de remettre le positif au centre de mes histoires. Alors je me concentre sur l'écriture, la carte de Julien Lombet, et je me risque même à aborder ma cascade en skateboard en lui montrant fièrement ma peau encore rougie au niveau des coudes.

— J'ai du mal à te parler de tout ça, j'avoue en baissant les yeux sur mon cornet fraise-chocolat. Si j'avais su ce que tu étais en train de traverser, je serais revenue immédiatement. Je m'en veux d'avoir passé tous ces bons moments alors que toi…

Mamie Mariette fronce les sourcils, mécontente. Elle pointe un index autoritaire vers ma poitrine.

— Je t'interdis de penser ainsi, tu m'entends ? Je suis une vieille croûte qui passera l'arme à gauche d'ici peu de temps. C'est une question de semaines ou de mois, mais à mon âge on ne pense plus en années. Toi, tu as vingt-trois ans. Tu étais exactement là où tu étais censée être, ces dernières semaines. En train de suivre tes rêves. En train d'aimer. En train de rire. Jamais je ne t'aurais préférée assise dans une chambre plus froide et impersonnelle que la mort elle-même.

— Mais si je n'avais pas pu te dire au revoir…

— Avec des *si* on mettrait Paris en bouteille, alors chasse ces vilaines pensées de ta tête. Je suis là. On est ensemble, c'est tout ce qui compte. Ta mère ne veut pas que je dise cela devant ta sœur et toi mais, pour être honnête, j'aurais préféré qu'on ne me réveille pas. Les docteurs disent que c'est mon cerveau qui a disjoncté mais ce n'est pas vrai. C'est mon cœur. J'ai failli mourir d'amour. C'est ça, la vérité. À force de penser à ton grand-père nuit et jour, *bam*, ça a lâché. Le corps sait ce qu'il fait. Je voulais partir. Alors, mon cerveau a réservé un aller sans retour. Il n'y a vraiment pas de raison d'être triste quand on s'en va retrouver son âme sœur.

Un sanglot se loge dans ma gorge et mon nez se met à couler. Ce que me confie Mamie est à la fois terrible et magnifique. Elle me livre sans doute la plus belle leçon de vie qui existe. On ne meurt pas d'amour que dans les livres. Ça arrive ici aussi. Dans la vraie vie.

Face à mon regard triste, elle me tapote la main avec bienveillance.

— Allons, allons. Je suis heureuse d'être auprès de ma famille. Mais je veux que tu retiennes une chose : quoi qu'il m'arrive, réjouis-toi pour moi. Il y a de merveilleuses personnes qui m'aiment de ce côté comme de l'autre.

78

Je dépose Mamie Mariette dans la chambre 83 sous les sermons des infirmiers puis je roule jusqu'à Nîmes pour rendre le véhicule de location. J'erre quelques heures dans la vieille ville avant de sauter dans un train pour rentrer à la maison. Les wagons dépassent le cimetière où est enterré Papi Henri quelques minutes avant d'entrer en gare ; je détourne le visage, le cœur lourd. Je ne suis jamais retournée sur sa tombe depuis le jour de l'enterrement et je n'y retournerai jamais. Je ne peux me résoudre à l'imaginer là, sous terre, enfermé dans un tronc d'arbre arrangé. La simple vue du cimetière me provoque un frisson.

Quand je descends du train, tous les conseils qui m'ont été prodigués depuis hier soir tournent en boucle dans ma tête. Les mots de Papa. Ceux de Félix. Et, plus récemment, les paroles de Mamie.

Je suis fatiguée. L'infertile champ de cendres qui tapisse mon cœur ne donne toujours pas de fleurs. Quand je fouille en moi, je ne rencontre que tristesse, colère et frustration. Tout cela pèse terriblement lourd. J'ai quitté la maison pleine de résolutions, persuadée de pouvoir maîtriser ma destinée. Mais le fait est que c'est la destinée qui nous maîtrise. Les obstacles qui se dressent en travers de notre chemin sont imprévisibles et inévitables. J'ai perdu trop de temps et d'énergie à prétendre le contraire.

Je dois prendre le temps de guérir. Je me suis entêtée à courir après des idées. Des fantasmes. Je me suis perdue en chemin. Et si je veux mourir d'amour un jour, je dois d'abord réparer tout ce qui s'est cassé en moi cet été. Laisser place à la joie et à la paix.

Une fois à la maison, je cherche Maman dans toutes les pièces. Je finis par la trouver dans le jardin, occupée à rempoter des hortensias. Le corps raide, je me plante derrière elle.

— Tu m'as menti et tu as volé des parts de moi que je n'étais pas prête à te donner. Je sais que ce n'était pas prémédité, que tu t'es accrochée à ce que tu pouvais, mais ça m'a blessée.

Ma voix tremble, mes jambes aussi. Le sécateur lui échappe des mains. Toujours accroupie, elle se tourne légèrement vers moi, le visage à moitié dissimulé sous un chapeau de paille. Elle attend sa peine.

— Mais tu t'es montrée à l'écoute à un moment où je n'avais que des lettres pour m'épancher. Tu ne m'as pas abandonnée avec mon chagrin alors que tu devais déjà gérer le tien. Alors je vais m'arranger avec ma colère, Maman. Il me faudra peut-être encore un peu de temps pour la ravaler complètement, mais ça va aller. *On* va aller de l'avant.

Rendre hommage à Papi Henri, ce n'est pas seulement devenir l'écrivain qu'il pressentait en moi. C'est aussi préserver la famille qu'il a fondée.

Phoenix

79

— Tu es prête ?

— Absolument pas.

— Tu vas être formidable, ne t'inquiète pas.

Julien Lombet me pousse hors de la réserve de la librairie Gibert, rue du Taur. Une trentaine de lecteurs attendent patiemment dans la salle et je peine à assimiler qu'ils se sont déplacés pour moi. Une table pliante est installée devant un carré de chaises et une banderole arborant mon nom y est suspendue. J'ai les mains qui tremblent en venant m'y asseoir.

— Mesdames et Messieurs, nous allons commencer cette lecture-dédicace, annonce la libraire. Si vous voulez bien prendre place.

Le livre est paru au mois de décembre aux éditions Lombet. C'est une petite structure mais je m'y sens bien. Julien dit que publier un roman, ça commence par une rencontre, et qu'il a su le jour où je me suis plantée devant lui, les mains remplies de petits-fours, que je trouverais ma place dans ses collections. Depuis, les ventes s'additionnent doucement. Nous sommes loin du best-seller mais nous n'avons pas à rougir, d'après son avis. Pour moi, ça n'a aucune importance. J'oublie tout des rapports de vente. La seule chose qui m'intéresse, ce sont les visages que je croise dans les salons, les messages qui pleuvent dans ma boîte e-mail. Je ne suis pas un auteur à succès. Je suis un auteur, et cela suffit à me combler.

Des gens me lisent. Des gens que je ne connais même pas, qui n'ont pas acheté le roman parce que ma grand-mère le leur a mis de force entre les mains. Ce ne sont pas des statistiques, ce sont des visages bel et bien réels. Aussi, quand on me demande « Alors, tu en as vendu combien ? », je ne réponds rien.

Au début, je rougissais en songeant que les mille exemplaires peinaient à se concrétiser. Puis un matin, je suis retournée en cours et j'ai dû prendre la parole dans un amphithéâtre. Et là, ça m'a frappée. Je n'avais peut-être pas vendu des dizaines de milliers d'exemplaires, mais il m'aurait déjà fallu trois amphithéâtres de la même taille pour pouvoir réunir chacun de mes lecteurs. À cet instant, je me suis impressionnée moi-même, alors j'ai cessé de vouloir impressionner les autres.

Autour de moi, on continue à me demander des chiffres, à vouloir mesurer mon accomplissement. C'est drôle, comme on attend toujours des rêveurs qu'ils fassent leurs preuves plus fort que les autres. Mais ça ne m'atteint plus. J'ai trouvé la paix. Écrire me rend heureuse, et ce n'est pas comme si j'allais abandonner sous prétexte que je ne suis pas en tête des ventes. Je m'estime simplement heureuse de pouvoir partager mon univers avec d'autres fugitifs. Et pour les best-sellers, on verra plus tard. J'en ai assez de vivre dans l'urgence.

La libraire entame la lecture du premier chapitre et mon esprit s'égare. Je peine à rester concentrée sur mes propres phrases. Je fixe Minnie, assise au premier rang, qui boit les paroles de la lectrice comme du vin sacré. Elle a décrété que j'étais la sœur la plus cool du monde – et que j'atteindrai le maximum de mon potentiel le jour où j'écrirai une intrigue historique. Les histoires d'évasion pendant la Seconde Guerre mondiale ne lui suffisent pas, elle veut des manigances de cour et des empoisonnements massifs.

Mon regard passe ensuite sur les rangées. Des lecteurs de tous les âges, des sourires avec plus ou moins de dents. Soudain, mon cœur s'arrête. Deux yeux verts me dévisagent. Ils ne sont plus surmontés d'une tignasse bouclée, mais je les reconnaîtrais entre mille pour m'y être perdue tant de fois. Basile se tient adossé contre un pilier. Quand il comprend que je l'ai repéré, il sourit. Et tout le scotch difficilement apposé autour de ma tirelire brisée s'effiloche instantanément. Ça cliquette dans ma tête.

Je souris faiblement, puis détourne la tête pour ne pas laisser paraître mon trouble devant l'assemblée. Sa présence ne me laisse pas indifférente, mais malheureusement, aujourd'hui, Basile n'est plus une belle histoire d'été.

Quand mon roman est devenu le vortex qui aspirait chaque maillon de mon être, j'ai peu à peu cessé de répondre à ses messages. Je savais que ces fils invisibles nous empêchaient d'avancer alors que rien ne nous attendait, donc j'ai pensé que c'était la meilleure solution. J'avais conscience de me raccrocher à peu, aux miettes qu'il avait bien voulu m'accorder, et d'être la seule responsable de mon malheur et me battant pour si peu. Alors nos chemins se sont éloignés et je suis retournée à Toulouse en ayant enseveli notre romance tout au fond de mon esprit. Puis un soir, j'ai oublié mon téléphone dans la poche arrière de mon jean, et mes fesses ont appelé Basile quand je me suis assise dans le bus. Une heure plus tard, son nom s'affichait sur l'écran.

— Tu m'as appelé ? a-t-il demandé.

— Absolument pas, ai-je répondu.

— C'est bizarre.

J'ai vérifié mon journal d'appels et il avait raison. Je l'avais appelé. Je me suis excusée pour le dérangement. Il a dit que ce n'était pas grave. Nous aurions pu en rester là, mais il a enchaîné avec une question. Et l'appel a duré deux heures. J'ai découvert qu'il avait été affecté dans l'académie de Toulouse. Nous aurions pu nous croiser n'importe quand mais je n'avais pas la patience de laisser la chance nous réunir. La volonté est une chose bien fragile.

Le soir même, je le retrouvais dans une péniche amarrée sur le canal du Midi. Tous ses amis étaient là. J'ai cru que c'était l'occasion d'un nouveau départ. Que le destin avait rassemblé nos chemins. Qu'il allait me présenter à la Terre entière et que nous finirions nos jours dans une grande maison remplie de chiens et de petites souris qui cuisineraient à ma place jusqu'à ce que la mort me délivre des corvées ménagères. Mais Tom est arrivé. Son meilleur ami.

— Oh ! C'est toi, la fameuse fille qu'il a emmenée dîner sur un bateau-mouche à Paris ? Décidément, les bateaux vous réussissent, à tous les deux ! Tu as transformé notre Basile en vrai romantique.

J'ai tourné un visage confus vers l'apprenti prof d'anglais et, à sa mine déconfite, j'ai compris que Tom avait révélé quelque chose que je n'aurais jamais dû savoir.

— Non, pas du tout… Je… On a fait du skateboard, ai-je bredouillé comme une idiote.

Basile a coulé un bras autour de mes épaules et il a donné une tape amicale à Tom en riant. Mais son rire sonnait terriblement faux.

— Tu n'as rien retenu ! Lily est écrivain, je l'ai rencontrée à la terrasse d'un café et je l'ai emmenée visiter le musée d'Orsay, l'a-t-il corrigé.

Mais je sentais au plus profond de moi que quelque chose clochait. Tom ne s'était pas simplement emmêlé les pinceaux. Il avait ouvert la boîte de Pandore. Et tandis que je restais plantée là, mon verre à la main, hébétée, les éléments s'imbriquaient peu à peu dans mon esprit.

— Cette Hanna… Ce n'était pas avant moi, ai-je deviné. Le soir où tu ne pouvais pas me voir…

Basile a posé un baiser sur mon front.

— Je t'assure que Tom ne sait pas ce qu'il dit.

C'était pourtant clair. Limpide, même. Le soir où Basile avait refusé de me voir, juste après que nous avions fait l'amour pour la toute première fois, il était sur un maudit bateau-mouche avec une autre fille. Les notifications Tinder que j'avais découvertes quelques jours plus tard n'étaient pas une coïncidence. Et, surtout, elles n'étaient pas aussi obsolètes que j'avais bien voulu le croire.

Alors je lui ai jeté mon verre au visage, sans réfléchir, puis je suis partie. Basile a essayé de me retenir mais je l'ai poussé et il est presque tombé à l'eau. C'est mon seul regret. De ne pas l'avoir bousculé un peu plus fort. J'ai couru jusque chez moi et j'ai pleuré pendant des jours. Parce que j'y avais cru, à la possibilité d'avoir droit à une histoire complète. À la rencontre de conte de fées, aux retrouvailles sponsorisées par Disney. À la possibilité de mourir d'amour, un jour. Mais les histoires ne se finissent pas toujours bien. Parfois, elles finissent pour notre bien, et il faut l'accepter.

— Tu sais, moi, je crois que c'est un signe que ce soient tes fesses qui l'aient rappelé, a conclu Cléo après que je lui ai rapporté le désastre de ces retrouvailles. Tes fesses, ma chérie, pas ta tête. Une décision prise avec ton postérieur ne peut être qu'à chier !

J'ai ri, à gorge déployée, avec des traînées de mascara sur les joues et un peu de morve sur le haut de la lèvre, et je me suis dit que si j'étais capable d'en rire, c'est que je finirais par ne plus en pleurer.

Même si les souvenirs sont douloureux, tout n'est pas à jeter. Basile m'a aidée à ôter la cape d'invisibilité sous laquelle je commençais à suffoquer, et notre naufrage m'a montré que j'étais capable de me relever d'un sale coup. Maintenant, je sais que je suis prête pour affronter la vie, et même l'amour. Après toutes les épreuves traversées cet été, j'ai compris que même quand tout semble partir en fumée, on peut apprendre à danser sur les cendres. Et quand la bonne personne viendra, je n'aurai plus peur. Je ne serai plus celle qui fuit la vie. Je serai prête.

En attendant, j'ai bien trop de rêves en tête pour laisser la tristesse gagner.

— Vous avez quelque chose à ajouter sur cette histoire, Lily ? m'interpelle la libraire.

J'accepte le micro sans savoir que raconter. Il y a déjà tant de moi dans mon livre. J'ignore ce que je peux donner de plus à tous ces inconnus.

— Heu… Non. Je crois que tout est dit.

Julien rit à mon côté. Il invite les lecteurs à s'approcher pour que nous passions à la partie dédicace de la soirée. Une file se forme et je perds de vue le visage de Basile. Aura-t-il l'audace de se présenter à la table ? Cette idée lance mon cœur sur un grand huit terrifiant. Et dire que je détestais déjà les montagnes russes… Voilà qu'il suffit que l'apprenti prof d'anglais apparaisse dans mon esprit pour que la fête foraine plante ses tentes à l'intérieur de moi.

— J'ai vu l'affiche de votre dédicace il y a deux jours, et le sujet m'a tout de suite parlé, m'informe une dame au sourire bienveillant. Moi, c'est mon père qui a connu la guerre.

Je tremble en signant son livre. Savoir que mes mots font échos à son histoire familiale, ça me bouleverse. Ça donne du sens à toutes ces heures passées à m'arracher les cheveux pour immortaliser les souvenirs de mon grand-père.

Les lecteurs se succèdent et la file s'amoindrit petit à petit. À la fin, il ne reste plus que Minnie, assise sur une chaise, en train de pianoter sur son téléphone portable. Elle met sans doute sa page d'anecdotes cinématographiques à jour. J'aide la libraire à ranger les chaises et je ne peux m'empêcher de jeter quelques coups d'œil derrière chaque pilier. Mais Basile est bel et bien parti. À chaque pas, j'entends la tirelire tinter dans ma cage thoracique. Je ne lui en veux pas, d'avoir à nouveau semé la zizanie dans mes organes. Cela me rappelle que mes tentatives de colmatage sont encore fragiles. Que je dois y aller doucement.

Je salue l'équipe de la librairie et Julien, puis je sors avec Minnie. Elle s'empare du paquet d'oursons en guimauve que je place toujours sur ma table de dédicace, pour que les lecteurs se servent, et nous nous arrêtons sur les marches d'un petit immeuble à la façade de pierres roses pour manger les restes.

— Je chuis contente que tu chois ma grande sœur, déclare-t-elle en mâchonnant.

Je hausse les sourcils, surprise.

— Pas seulement parce qu'un jour tu seras célèbre et tout, ni parce que tu me laisses manger des sucreries à 20 heures. Mais tu fais des trucs. Tu ne te contentes pas d'attendre que le temps passe. Ça me plaît.

— Tu m'en vois ravie.

Minnie ne m'a pas habituée à ce genre de démonstration, si bien que j'ignore comment répondre.

— Au fait, ce n'était pas ton fameux Basile que j'ai aperçu dans la salle ?

Un morceau de guimauve se coince dans ma gorge et je tousse comme une vieille dame à l'agonie.

— Comment tu sais ça ?

— Je n'ai pas oublié la tête qui a manqué de ruiner la plus jolie photo de notre voyage, cet été.

Je ris en repensant à sa mine contrariée, lorsqu'elle m'avait annoncé que Basile m'avait écrit pendant notre escapade en train.

— Tu es amoureuse ? demande-t-elle.

— Je ne sais pas. Normalement, ce n'est pas censé faire aussi mal, d'être amoureux. Du moins, pas en dehors des livres.

— Peut-être que c'est ça, ton problème. Dans les livres, on ne garde que le plus épique. Le plus torturé. T'imagines, si on écrivait un livre sur nos parents ? Avec des personnages qui regardent la télé, qui mangent à la même heure chaque jour et qui pètent au lit ? Ça n'intéresse personne.

Ses paroles me parcourent comme un électrochoc.

— Et toi, tu lis trop. T'es pas souvent là, avec nous. Alors tu cherches le même suspense dans la vie de tous les jours que celui que tu trouves dans les pages. Sauf qu'ici, ça ne fonctionne pas. Ça fait juste mal. Parfois, c'est bien le calme et la routine. C'est réconfortant. Ça apaise. Et on a tous besoin de ça, surtout quand on a tendance à avoir des tempêtes dans le crâne.

Je colle ma tête contre la sienne.

— Tu as peut-être raison, je souffle, songeuse.

Peut-être que le temps est venu de laisser les illusions à mon clavier et d'ouvrir un peu plus les yeux sur le monde autour de moi. Après tout, la réalité aussi a sa propre forme de magie. Et si les livres nous offrent une place dans mille destins, la vie, elle, nous en taille une sur mesure rien que pour nous. Il est peut-être temps d'arrêter de me chercher et de commencer à me créer. Lily Pertet, écrivain… Et quoi d'autre ?

Je lève les yeux vers le ciel épuré. Je fouille derrière les couches de l'atmosphère comme si un visage familier allait apparaître. Et une question résonne très fort dans mon esprit, avec l'espoir un peu fou qu'elle soit entendue : *Et toi Papi, toi qui pensais que tout le bonheur du monde baignait dans une coupe d'île flottante, qu'est-ce que tu en dis ? Serait-il temps de ne plus prendre les livres au sérieux pour m'amuser un peu ici-bas ? D'arrêter de vouloir voir en grand pour apprendre à voir, tout simplement ?*

Remerciements

J'ai du mal à croire que ce roman vous ai rencontré, quatre ans après avoir été écrit. Combien de choses incroyables se sont passées, depuis… Combien de personnes merveilleuses m'ont accompagnée dans les réécritures, et dans les moments de relâchement ? Merci à ma marraine Rachel, à Maylis, et à Simon, qui ont sauvé mon PC une dizaine de fois d'un plongeon par la fenêtre avec leurs encouragements et leurs conseils. Merci à Cécile, lectrice de la première heure, P.A., Adrien, Pauline et Déborah, qui ont arrosé ce roman avec moi à Paris. Et Arthur, à Toulouse.
Et puis mon frère, Stephane, si quelqu'un veut bien lui dire qu'il est mentionné dans ce roman – qu'il ne lira sans doute jamais. Tu es un sacré ours mal léché, mais je suis heureuse d'avoir eu la chance de grandir à tes côtés.
Merci à mes parents. Aucun mode d'emploi n'aurait pu vous préparer à accueillir un tel spécimen maladroit dans votre foyer, mais je tenais à vous dire que vous ne vous en êtes pas trop mal sortis. Désolée de casser encore des vases quand je rentre à la maison. Je vous aime.
Merci à Clémence et Héloïse, mes acolytes de voyage, mes Parisiennes préférées, mes rayons de soleil.
Puis il y a Mamie Huguette qui, même dans un lit d'hôpital, fait ma pub auprès des infirmières, et

Mamie Lucette, qui distribue mes livres à tout son club de tricot. Papi Charles, qui m'a soufflé cette histoire depuis là-haut, et Papi Louis, qui s'est fondu dans les pages un peu plus chaque jour pour leur donner vie. N'oubliez jamais de dire à vos grands-parents que vous les aimez. Peu importe la pudeur ou la distance, le temps, lui, n'attend pas que vous vous réveilliez. Un seul coup de fil. C'est tout ce qu'il faut pour que ce soit « trop tard ».
Merci aux quelques bêta-lecteurs qui ont pris le temps de me lire quand ce manuscrit était encore biscornu. Surtout vous, Sereine et Christèle. Merci à Fabienne L. qui m'encourage depuis le début et à Simon L., qui a cru en moi dès mon premier jour de stage et me permet aujourd'hui de faire le meilleur métier du monde, tout en me laissant la liberté d'écrire.
Et merci à Christophe Woehrle, doctorant en histoire et spécialiste des prisonniers de guerre français, qui m'a grandement aidée dans mes recherches pour retracer le parcours de mon grand-père en Haute-Silésie. Même si les archives comptaient peu de documents, j'ai tout de même pu accéder à sa fiche militaire grâce à vous.
Bien sûr, j'ai fondu beaucoup de ces recherches dans mon histoire, car je ne pense pas souhaiter un jour écrire sur le sujet. C'était ma façon de rendre immortels deux hommes qui me manquent profondément. Je tiens toutefois à préciser que l'autofiction s'arrête ici.
Merci aux lecteurs qui me suivent depuis le premier roman. À ceux qui auront attrapé celui-ci sur une impulsion. À ceux qui le conseilleront et à ceux qui se le seront fait recommander. À ceux qui ont ramassé quelques extincteurs dans les dents en essayant de réaliser leurs rêves et qui se retrouvent

dans mes écrits. Mes romans sont de petits microcosmes où je peux jouer à Dieu, donner la vie et la reprendre, semer des obstacles terribles et tisser des relations solides, mais une fois que le point final est posé et que mon regard se porte ailleurs, tout cet univers s'endort. C'est vous qui lui redonnez vie, chacun à votre manière, avec vos idées, vos bagages et votre imagination, dès que vous tournez les pages. Enfin, merci à l'équipe des éditions City pour leur confiance et leur travail, à Frédéric Thibaud d'avoir repéré mon manuscrit dans une pluie de fichiers, et à Morgane Talbotier pour son suivi.

À très vite pour de nouvelles aventures,
Pauline.

Achevé d'imprimer en janvier 2022
sur les presses de la Nouvelle Imprimerie Laballery
58500 Clamecy
Numéro d'impression : 112605

Imprimé en France

La Nouvelle Imprimerie Laballery est titulaire de la marque Imprim'Vert®